古典詩歌研究彙刊

第二八輯

龔鵬程 主編

第 4 冊

李白《古風》五十九首研究
（第四冊）

谷 維 佳 著

國家圖書館出版品預行編目資料

李白《古風》五十九首研究（第四冊）／谷維佳 著 -- 初版
-- 新北市：花木蘭文化事業有限公司，2020〔民 109〕
目 10+206 面；17×24 公分
（古典詩歌研究彙刊 第二八輯；第 4 冊）
ISBN 978-986-518-201-4（精裝）
1.（唐）李白　2. 唐詩　3. 詩評
820.91　　　　　　　　　　　　　　　　　　109010835

ISBN-978-986-518-201-4

9 789865 182014

古典詩歌研究彙刊
第二八輯　第 四 冊　　　　　　ISBN：978-986-518-201-4

李白《古風》五十九首研究（第四冊）

作　　者　谷維佳
主　　編　龔鵬程
總 編 輯　杜潔祥
副總編輯　楊嘉樂
編　　輯　許郁翎、張雅淋　美術編輯　陳逸婷
出　　版　花木蘭文化事業有限公司
發 行 人　高小娟
聯絡地址　235 新北市中和區中安街七二號十三樓
　　　　　電話：02-2923-1455／傳真：02-2923-1452
網　　址　http://www.huamulan.tw 信箱 hml810518@gmail.com
印　　刷　普羅文化出版廣告事業
初　　版　2020 年 9 月
全書字數　550781 字
定　　價　第二八輯共 10 冊（精裝）新台幣 18,000 元　　版權所有・請勿翻印

李白《古風》五十九首研究
（第四冊）

谷維佳 著

目

次

表目次

圖目次

其三十四　羽檄如流星

羽檄如流星，虎符合專城⁽¹⁾。喧呼救^①邊急，群鳥皆夜鳴⁽²⁾。
白日曜紫微，三公運權衡⁽³⁾。天地皆得一，澹然四海清⁽⁴⁾。
借問此何為^②？答言楚徵兵^{③(5)}。渡瀘及五月，將赴雲南征^{④(6)}。
怯卒非戰士，炎方難遠行^{⑤(7)}。長號別嚴親，日月慘光晶⁽⁸⁾。
泣盡繼以血，心摧兩無聲⁽⁹⁾。困獸當猛虎，窮魚餌奔鯨⁽¹⁰⁾。
千去不一回，投軀豈全生⁽¹¹⁾？如何舞干戚，一使有苗平⁽¹²⁾。

題解

朱言：賦也。此詩舊說為楊國忠征閣羅鳳而作，蓋刺之也。

按：此詩寫戰爭，悲民瘼。

編年

安旗繫於天寶十年（751年），時李白51歲。

王譜繫此詩於天寶十載下。注：「是年四月，劍南節度使鮮于仲通伐雲南，戰於西洱河，敗績，士卒死者六萬人。楊國忠大募兩京及河南兵以伐雲南。詩曰：『借問此何為？答言楚徵兵。渡瀘及五月，將赴雲南征。』云云，知此詩為是時之作。」

按：王、安之說有理。

校記

① 邊：朱諫本作「勒」。
② 此何為：咸淳本、《唐李白詩》、李齊芳本作「何以為」。
③ 楚徵兵：兩宋本注「一作徵楚」。
④ 征：咸淳本注「一作行」。
⑤ 行：咸淳本注：「一作征」。

注釋

（1）羽檄：《史記·陳豨傳》：「上曰：『吾以羽檄徵天下兵，未有至者，今唯邯鄲中兵耳。』」《集解》：「魏武帝《奏事》曰：『今邊有小警，輒露檄插羽，飛羽檄之意也。』」駰按：推其言，則以鳥羽插檄書，謂之羽檄，取其急速若飛也。《漢書·高帝紀》：「吾以羽檄徵天下兵，未有至者。」顏師古注：「檄者，以木簡為書，長尺二寸，用徵召也。其有急事，則加

以鳥羽插之，示速疾也。」 虎符：兵符，古時將領掌管軍隊或調度用兵的虎形信物。《史記・孝文本紀》：「二年……九月，初與郡國守相為銅虎符、竹使符。」《集解》：「應劭曰：『銅虎符第一至第五，國家當發兵，遣使者至郡合符，符合乃聽受之。』」朱諫注：「符以竹為之，各分其半。漢文帝二年初與郡守為銅虎符、竹使符。注云：以符代古者珪璋，各分其半，右留京師，左以與之。武帝曰：『吾新即位，不欲出虎符發郡國兵。』蓋虎符發兵，而竹符出使也，故曰竹使符。羽檄、虎符皆為兵也。」 合：驗合。 專城：指主宰一城的州牧太守一類的地方長官。朱諫注：「言自得以擅主一城也。」《樂府詩集・陌上桑》：「三十侍中郎，四十專城居。」《文選》卷五七潘岳《馬汧督誄》：「剖符專城。」張銑注：「專，擅也，謂擅一城也，謂守宰之屬。」合專城：即核驗兵符，專擅一城之事。唐已無合符調兵之制，此用典。

（2）救邊急：蕭鋼《隴西行》：「勇氣時無侶，輕兵救邊急。」曹植《白馬篇》：「邊城多警急，胡虜數遷移。」 群鳥：《莊子・在宥》：「鴻蒙曰：亂天之經，逆物之情，玄天弗成。解獸之群，而鳥皆夜鳴，災及草木，禍及昆蟲。噫，治人之過也！」《淮南子》：「故人主有伐國之志，邑犬群嗥，雄雞夜鳴，庫兵動而戎馬驚。」蕭士贇注：「此言一時之喧呼驚擾，棲鳥亦不得以安其巢，至於夜鳴也。」

（3）白曰：左思《詠史》其五：「皓天舒白日，靈景耀神州。」 紫薇：星名，即北極星。《晉書・天文志》：「紫宮垣五星……一曰紫薇，大帝之坐也，天子之常居也……為太陽之宗，人君之象。」《甘石星經》：「紫薇宮一十四星在北斗北。注云：東垣七，西垣七，主大帝之坐。」 三公：一指星名，太乙星旁邊的三星。《晉書》卷十一《天文志上》：「杓南三星及魁第一星西三星皆曰三公，主宣德化，調七政，和陰陽之官也。」二指人臣中最高的三個官位：周代以太師、太傅、太保為三公。《尚書・周官》：「立太師、太傅、太保，茲惟三公，論道經邦，燮理陰陽。」西漢以大司馬、大司徒、大司空為三公。杜佑《通典》卷二〇《職官》：「哀帝時……定三公之號曰：大司馬、大司徒、大司空。」東漢以太尉、司徒、司空為三公。《通典》卷十九《職官》三公：「後漢惟有太傅一人謂之上公，及有太尉、司徒、司空，而無師保。太尉公主天，司徒公主人，司空公主地。」亦稱為「三司」。後至唐因之，唐之三公已無實權。此指輔佐國軍之軍政大臣。 權衡：星名。朱諫注：「北斗星名。一曰天樞，

二曰璿，三曰璣，四曰權，五曰衡，六曰闓陽，七曰招搖光。」　　三公運權衡：楊齊賢注：「《書》三公爕理陰陽，故漢有日食、地震、水火之災，則策免三公。」

（4）得一：《老子》：「昔之得一者，天得一以清，地得一以寧。」河上公章句：「一無為道之子也。天得一，故能垂象清明；地得一，故能安靜不動搖。」《文選》卷三十一江淹《雜體詩嵇中散康》：「天地皆得一，名實久相賓。」　　澹然：恬靜安寧貌。《文選》揚雄《長楊賦》：「使海內澹然，永亡邊城之災、兵革之患。」

（5）借問：請問。詩中常見的假設性問語。一般用於上句，下句即作者自答。陶淵明《悲從弟仲德詩》：「借問為誰悲？懷人在九冥。」沈德潛《唐詩別裁集》注：「言天下清平，不應有用兵之事，故因問之。」

（6）渡瀘及五月：瀘水，即今雲南境內的金沙江，又名繩水、淹水。王琦注：「瀘水，即禹貢梁州之黑水也。漢時名瀘，唐名金沙江，今雲南姚州之金沙江詩也。其源出吐蕃界，中為麗水，下流至四川敘州府為馬湖江。」《水經注》卷三六若水：「瀘峰最為傑秀，孤高三千丈，是山於晉太康中崩，震動郡邑。水之左右，馬步之徑裁通。而時有瘴氣。三月、四月經之必死，非此時猶令人悶吐。五月以後，行者差得無害。故諸葛亮表言：五月渡瀘，並日而食。臣非不自惜也，顧王業不可偏安於蜀故也。《益州記》曰：『瀘水源出曲羅巂下三百里，曰瀘水。兩峰有殺氣，暑月舊不行，故武侯以夏渡為難。』」《太平御覽》卷六五《地部》：「《十道記》曰：瀘水出蕃中，入黔府，歷越嶲郡界，出拓州，至此有瀘津關。關上有石峰，高三十丈。四時多瘴氣，三四月間發，人衝之立死，非此時中，則人多悶吐，唯五月上伏即無害。」　　「將赴雲南征」：雲南：楊齊賢注：「按《唐史》，雲南即南詔也，本烏蠻別種，高宗時遣使入朝，開元時冊為雲南王，遣子閣羅鳳入質。」《舊唐書‧楊國忠傳》：「南蠻質子閣羅鳳亡歸不獲，帝甚怒，欲討之。國忠薦閬州人鮮于仲通為益州長史，令率精兵八萬討南蠻，與羅鳳戰於瀘南，全軍陷沒。國忠掩其敗狀，仍敘其戰功。仍令仲通上表，請國忠兼領益部。十載，國忠權知蜀郡都督府長史，充劍南節度副大使，知節度事。仍薦仲通代己為京兆尹。國忠又使司馬李宓率師七萬再討南蠻。宓渡瀘水，為蠻所誘，至和城，不戰而敗，李宓死於陣。國忠又隱其敗，以捷書上聞。自仲通、李宓再舉討蠻之軍，其徵發皆中國利兵。然於土風不便，沮洳之所陷，瘴疫之所

傷，饋餉之所乏，物故者十八九。凡舉二十萬眾，棄之死地，輪不還。
人銜冤毒，無敢言者。」李白《書懷贈南陵常贊府》：「雲南五月中，頻
喪渡瀘師。」沈德潛《唐詩別裁集》注：「炎月出師，而又當炎方，能無
敗乎！」

（7）怯卒：朱諫注：「怯卒，疲兵也。」《新唐書・楊國忠傳》：「國忠雖當國，
常領劍南召募使，遣戍瀘南，餉路險乏，舉無還者。舊勳戶免行，所以
寵戰功。國忠令當行者先取勳家，故士無鬥志。凡募法，願奮者則籍之。
國忠歲遣宋昱、鄭昂、韋儇，以御史迫促郡縣，吏窮無以應。乃詭設餉
召貧弱者，密縛置室中，衣絮衣，械而送屯，亡者以送吏代之，人人思
亂。尋遣劍南留後李宓率兵十餘萬擊閣羅鳳，敗死西洱河，國忠矯為捷
書上聞。自再興師，傾中國驍卒二十萬，踦履無遺，天下冤之。」　炎
方：蕭士贇注：「南荒炎蒸之地也。」

（8）長號：大聲號哭。《文選》盧諶《贈劉琨》：「亦奚必臨路而後長號，睹
絲而後歔欷哉？」《通鑑》：「天寶十載夏四月，劍南節度使鮮于仲通討南詔
蠻，大敗於瀘南……士卒死者十八九，莫肯應募……時調兵既多，國忠
奏先取高勳。於是行者愁怨，父母妻子送之，所在哭聲振野。」　嚴
親：《周易》：「家人有嚴君焉，父母之謂也。父父子子，兄兄弟弟，夫夫
婦婦，而家道正，正家而天下定矣。」　光晶：朱諫注：「晶，亦光也。」
王僧達《和琅邪王依古》：「白日無精景，黃沙千里昏。」

（9）泣盡繼以血：《韓非子》：「卞和獻玉璞於楚，不售，乃抱其璞而哭於楚
山，三日三夜，泣盡而繼之以血。」《說苑》：「下蔡威公閉門而哭，三日
三夜，泣盡而繼以血。」江淹《詣建平王上書》：「身非木石，與獄吏為
伍，此少卿所以仰天槌心，泣盡而繼之以血也。」　心摧兩無聲：摧：
悲慟。《丁都護歌》：「一唱都護歌，心摧淚如雨。」潘岳《寡婦賦》：「少
伶俜而偏孤兮，痛切怛以摧心……思纏綿以瞀亂兮，心摧傷以愴惻。」
蕭士贇注：「謂父母別子之時，心摧而無言可發也。」朱諫注：「『兩無聲』，
嚴親與子皆嗚咽也。」

（10）「困獸」二句：喻敵軍似猛虎、奔鯨，而唐軍似困獸與窮魚。謝朓《和
王著作融八公山》：「長蛇固能剪，奔鯨自此曝。」

（11）投軀：朱諫注：「言以身委於人也。」鮑照《代出自薊北門行》：「投軀報
明主，身死為國殤。」

（12）舞干戚：盾和板斧。朱諫注：「干戚者，武舞也。」《尚書・大禹謨》：「帝

乃誕敷文德，舞干羽於兩階，七句，有苗格。」《藝文類聚》卷一一《帝王部》：「《帝王世紀》曰：有苗氏負固不服，禹請征之。舜曰：『我德不厚而行武，非道也。吾前教由未也。』乃脩教三年，執干戚而舞之，有苗請服。」《淮南子》：「忠信形於內，感動應乎外。故禹執干戚舞於兩階之間，而三苗服。」《文選》左思《魏都賦》：「干戚羽旄之飾好，清謳微吟之要妙。」沈德潛《唐詩別裁集》注：「如何」作何如解，古人每有之。「干羽」改「干戚」，本淵明「刑天舞干戚」句。

集評

嚴羽曰：長號一段，寫得慘動。（嚴羽、劉辰翁評點，聞啟祥輯《李杜全集》卷一）

劉辰翁曰：（首四句）非躬涉是境，不知其妙。若模寫及此，則入神矣。（《唐詩品匯》卷四引）

楊齊賢注：（「怯卒」下四句）征戍之人，憚炎方地熱路遠，一去無還期，長號以別父母，悲慟之至，感動天地，日月為之無光。（《分類補注李太白詩》卷二）

蕭士贇曰：太白此詩蓋討雲南時作也。首四句即見徵兵時景象而言，五句至八句，是設難。謂當此君明臣良，天清地寧，海內瀰然，四郊無警之時，而忽有此舉，果何為哉？九句至十二句，乃白問之於人，始知徵兵者，討雲南質子亡去之罪也。十三句至二十二句，乃白逆知當時所調之兵，不堪受甲，悲號而別，真所謂驅市人而戰之，如以困獸當虎，窮魚餌鯨，吾見師之出，而不見師之入也。末二句則比南詔為有苗，而深歎夫當國之大臣，不能如益之贊禹、禹之佐舜，敷文德以來遠人，致有覆軍殺將之恥也。此詩愛君憂國之意深矣。言之者無罪，聞之者足以戒，悲夫！（《分類補注李太白詩》卷二）

劉履曰：此蓋討南詔時作也。南詔本烏蠻別種……（下自《唐書》，多有重複語，繁瑣不引。）（《風雅翼》卷十一）

朱諫曰：（「羽檄」四句）言朝廷以羽檄而徵兵者，如流星之速；虎符之調發者，有專城之威。急則不容於少緩，專則獨善於一人。敕令救邊之急，闃然傳遞而喧呼，群棲之鳥盡皆夜鳴，兆之先見者，其不寧也若此。（「白日」八句）言朝廷以羽檄、虎符徵兵，而騷擾邊方，是觀兵而不耀德也。夫君相以道化人，則天下自服。若天子垂拱於九五之上，而白日耀乎紫薇；三公運

籌於台輔之間，以佐乎天子，君相各盡其職，則天地清寧，而四海無危矣。何必以耀兵為哉？今而羽檄、虎符，喧呼救邊，欲何為乎？乃為楚而徵兵也。以閤羅鳳據云南而叛於楚地，朝廷命師以討之。及此五月暑毒之時，渡於瀘水，深入瘴癘之鄉。夫遠人之不服，則當修文德以來之，何至窮兵黷武之若是？五月渡瀘，異於諸葛公勤王者矣。（「怯卒」十句）言此南征之人，雖曰中國之師旅，其實怯弱之懦夫，不能受甲，非戰士也。臨歧慟哭，以別父母，日月謂之而無光。泣盡而繼之以血，彼此心摧，嗚咽而不能言也。夫驅市人而使之戰，是棄之也。譬如困獸之當乎猛虎，窮魚之餌乎奔鯨，乃投身殞軀於饞吻之中，適足以恣其一飽而已，豈所以全其生乎？（「如何」二句）上言用兵以征雲南，師行無功，是君相失於自修，所以不能致遠人之服也。當如大舜之伐有苗，一舞干戚，而有苗自格。蓋君德耀乎紫薇，三公運乎權衡，則天地得一，四海自清矣。又何必勤兵於遠方，以至於喪師辱國若是乎？（《李詩選注》卷一）

林兆珂曰：此詩蓋討雲南時作也。　　紅批曰：此則刺征雲南事，明揭虜所，是賦體也。此又似老杜矣，大抵杜詩之妙在真樸，李詩之妙在高起，李而真樸即肖杜詩也。又曰：「心摧」句鍊氣入骨，後人所不能道其沉痛？竟與杜老若合符節，太白豈真忘世者耶？（《李詩鈔述注》卷六上首注）

胡震亨曰：此篇詠討南詔事，責三公非人，黷武喪師，有慕益、禹之佐舜。（《李詩通》卷六）

唐汝詢曰：此刺明皇之征南也。言發卒救邊，騷及鳥獸。我始聞而疑之，以為明主當陽，大臣奉職，海內澹然，曷為有此？既而與人問答，乃知楚地徵兵，以討雲南也。我想五月非出師之時，雲南乃苦熱之地，且以怯卒而可當戰士乎？觀其別親之際，涕泣流連，有足悲者。以此禦敵，正猶困獸、窮魚而當猛虎、奔鯨也，必無生還之理矣。然此皆因廟堂之臣，不能如禹、益之佐舜，敷文德以來遠人，卒至疲敝中國，而莫之惜也，悲夫！按，南詔喪師，皆國忠之罪，太白乃以有苗諷之，亦可謂怨而不怒矣。（《唐詩解》卷三）

查慎行曰：當天寶之世，忽開邊釁，驅無罪之人，置之必死之地。誰為當國運權衡者？「白日」以下四句，國忠之蒙蔽殃民，二罪可併案矣。」（《初白庵詩評》）

沈德潛曰：時徵兵討雲南而大敗，楊國忠掩敗為功，詩應作於是時。（《唐詩別裁集》卷二）

吳昌祺曰：用意自佳，尚欠深婉之致。（《刪訂唐詩解》卷二）

《唐宋詩醇》曰：「群鳥夜鳴」，寫出騷然之狀。「白日」四句，形容黷武之非。至於征夫之淒慘，軍勢之怯弱，色色顯豁，字字沉痛。結歸德化，自是至論。此等詩殊有關係，體近風雅，杜甫《兵車行》《出塞》等作，功力悉敵，不可軒輊。宋人羅大經作《鶴林玉露》，乃謂：白作為歌詩，不過狂醉於花月之間，社稷蒼生，曾不繫其心膂，視甫之憂國憂民，不可同年語。此種見識，真「蚍蜉撼大樹」，多見其不自量也。（卷一）

陳沆曰：《唐書》：南詔本烏蠻別種，天寶中冊為雲南王，因雲南太守張虔陀激變，劍南節度使鮮于仲通討之，以兵八萬人敗沒於瀘川，楊國忠掩其敗，不以實聞，更使以十萬兵討之，復敗沒，先後喪師二十萬人。集中《抒懷贈常贊府》詩云：「雲南五月中，頻喪渡瀘師。毒草殺漢馬，張兵奪雲旂。至今西洱河，流血擁僵屍。將無七擒略，魯女惜園葵。咸陽天下樞，累歲人不足。雖有數斗玉，不如一盤粟。」與此篇同旨。（《詩比興箋》卷三）

曾國藩曰：此首似諷天寶末徵兵討閣羅鳳，即白太傅《新豐折臂翁》之詩意。（《求闕齋讀書錄》卷七）

笈甫主人曰：上首批文：此首特以穿插見奇，與上下語意似不相蒙，細玩之，則指揚、馬而後，文運日衰，因由憲章日淪，亦世變為之也，仍是一識相銜。文運關乎世運，繩大眼孔，世俗所驚，其實跡熄詩亡，子輿氏早言之矣。句評：「羽檄如流星，虎符合專城」：世亂則文運自衰，夾入時事，局陣迷離，不可方物。「如何舞干戚，一使有苗平」：一結，仍用倒鉤逆挽法。（《瑤臺風露》）

李兆元曰：太白《古風・羽檄如流星》一首，與少陵《兵車行》，皆為明皇寵任李林甫、楊國忠等妄開邊釁，徵發丁役而作。太白四句但云「群鳥皆夜鳴」，其騷擾之狀已寫到至處，能以簡勝。少陵以「車磷磷，馬蕭蕭」起，以下極力鋪張，直寫到「哭聲直上干雲霄」，橫空而來，如江潮驟至，風雲變色，能以暢勝。少陵下即接以「道旁過者問行人」，與太白詩中「借問此何為」同是一種筆法，而太白獨於借問句前先以「白日耀紫微」四句橫亙於「群鳥」句下，不獨離合斷續之妙，為《兵車行》所未及，即以白日比明皇而以開邊之罪坐於李林甫、楊國忠輩，較少陵之「武皇開邊意未已」託諷明皇者又大不同。少陵結云「新鬼煩冤舊鬼哭，天陰雨濕聲啾啾」，寫邊庭征戍之苦，固深合風人之旨。太白結云「如何舞干戚，一使有苗平」，詞義正大，命意直追《大雅》，《離騷》不足道矣。讀李、杜詩，須於此等處著眼，方識李、杜真

面目，不至為前人議論所欺。(《十二筆舫雜錄》卷十二)

　　林庚曰：可是統治者的開邊政策是不到黃河心不死的。天寶十載就又遠征雲南，據《新唐書》及《通鑑》所載：鮮于仲通先以精兵八萬，全軍陷沒。乃募兩京及河南河北兵，百姓聽說雲南多瘴癘，士卒不服水土，死者十之八九，都不肯應募；楊國忠乃令御史分道捕人，連枷送詣軍中，於是行者愁怨，父母妻子送之，所在哭聲振野。天寶十三載楊國忠乃使李宓率師十餘萬戰於西洱河，又沒，李宓死於陣，於是頃中國驍卒二十萬南征。這樣一個窮兵黷武的局面，其嚴重又遠過於石堡城之役，但是在當時誰大膽的優秀的明確的針對著統治階級指責了這個問題呢？就只有李白。《古風》：羽檄如流星……這就是後來白居易《新豐折臂翁》的所本了。李白認為這樣的戰爭完全是統治階級一批權貴們製造出來的，他要求改變政策，在這首詩最後，他提出「如何舞干戚，一使有苗平」。李白的和平主張，始終是一致的。正確的。他這時看見祖國的危機嚴重，而自己無權挽救，真是悲憤填胸。(《詩人李白》) 按：林庚把該篇與《胡關饒風沙》放在一起論述，認為這兩篇都是反應李白對當時統治階級開邊政策的憤怒之詞。

　　詹鍈曰：按詩中又稱「怯卒非戰士，炎方難遠行。長號別嚴親，日月慘光晶。困獸當猛虎，窮魚餌奔鯨。千去不一回，投軀豈能全生。」《通鑑》：天寶十載，夏四月，劍南節度使鮮于仲通討南詔蠻，大敗於瀘南。制大募兩京及河南北兵以擊南詔。人聞南詔多瘴癘，未戰，士卒死者十八九，莫肯應募。楊國忠遣御史分道捕人，連枷送詣軍所。舊制百姓有勳者免征役。時調兵即多，國忠奏先取高勳，於是行者愁怨，父母妻子送之，所在哭聲震野。兩相吻合，則王譜之說良是。(王譜系此詩於天寶十載下)(《李白全集校注彙釋集評》卷二)

　　安旗曰：王譜云：「(天寶十載) 四月，劍南節度使鮮于仲通伐雲南，戰於西洱河，敗績，士卒死者六萬人。楊國忠大募兩京及河南兵以伐雲南。詩曰：『借問此何為，答言楚徵兵。渡瀘及五月，將赴雲南征』云云，知此詩為是時之作。」雲南，指南詔。世奉中國，開元中封雲南王。後因當地郡守求索不遂，陰表其罪，由是怨忿，遂反。朝廷不察，濫用武力，先後舉二十萬之眾，棄之死地。天下冤之，無敢言者。見《通鑑‧唐紀》。又曰：繼天寶十載鮮于仲通敗後，天寶十三載，李宓將兵再擊南詔，復敗於大和城。白另有《書懷贈南陵常贊府》詩記其事曰：「雲南五月中，頻喪渡瀘師。」前後數敗，故云。此篇則專記鮮于之敗，二詩繫年迥可別。(《李白全集編年箋注》

卷九）

　　郁賢皓曰：此詩敘「楚徵兵」「雲南征」，與史籍所載天寶十載（七五一）四月征南詔事合，當為是年作……此詩在謀篇布局上頗具匠心，迂迴盤旋，跌宕起伏，錯落有致，使人有盪氣之感。詩中表達了憂國憂民，反對統治者不恤民力而窮兵黷武，這與同時代詩人高適等人為南詔戰爭大唱讚歌形成鮮明對比，可以看出李白高尚的政治品格。（《李太白全集校注》卷一）

按語

　　以上各家基本上均贊同此篇為天寶十載征討雲南閣羅鳳事。此篇紀實，如在目前，當是李白親見之情形；蓋白之憂國，不下於甫。林兆珂論李、杜有理，由此可見。杜甫《遣懷》篇有「百萬攻一城，獻捷不云輸」語可證，似與此篇寫同一事。

其三十五　醜女來效顰

醜女來效顰①，還家驚四鄰⑴。壽陵失本步，笑殺邯鄲人⑵。
一曲②斐然子，雕蟲喪天真⑶。棘刺造沐猴，三年費精神⑷。
功成無所用，楚楚且華③身⑸。
《大雅》思文王，《頌》聲久④崩淪⑹。
安得郢中質，一揮成風斤⑤⑺？

題解

　　朱言：比也。此白論當時之為詩辭者不能復古也。

　　按：此篇旨在批駁當世雕琢的文風。

編年

　　安旗繫於天寶九年（750年），時李白50歲。

　　詹鍈：安注將此詩繫於天寶九載《古風》其一「大雅久不作」之後，無據。《選集》列入不編年詩。

　　按：此篇作年不詳。

校記

① 顰：兩宋本作「嚬」。王琦注：「音貧，或寫矉，或寫嚬，音義俱同。」
② 一曲：兩宋本、王琦本注：「一作東西」。
③ 華：兩宋本、王琦本注：「一作榮」。劉世教本注：「華身一作榮身」。

④ 久：咸淳本注：「一作天」，誤。

⑤ 一揮成風斤：兩宋本、咸淳本、嚴羽點評本、《唐李白詩》作「一揮成斧斤」，並注：「一作承風一運斤」。劉世教本「斧」作「風」，注：「風斤世本俱作斧斤。」王琦本注：「一作承風一運斤，蕭本作一揮成斧斤」。李齊芳本作「承風一運斤。」

注釋

（1）「醜女」二句：用「效顰」之典。《莊子·天運》：「故西施病心而矉其里，其里之醜人見而美之，歸亦捧心而矉其里。其里之富人見之，堅閉門而不出。貧人見之，挈妻子而去之走。」成玄英《莊子注疏》：「西施，越之美女也，貌極妍麗。既病心痛，嚬眉苦之。而端正之人，體多宜便，因其嚬蹙，更益其美，是以閭里見之彌加愛重。鄰里醜人見而學之，不病而強嚬，倍增其陋。故富者惡之而不出，貧人棄之而遠走。」王翰《觀蠻童為伎之作》：「長裙錦帶還留客，廣額青蛾亦傚嚬。」 顰：音貧，皺眉。古同「嚬」「矉」。 此二句意謂單從表面學習模仿，想弄巧反成拙。

（2）「壽陵」二句：用「邯鄲學步」之典。《莊子·秋水》：「子獨不聞夫壽陵餘子之學行於邯鄲與？未得國能，又失其故行矣，直匍匐而歸耳。」成玄英疏：「壽陵，燕之邑；邯鄲，趙之都。」 此二句意謂一味模仿，不僅學而無成還會失掉固有本色。

（3）一曲：朱諫注：「一曲者，猶言一偏。」即偏於一端。《莊子·天下》：「猶百家眾技也，皆有所長，時有所用。雖然，不該不偏，一曲之士也。」 斐然：有文采和韻味。《論語·公冶長》：「吾黨之小子狂簡，斐然成章，不知所以裁之。」安旗注：「斐然子似乎為樂曲名，漢《郊祀歌·天地》：『九個畢奏斐然殊，鳴琴竽瑟會軒朱。』」 雕蟲：亦作「彫蟲」，即雕蟲小技，微小的技能，本為西漢學童習秦書八體之一，纖巧難工，比喻作辭賦時之雕章琢句。揚雄《法言》卷二《吾子》：「或問：『吾子少而好賦？』曰：『然。童子雕蟲篆刻。』俄而月：『壯夫不為也。』」劉勰《文心雕龍·詮賦》：「此揚子所以追悔於雕蟲，貽誚於霧縠者也。」 天真：淳樸自然，不做作虛偽。杜甫《寄李白詩》：「劇談憐野逸，嗜酒見天真。」 此二句謂以生硬的方法，費盡工夫，完成一篇形式華麗浮靡的小作品，失去文章的自然本性。

（4）「棘刺」二句：用「棘刺沐猴」之典，又作「棘刺母猴」。《韓非子・外儲說左上》：「燕王好微巧，衛人曰：『能以棘刺之端為母猴。』燕王悅之，養以五乘之奉。王曰：『吾試觀客為棘刺之母猴。』客曰：『人主欲觀之，必半歲不入宮，不飲酒食肉。雨霽日出，視之晏陰之間，而棘刺之母猴乃可見也。』燕王因養衛人，不能觀其母猴。鄭有臺下之冶者，謂燕王曰：『臣，削者也。諸微物必以削削之，而所削必大於削，今棘刺之端不能容其鋒，難以制棘刺之端。王試觀客之削，能與不能可知也。』王曰：『善。』謂衛人曰：『客為棘刺之端以削，吾欲觀見之。』客曰：『臣請之捨取之。』因逃。冶人謂王曰：『計無度量，言談之士多棘刺之說也。』」　　棘刺：酸棗樹的刺。　　沐猴：獼猴。　　此二句意謂虛妄欺騙或艱辛而又難成的事業。

（5）「功成」二句：用「屠龍之技」的典故。《莊子・列禦寇》：「朱評漫學屠龍於支離益，單千金之家。三年技成，而無所用其巧。」　　楚楚：朱諫注：「華美貌。」《詩・曹風・蜉蝣》：「衣冠楚楚。」毛傳：「楚楚，鮮明貌。」　　此二句意謂高超而沒有實用價值的技藝。

（6）「《大雅》」二句：楊齊賢注：「《詩・大雅》首於《文王》。」朱諫注：「《大雅》之詩，多詠文王之德。《頌》之詩，美先王之盛德而告成功者也。」《古風》其一「《大雅》久不作」。班固《兩都賦序》：「昔成康沒而頌聲寢，王澤竭而詩不作。」　　此二句錯綜倒裝，意謂頌文王之《大雅》的聲音長久以來已經崩壞淪沒，令人思念。痛惜《雅》《頌》風骨淪喪，亟望詩風能復古道。

（7）「安得」二句：用「運斤成風」之典。《莊子・徐无鬼》：「莊子送葬，過惠子之墓，顧謂其從者曰：『郢人堊漫（用白泥塗飾）其鼻端，若蠅翼。使匠石斲之，匠石運斤（揮動斧子）成風，聽（任隨）而斲之，盡堊而鼻不傷，郢人立不失容。宋元君聞之，招匠石曰：『嘗試為寡人為之。』匠石曰：『臣則嘗能斲之，雖然，臣之質（斲的對象）死久矣。』自夫子之死也，吾無以為質矣，吾無與言之矣。」後以「運斤成風」喻精湛的技藝，高明的手段。以「郢中之質」喻展示高超技藝需要的有膽有識的合作者。　　質：成玄英疏：「質，對。」即對象。

集評

　　蕭士贇曰：此篇蓋譏世之作詩賦者，不過藉此以取科第、干祿位而已，

何益於世教哉。太白嘗論詩曰：將復古道，非我而誰？《雅》《頌》之作，太白自負者如此。然安得《雅》《頌》之人識之，使郢中之質，能當匠石之運斤耶？（《分類補注李太白詩》卷二）

嚴羽本載明人曰：此首與首篇相應，大為詩道指迷，婆心獨切。（嚴羽、劉辰翁評點，聞啟祥輯《李杜全集》，卷一）

朱諫曰：（「醜女」四句）言醜女效西施之顰，而反增其醜態；壽陵學邯鄲之步，而反失其故步。蓋內無其質而徒慕其外，終不能相似也。夫古人之詩，本乎性情，詠乎物理。吟詠之間，可以感人。皆有德者之言也。其大者可以侔鬼神，和天地，豈徒辭焉而已乎？今之為詩，不過誇多五鬭靡，欲效古人，不亦難乎？是猶醜女欲效西施之顰，壽陵餘子學邯鄲之步，未免取哂貽誚於知言之君子也。（「一曲」六句）言當時之謂詩辭者，不能復古，而流於纖細。乃一偏之小技，昧聖人之大道；乃雕蟲之巧，喪其天真，而大樸散去矣。是猶於棘刺之端，造為沐猴，徒久費精神，而終無所就也。彼士者之為文辭，務為纖麗，自矜其□之能者，與造棘端之沐猴又何異哉？文不載道，無益於實用，不過隨時逐俗，以干利祿之榮。譬之楚楚衣裳，華美其一身而已，於中心之實德，無所益也。（「大雅」四句）承上言詩辭之不復古，故無《雅》《頌》之作，其流愈趨而愈下。安得靜思之入神，天然之巧如郢人之運斤成風者乎？所以效顰而取哂，學步而失真也。按自三百篇以後而古詩亡矣，晉不如漢，唐不如晉，晚唐五季而又萎弱，宋之諸公欲學盛唐而不可得，是猶李白之欲復古而終不能及也。噫，詩之關乎氣運尚矣，風氣日微而欲聲音文辭之同乎古，無其質而求其文，胡可得哉？自元以至於今，尤有可議者矣。（《李詩選注》卷一）

徐禎卿曰：蕭說是也。（郭本李集引）沈德潛曰：譏世之文章無補風教，而因追思《大雅》也。（《唐詩別裁》卷二）

林兆珂曰：紅批曰：今之文章，子皆此類耳。又曰：大才不能見用，而末技纖才偏獲時貴人，此詩之所刺蜉蝣之羽衣黨，楚楚者也，安得運斤成風，一笑疋正之？（林兆珂《李詩鈔述注》卷六上首注）

沈德潛曰：譏世之文章，無補風教，而因追思《大雅》也。（《唐詩別裁集》卷二）

曾國藩曰：此首刺當時文士之以雕飾奪天真者，即第一首「綺麗不足珍」之意。（《求闕齋讀書錄》卷七）

笑甫主人曰：上首批文：此所謂「建安」以來「不足珍」之「綺麗」也。
結語映帶自然。　　句評：「醜女來效顰」：此「正聲」之所以「微茫」也。「安
得剡中質，一揮成斧斤」：所謂「騷人」者是也，倒鉤，妙。（《瑤臺風露》）

安旗曰：此篇詩旨及作時與上篇略同。其所以屢標《大雅》而思《文王》
者，旨意在繼承與發揚《詩經》比興美刺之傳統，以資鑑戒而匡時政也。（《李
白全集編年箋注》卷九）

詹鍈曰：此篇係論詩之作。其言當時之詩文，縱有文采，然雕章琢句，
喪其天真。是猶於棘刺之端造為沐猴，耗費三年精神，於世無補，徒華其文
而已。（《李白全集校注彙釋集評》卷二）

郁賢皓曰：這篇又是李白著名的論詩詩之一。作年不詳。詩中主張恢復
《詩經》中《大雅》和《頌》的詩風，與《古風》其一「《大雅》久不作」篇
的思想相同，可參讀。（《李太白全集校注》卷一）。

按語

蕭說有理，徐禎卿亦認為此篇追思《大雅》，嚴羽本載明人批註說此篇
呼應首篇，曾國藩、笑甫主人等亦認同此觀點。余意認為，其五十《宋國梧
臺東》篇言「燕石非貞真」，其《三十五》《醜女來效顰》篇言「雕蟲喪天真」，
其一《大雅久不作》篇言「垂衣貴清真」，三篇似有前後相繼的邏輯關係：有
了「非貞真」篇所言流俗之言多錯誤，世人不辨玉與珉，才有「喪天真」篇
所批判的醜女效顰、邯鄲學步之舉，世人無明辨是非的能力和見識，所以才
會有棘刺沐猴之舉，太白才會感念《大雅》而思文王，也才有了對「大雅久
不作，吾衰竟誰陳」的感歎，繼而期許聖朝能「貴清真」，文質炳煥，眾星閃
耀，詳見《李白〈古風〉「真」意解讀與盛唐詩壇的「真偽之辨」》一節。

此篇針對當時文風而發，乃白之復古思想的體現，六個典故的運用，或
明或暗，或直或隱，一氣呵成，譏諷一味摩仿形式，只求表面的華麗而不顧
實質的風氣，且照應《大雅久不作》篇。

其三十六　抱玉入楚國①

抱玉入楚國，見疑古所聞[1]。良寶終見棄，徒勞三獻君[2]。
直木忌先伐，芳蘭哀自焚[3]。盈滿天所損，沉冥道為群[4]。
東海汎②碧水，西關乘紫雲[5]。魯連及柱史，可以躡清芬[6]。

題解

朱言：比也。此詩言君子之不見用，又當見幾而作也。

按：此篇乃懷才求進失敗後，轉而求道的自慰之語。

編年

安旗繫於天寶十二年（753 年），時李白 53 歲。

詹鍈：此詩蓋放還之後所作。

郁賢皓：從詩中反應的懷才見棄的思想看，此詩當是天寶年間被賜金還山後所作。

按：此篇作年不詳。此篇涉及到李白是否「三入長安」的問題，安旗倡「三入長安」之說，據「徒勞三獻君」認為此篇當作於「三入長安」獻策失敗之後。餘如詹鍈、郁賢皓皆認為當是賜金放還之後，即「二入長安」之後所作。

校記

① 此首整篇有異文，見《感遇》其七：「揭來荊山客，誰為珉玉分。良寶絕見棄，虛持三獻君。直木忌先伐，芬蘭哀自焚。盈滿天所損，沈冥道所群。東海有碧水，西山多白雲。魯連及夷齊，可以躡清芬。」

② 汎：兩宋本注：「一作流」。咸淳本、楊蕭本、嚴羽點評本、《唐李白詩》、李齊芳本、玉海堂本、郭雲鵬本俱作「沉」。劉世教本注：「汎碧水一作沉碧水」。

注釋

（1）「抱玉」二句：《韓非子・和氏》：「楚人和氏得玉璞楚山中，奉而獻之厲王。厲王使玉人相之。玉人曰：『石也。』王以和為誑，而刖其左足。及厲王薨，武王即位。和又奉其璞而獻之武王。武王使玉人相之。又曰：『石也。』王又以和為誑，而刖其右足。武王薨，文王即位。和乃抱其璞而哭於楚山之下，三日三夜，淚盡而繼之以血。王聞之，使人問其故，曰：『天下之刖者多矣，子奚哭之悲也？』和曰：『吾非悲刖也，悲夫寶玉而題之以石，貞士而名之以誑，此吾所以悲也。』王乃使玉人理其璞而得寶焉，遂命曰：『和氏之璧。』」朱諫注：「抱玉者，卞和也。」

（2）良寶：《墨子・耕柱》：「子墨子曰：和氏之璧，隋侯之珠，三棘六異，此諸侯之所謂良寶也。」

（3）「直木」句：《莊子・山木》：「直木先伐，甘井先竭。」　「芳蘭哀自焚」：梁元帝《金樓子》卷四：「蚌懷珠而致剖，蘭含香而遭焚。」《太平御覽》卷九八二《香部》：「蘇子曰：『蘭以芳自燒。』」

（4）「盈滿天所損」：《尚書・大禹謨》：「滿招損。」　沉冥：朱諫注：「即沈晦也。」　道為群：與道為群也。班固《西都賦》：「大雅宏達，於茲為群。」

（5）「東海」句：《戰國策・趙策三》：「魯仲連曰……彼秦者，棄禮儀而上首功之國也。權使其士，虜使其民。彼即肆然而為帝，過而遂政於天下，則連有蹈東海而死耳，吾不忍為之民也。」楊齊賢注：「東海有碧水。」東方朔《十洲記》：「扶桑在東海之東岸一萬里，復得碧海，廣狹浩瀚，與合東岸九，碧水既不鹹苦，正件碧色。」　「西關」句：《列仙傳》卷上：「老子姓李，名耳，字伯陽，陳人也。生於殷時，為周柱下史……後周德衰，乃乘青牛車去，入大秦，過西關。關令尹喜待而迎之，知真人也，乃強使著書，作《道德經》上下二卷。」蕭士贇引《關尹內傳》：「關令尹，周大夫也，善於天文，登樓四望，見東極有紫色，喜曰：應有聖人經過。果見老子。」此二句言魯仲連與老子，照應下文。

（6）魯連：即魯仲連。見《齊有倜儻生》（其十）注（1）。　柱史：又稱柱下史，星名，屬紫薇垣，在御女星的下面為柱史，負責每天記載紫宮中發生的日常大事，史官將每旬要辦的國家大事掛在宮中柱上而得名，《晉書・天文志》：「極東一星曰柱下史。」《步天歌》：「女史柱史各一戶，御女四星五天柱。」《觀象玩占》稱：「柱史一星在北極東，靠近尚書。」代指老子，《後漢書・張衡傳》：「庶前訓之可鑽，聊朝隱乎柱史。」李賢注引應劭曰：「老子為周柱下史，朝隱終身無患。」　躡：朱諫注：「蹈也，言繼其跡也。」　清芬：《文選》卷一七陸機《文賦》：「詠世德之駿烈，誦先人之清芬。」李善注：「清美芬芳之德。」

集評

　　嚴羽曰：和玉以既剖為幸，白更深將來之嗟。卞止足痛，李倍傷心。用事如此，方有論，有情，有識。（嚴羽、劉辰翁評點，聞啟祥輯《李杜全集》卷一）

　　蕭士贇曰：此篇感歎之詩也。前四句為士不遇知己者歎也。「直木忌先伐，芳蘭哀自焚」者，為才士用世知進而不知退，適以自累其身者歎也。於

是翻然悟曰：虧盈者，天之道也，曷若沈冥隱晦，傚魯連柱史之高舉遠蹈，與道為群，以保其身也哉。（《分類補注李太白詩》卷二）

朱諫曰：（「抱玉」八句）夫卞和得荊山之璞，獻於楚國之君，玉人不識而楚君見疑，兩刖其足，此事古來之所傳者。是良寶終見棄，徒勞三獻之勤也。正猶君子之懷才抱德，人君棄之而弗用，雖有傚用之心，不蒙見錄，亦徒勞而已矣。人君之不寶賢如此，故直道無所容也。譬如直木而先伐，芳蘭而見焚，木可用而蘭有香，故不能以自壽也。蓋天道惡盈而好謙，所以盈滿者天必損之，惟能沉冥以自晦者，為道之所萃而終無所傷。若為皎皎之行，則自取速亡之禍，安可以直道而行乎？（「東海」四句）承上言道之不合時，無所容矣，故仲連欲避秦而蹈海，老子欲棄世而入關。茲二人者，有先見之智，有高世之心，我願學焉。將以繼其芳躅，而躡其清芬，庶乎恥辱禍患之不吾及也。（《李詩選注》卷一）

徐禎卿曰：此白自傷才不遇也，思遠舉以全身也。（四部本李集）

林兆珂曰：木以直見嫉而先伐，蘭以芬芳而自焚，以賢才懷寶賈禍也，魯連、柱史，太白自譬。此太白自傷才不遇世，思遠舉以全身也。（林兆珂《李詩鈔述注》卷六上首注）

唐汝詢曰：意謂士之知遇既難，寸美復足為累，觀直木、芳蘭可知矣。彼天惡盈滿，道貴沉冥，此理固然，無足怪者。士既遭擯於時，便宜蹈海出關，以躡魯連、柱史之清芬耳，安能傚卞和之三獻哉？此自惜其才不為時用，而有遺世之想焉。蓋太白供奉翰林，已而為楊妃所毀，遂至放還，故以抱玉見疑為比。（《唐詩解》卷三）

吳昌祺曰：「東海」二句太工麗。（《刪訂唐詩解》卷二眉批）

沈寅、朱崑曰：此為不得志者感歎之詩也。言卞和抱玉而見棄，為貞士不遇知己者歎也。「直木忌先伐，芳蘭哀自焚」，為才士用世，知進不知退，適以自累其身者歎也。於是翻然悟曰：盈虧者，天之道也。曷若沉冥隱晦，傚魯連、柱下之高舉遠蹈，與道為群，明哲保身，而躡其清芬也哉？（《李詩直解》卷一）

曾國藩曰：此首戒懷才者之不宜自炫，宜以老子、魯連為法。（《求闕齋讀書錄》卷七）

笈甫主人曰：上首批文：侈於文者其質必凋，富於詞者其骨必弱，徒矜其綺麗而不能進求其本原，適以招木伐蘭焚之釁，此世所以不足珍也。說盡徐陳應劉一班文士之病。見道之言，言外有正意，無窮感喟。正聲微而騷人

怨，世運為之，我生垂衣復古之時，而遇合如此，只可以躍鱗屬之群才，而以刪述自任，希聖垂輝，此首乃文之大轉捩處，要以下皆太白自敘之詞。(《瑤臺風露》)

安旗曰：詩用和氏璧事，非止泛言良寶見棄。和氏獻璞，僅一獻、二獻失敗，三獻終於成功。詩云「良寶終見棄，徒勞三獻君」，下篇又云「良寶絕見棄，虛持三獻君」，顯係藉此隱喻一生三次入長安均告失敗。(《李白全集編年箋注》卷十)

詹鍈曰：按此詩與卷二十四《感興》第七首略同。蕭氏於《感興》第七首下注曰：按此篇已見二卷《古風》之三十六首。但有數語之異，是亦當時初本傳寫之殊，編詩者不忍棄，兩存之耳。按：《感興》其七曰：「羯來荊山客，誰為珉玉分。良寶絕見棄，虛持三獻君。直木忌先伐，芬蘭哀自焚。盈滿天所損，沉冥道所群。東海有碧水，西山多白雲。魯連及夷齊，可以躡清芬。」(《李白全集校注彙釋集評》卷二)

按語

蕭說為是，其餘諸家之說大致相似，惟安旗認為三獻暗寓「三入長安」，然李白是否「三入長安」的問題目前在學界仍存在較大爭議，在無確鑿證據可依的前提下，存疑待考。此白不獲見用後自我安慰警戒之語也，亦是通篇用典，隱喻而已。

其三十七　燕臣昔慟哭

燕臣昔慟①哭，五月飛秋霜(1)。庶女號蒼天，震風擊齊堂(2)。
精誠有所感，造化為悲傷(3)。而我竟何辜？遠身金殿旁②(4)。
浮雲蔽紫闥，白日難回光(5)。群沙穢明珠，眾草凌孤芳(6)。
古來③共歎④息，流淚空沾⑤裳(7)。

題解

朱言：賦也。此詩乃白被黜而自歎之辭也。

按：此篇乃自陳遭際，悲憤無已之詞。

編年

安旗繫於天寶六年（747 年），時李白 47 歲。

詹鍈：安旗繫此詩於天寶六載，謂此詩「浮雲蔽紫闥，白日難回光」與

《登金陵鳳凰臺》「總為浮雲能蔽日，長安不見使人愁」二句意同，當為同期之作。其實兩詩如有意同之句，恐非同期之作。太白乃大手筆，豈能於同期作意同之句乎？

郁賢皓：從詩意可以看出，此詩當是天寶三載（744）被放逐還山時所作。

按：白詩中意同者比比皆是，如「雌雄終不隔，神物會當逢。」（《寶劍雙蛟龍》）「張公兩龍劍，神物合有時。」（《梁甫吟》）等，詹氏之反駁有理，安氏之繫年理由，無確據，然詹氏以太白大手筆，不會同期作同意之句作為反駁，似亦稍顯牽強。此篇大致作於賜金放還之後。

校記

① 慟：嚴羽點評本作「痛」。
② 兩宋本無此二句，於上句「悲傷」下注：「一本此下添而我竟何辜？遠身金殿旁。」餘本此二句皆為正文。劉世教本：「而我竟何辜？遠身金殿旁，一本無此二句。」朱諫本、《唐李白詩》「旁」作「傍」
③ 古來：兩宋本「歎息」後注「一作今來。」
④ 歎：兩宋本、咸淳本、楊蕭本作「歎」。「歎」「歎」同。
⑤ 沾：嚴羽點評本作「霑」。

注釋

（1）「燕臣」二句：燕臣，即鄒衍。《論衡‧感虛》：「鄒衍無罪，見拘於燕。當夏五月，仰天而歎，天為隕霜。」楊齊賢注：「《淮南子》：鄒衍盡忠於燕，惠王信讒而繫之。鄒衍仰天而哭，正夏而天為之降霜。」

（2）「庶女」二句：《淮南子‧覽冥訓》：「庶女叫天，雷電下擊。景公隕臺，支體傷折，海水大出。」高誘注：「庶賤之女，齊之寡婦。無子不嫁，事姑謹敬。姑無男有女，女利母財，令母嫁婦，婦益（終）不肯。女殺母以誣寡婦，婦不能自明，冤結叫天。天為作雷電，下擊景公之臺，隕壞也，毀景公之支體，海水為之大溢出也。」江淹《詣建平王書》：「昔者賤臣叩心，飛霜擊於燕地；庶女告天，振風襲於齊臺。」劉履《風雅翼》：「震風當作震雷，今江淹書之謬而誤用耳。」

（3）精誠：至誠。朱諫注：「精誠者，誠之至也。」《莊子‧漁父》：「真者，精誠之至也，不精不誠，不能動人。」李白《梁甫吟》：「白日不照吾精誠，杞國無事憂天傾。」　　造化：自然界。杜甫《望嶽》：「造化鍾神

秀，陰陽割昏曉。」

（4）「而我」二句：指李白被玄宗賜金放還之事。江淹《詣建平王書》：「日
者，謬得升降承明之闕，出入金華之殿，何嘗不局影凝嚴，側身局禁者
乎？」朱諫注：「按《李白傳》：賀知章薦白於玄宗，召見金鑾，賜食調
羹，待詔金馬門。後以樂章被高力士、楊貴妃譖，遂放還山。」按：李
白被明皇召見及因高、楊讒害被賜金放還之事，《新唐書》《舊唐書》之
《李白傳》及李陽冰《草堂集序》中均可見。　　辜：罪。曹丕《燕歌
行》：「尔獨何辜限河梁。」

（5）「浮雲」二句：紫闥：朱諫注：「闥，門也。紫闥，天子之門也。」《文
選》卷三七曹植《求通親親表》：「至於注心皇極，結情紫闥，甚明知之
矣。」劉良注：「紫闥，天子所居也。」　　回光：曹植《求通親親表》：
「若葵藿之傾太陽，雖不為回光，然向之者，誠也。」　　浮雲蔽曰：
原比喻姦佞之徒蒙蔽君主，後泛指小人當道，社會一片黑暗。《文子·上
德》：「日月欲明，浮雲蓋之。」晉載記云：「不見雀來入燕室，但見浮雲
蔽白日。」

（6）「群沙」二句：朱諫注：「明珠，孤芳，喻君子也；群沙，眾草，喻小人
也。」屈原《惜往日》：「君無度而弗察兮，使芳草為藪幽。」《悲回風》：
「故荼薺不同畝兮，蘭茝幽而獨芳。」

（7）沾裳：朱諫注：「淚之多也。」曹丕《燕歌行》：「短歌微吟不能長，為誰
淚下沾衣裳。」

集評

蕭士贇曰：（「燕臣」四句）此言風霜雷電，皆造化之所為也，精誠之所
感，造化者亦為悲傷，故示警焉。　　又曰：太白此詩，其遭高力士懷脫靴
之恥，摘《清平樂》詞之語，譖於貴妃，放黜之時所作乎？前八句引興述事，
「浮雲」比力士，「紫闥」比中宮，「白日」比明皇，其意謂力士譖之於貴妃，
明皇覆信貴妃之言而疏之，難回光者，上意卒不可回也。「群沙」「眾草」以
喻小人，「明珠」「孤芳」以喻君子，「古來共歎息，流淚空沾裳」者，此乃太
白自解慰之辭，謂君子為小人所讒者，自古皆然，豈獨今之世哉？夫如是則
惟有空自流淚沾裳，以寄吾睠戀之意云耳，吁哀而不傷，怨而不誹，太白此
詩，蓋得之矣。（《分類補注李太白詩》卷二）

劉履曰：太白在翰林，高力士以脫靴之恥，譖於貴妃。帝三欲命官，皆

被阻止，遂詔令歸山。一云為同列所謗而黜。此篇殆放黜已後所作，故有「遠身金殿」之歎。然太白之事，自與燕臣、庶女不同。援引太過，讀者詳之。(《風雅翼》卷十一)

朱諫曰：(「燕臣」八句) 言昔者燕臣鄒衍盡忠被讒，仰天而哭，五月為之飛霜，寡婦庶女，盡孝受誣，蒼天震怒，風雷下擊於齊堂，此忠孝之精誠通乎神明，故造化亦為之悲傷，昭然而感應也，今我之事君，亦無罪愆，何故使我遭此讒間，去朝廷而見斥乎？彼蒼者天，寧不我恤，使我罹此困厄，感應之機，又何有古今，若此之不同者乎？(「浮雲」六句) 承上言白自謂也。言我無辜而遠身於金殿者，是浮雲之蔽乎紫闥，白日難以回光以相照也。蓋群讒迷惑乎聖聽，君心亦為之而蠱惑矣。小人眾而君子獨，終必見傷，是群沙穢乎明珠，不得以自顯也。眾草凌乎孤芳，不能以獨存也。邪不勝正，古人所歎。我今不幸遭此讒謗，則浮雲多而白日遠矣。徒然流淚之霑裳，又何益之有乎？(《李詩選注》卷一)

林兆珂曰：此詩蓋作於高力士譖毀之後，明皇放黜之時。此等詩不擬《騷》而旨趣全是《騷》，以其師《騷》之神骨，以《騷》為氣息，不在襲其字句，竊其皮毛也。又曰：忠而見疑，信而被謗，天地雖為激怒，而魂正嫉賢之輩，固依然穢污明珠，凌滅孤芳，此古今所固慨也。(林兆珂《李詩鈔述注》卷六上首注)

唐汝詢曰：言燕臣、庶女之遇譖，猶能精感造化，以白其冤。我獨何罪，而與闕廷邈遠乎？正以讒邪之壅塞人主，甚於燕齊，故我不能自明耳。況彼又如沙草之群聚，以排擯孤臣，疇能與之角勝也？我想忠邪倒置，古人所悲，亦安所控訴哉？惟流淚霑裳而已。按：蕭注以「浮雲」比力士，其說是矣。然予觀紫闥之洒宮掖之謂：「浮雲蔽紫闥」者，本謂楊妃蔽欺天子，力士特從旁贊之耳。「白日難回光」，則言天子惑於讒口，雖有聰明，不能自用也。「群沙」「眾草」則言譖己者非一，又豈止楊妃、力士耶？《唐書》本傳曰：白供奉翰林，帝愛其才，數宴見。白嘗侍帝，醉使高力士脫靴。力士素貴，恥之，摘其詩以激楊貴妃。帝欲官白，妃輒沮之。白自知不為親近所容，懇求還山。此被謗之後，心不忘君而作也。(《唐詩解》卷三)

陳懋仁曰：太白《古風》云「燕臣昔痛哭，五月飛秋霜」，悲庶女之冤；《贈江陽宰》云：「城門何肅穆，五月飛秋霜」，譽政令之肅。句意意兩，指用不拘。(《藕居士詩話》卷上)

王夫之曰：意至詞平，不害其直。(《唐詩選評》卷二)

應時曰：怨而不悱。(《李詩緯》卷一)

丁谷雲曰：此為去國而作，與後《擬古》同意。但《擬古》是比體，此是興體。(《李詩緯》卷一)

周珽曰：悲壯擊漸離之筑，雄奇撾漁陽之鼓，一肚皮憤氣，藉詞以發洩，何如廣陵怒濤！(《刪補唐詩選脈箋釋會通評林‧盛五古四》)

曾國藩曰：前六句言積誠可以回天，後六句言眾口可以鑠金。理有定而事無定，反覆感歎。(《求闕齋讀書錄》卷七)

笈甫主人曰：句評：「而我竟何辜」：轉筆圓湛。(《瑤臺風露》)

詹鍈曰：天寶三載，白賜金放還，此詩當作於是時。(《李白全集校注彙釋集評》卷二)

安旗曰：此詩「浮雲蔽紫闥，白日難回光」二句，與上篇「總為浮雲能蔽日，長安不見使人愁」二句意同，當為同期之作。其時白漂泊江東，故曰「遠身金殿旁」。(《李白全集編年箋注》卷八)

按語

蕭說有理，劉履說「援引太過」似不妥，唐汝詢之語可為之解，蕭、唐之說，「浮雲」「紫闥」「白日」者，皆可不必坐實而論喻指某人，師其意即可；林兆珂所言「師騷之神骨，以騷為氣息」者，詩中之「香草美人」為喻者，該傳統亦自屈原始，字句亦有相似之處，甚是；劉履說此篇與《擬古》同意，然有興體與比體之別，亦有理，《古風》五十九首與其餘《感遇》類二十八篇，同可歸入「古風型詩」，有契合之處；至於各家認為此創作於去朝之時，很是。此篇精神氣質，皆類屈原被疏後之作。

其三十八　孤蘭生幽園

孤蘭生幽園，眾草共蕪沒⁽¹⁾。雖照陽春暉，復悲高秋月⁽²⁾。
飛霜早淅瀝，綠艷恐休歇^{①(3)}。若無清風吹，香氣為誰^②發⁽⁴⁾？

題解

朱言：比也。此白以蘭自喻。

按：此篇意在求進。

編年

安旗繫於開元十八年(730年)，時李白30歲。曰：「觀末二句，其時尚

未奉詔入朝甚明。」

　　郁賢皓：從詩意推測，此詩亦似天寶三載（七四四）被放還山後所作。

按：此篇作年不詳。

校記

① 休歇：劉世教本作「凋歇」，並注：「凋歇又作休歇。」　　朱諫本「休」
作「停」。

② 誰：咸淳本作「君」，並注：「一作誰。」

注釋

（1）「孤蘭」二句：楊齊賢注：「《水經》云，零陵郡都梁縣西小山上有淳水，
其中悉生蘭草，綠葉紫莖。《楚辭》有春蘭、秋蘭、石蘭，王逸皆曰香草，
不分別也。」朱諫注：「蘭，香草也。」《琴操·猗蘭操》：「孔子歷聘諸
侯，諸侯莫能任。自衛反魯，過隱谷之中，見薌蘭獨茂，喟然歎曰：『夫
蘭當為王者香，今乃獨茂，與眾草為伍，譬猶賢者不逢時，與鄙夫為倫
也。』乃止車授琴鼓之云：『習習谷風，以陰以雨。之子于歸，遠送于野。
何彼蒼天，不得其所。逍遙九州，無所定處。世人暗蔽，不知賢者。年
紀逝邁，一身將老。』自傷不逢時，託辭於薌蘭云。」屈原《離騷》：「哀
眾芳之污穢。」

（2）高秋：《歲華紀麗》卷三《九月》：「高秋，亦曰暮秋、末秋、殘秋。」陸
機《短歌行》：「嗷以春暉，蘭以秋芳。」《長歌行》：「陽春布德澤，萬物
生光輝。常恐秋節至，焜黃華葉衰。」

（3）飛霜：顏延之《祭屈原文》：「曰若先生，逢辰之缺，溫風怠時，飛霜急
節。」　　淅瀝：朱諫注：「霑濕意。」《文選》卷一三謝靈運《雪賦》：
「霰淅瀝而先集，雪紛糅而遂多。」劉良注：「淅瀝，細下貌。」　　歇：
盡。《楚辭·九章·悲回風》：「蘋蘅槁而節離兮，芳以歇而不比。」

（4）清風：《詩經·大雅·烝民》：「吉甫作誦，穆如清風。」《抱朴子·交際》：
「芳蘭之芬烈者，清風之功也；屈士起於丘園者，知己之助也。」朱諫
注：「霜能殺物，而清風能生物者也。」

集評

　　蕭士贇曰：《琴操》：孔子過谷中，見蘭獨茂，歎曰：蘭當為王者香，今
乃獨茂，與草為伍，乃止車援琴鼓之，自傷不逢時，託辭於香蘭也，此篇主
意全出於此，太白蓋自歎也。此亦比興之詩也。首兩句謂君子在野，未能自

拔於眾人之中，三句至六句謂雖蒙主知，而小人之讒譖者已至，孤寒之士亦如是而已矣。末句則謂若非在位之人引類拔萃而薦用之，則雖有德馨，亦何以自見？託辭於孤蘭也。(《分類補注李太白詩》卷二)

朱諫曰：(「孤蘭」四句) 言孤蘭生於幽園之中，而眾草共蕪沒之。孤則無群，蕪則深遠，眾草之多而又易於蕪沒也。雖有春陽之照臨，其生意之未多，仍恐高秋之月，又為肅殺之氣而凋傷矣。以比君子之困於下位，小人群然而共攻之，雖蒙人君之見禮，終亦不能以自安也。(「飛霜」四句) 承上言高秋之時，飛霜淅瀝，淹浥孤蘭，綠艷為之而凋歇，將不久而自萎矣。若無清風之披拂，則當與凡草而同腐，縱有清香，為誰而發生乎？是猶君子之特立，忽遭群邪之謗詶，自非在□之大臣為之吹噓而洗雪之，則其平生所抱負者，亦終泯沒而無聞矣。安得有所顯揚乎？(《李詩選注》卷一)

徐禎卿曰：此亦太白自傷之詞也。(郭本李集引)

林兆珂曰：此篇謂君子阨於下位，雖蒙主知，奈小人之讒言日至，若非有吹噓之者，雖有德馨，曷以自見哉？此亦有望於賢者援引之意。(林兆珂《李詩鈔述注》卷六上首注)

《唐宋詩醇》曰：前有「燕臣惜慟哭」一章，與此均遭讒被放而作。前篇哀而不傷，怨而不誹，尚近《離騷》悲痛之旨，此則溫柔敦厚，上追風雅矣。(卷一)

陳沆曰：在野不能自拔，雖蒙主知，已被眾忌。若無當位之人，披拂而吹噓之，雖有德馨，何由自達哉！此自傷遇主被讒，孤立莫援也。(《詩比興箋》卷三)

曾國藩曰：此首喻賢才處幽谷，須有汲引之者。(《求闕齋讀書錄》卷七)

奚祿詒曰：言君子無以自見於眾人者，讒者多而汲引者少也。(見《李詩通》卷六手批)

笈甫主人曰：「孤蘭」一首，婉約深至，「登高」一首，跌蕩淋漓，皆承「燕臣」一首自寫身世之感，而處之以《騷》經作骨，蓋靈均之心即太白之心也。不評於《離騷》者，不可以作詩，並不可以讀詩，誰信此言？(《瑤臺風露》)

安旗曰：諸說近似，唯謂遭讒被放之作，則否。其時尚未奉詔入朝甚明。(《李白全集編年箋注》卷二)

按語

　　此篇似祖陳子昂《感遇》其二來而有所引深，詩曰：「蘭若生春夏，芊蔚何青青。幽獨空林色，朱蕤冒紫莖。遲遲白日晚，嫋嫋秋風生。歲華盡搖落，芳意竟何成。」不同之處在於太白於篇末明點苟求汲引者之意；遣詞用意全是騷體，做法立意、精神歸旨、香草美人、隱喻連類，皆承屈原而來，乃師《騷》之風骨神韻者。

　　此篇與其二十六《碧荷生幽泉》篇極類，寫荷花、孤蘭為「飛霜」所欺而凋，俱為秋景，「誰為傳」「為誰發」又皆是問句，無論是願託於華池之畔，還是願有清風照拂，都是希冀求進之語，大抵為一時之作；「雖照陽春暉」乃雖然曾經受到掌權者的恩遇，奈何仍困於「幽園」之中，不能長久地照耀於春暉之下，而只能悲歎於秋月之夜，與「眾草」一同荒蕪，「飛霜」一至，終將凋零。但篇末仍寄希望於能得清風照拂，使馨香得傳。蓋太白此時雖遭遇挫折，但仍得二三知遇者，其心不灰也，此篇似為太白初入長安雖得賀知章賞識，但仍一無所獲，不得進階後希冀援引者所作。

　　各家之說，不無道理，安旗之語有理，惟《唐宋詩醇》以現存《古風》前後篇次序為基礎而論，因現存次序必不是李白原序，如此作解似不妥。

其三十九　登高望四海

登高望四海，天地何漫漫[1]！霜被群物秋，風飄大荒寒[2]。
榮華東流水，萬事皆波瀾[3]。白日掩徂暉①，浮雲無定端[4]。
梧桐巢燕雀，枳棘棲鴛②鸞[5]。且復歸去來，劍歌行路難③[6]。

又一本云

登高望四海，天地何漫漫！霜被群物秋，風飄大荒寒。
殺氣落喬木，浮雲蔽層巒[7]。孤鳳鳴天霓④，遺聲何辛酸[8]。
游人悲舊國，撫心⑤亦盤桓[9]。倚劍歌所思，曲終涕泗⑥瀾[10]。

題解

　　朱言：賦而比也。舊說此詩（指「又一本云」）疑為白遭亂之後而作，理或然也。又曰：按此詩必是安史陷京師之後，白在流竄之際而作。舊集所載，前後凡二章，章首四句皆同。自第五句以下有小異。此章詞意，上下接續，明白易曉。舊本置之於次。今觀前章自第五句以下，意與上文不相蒙。豈

初本與改本置不同歟？故以此章注釋其義，而以前章附見於後，以俟知者。

按：此二篇似為孿生底本，後者充滿蕭殺之氣，前者似為修改後的版本，情
　　感稍顯內斂，寫世事將亂之象。

編年

安旗繫於天寶二年（743 年），時李白 43 歲。

詹鍈《李白詩文繫年》繫於天寶三載（744）下，曰：「詩中『且將歸去
來，劍歌行路難』等句，似應指被讒去朝而言。」《李白全集校注彙釋集評》
又補充說：「『登高』四句乃是即目，以眼前蕭瑟秋景興起家國身世之感。言
君為讒邪所惑，小人竊據高位，君子沉於下僚，我當去朝遠引也。」

郁賢皓：按詩云「且復歸去來」，亦當為天寶三載（七四四）被讒去朝
時作。（《李白選集》）

按：此篇當作於王朝將亂之時。

校記

① 暉：嚴羽點評本作「輝」。

② 鴛：劉世教本、李齊芳本作「鵁。」

③ 兩宋本、《唐李白詩》：「一本自第四句後云殺氣落喬木，浮雲蔽層巒，孤
　　鳳鳴天霓，遺聲何辛酸。游人悲舊國，撫心亦盤桓。倚劍歌所思，曲終涕
　　泗瀾。」　咸淳本無此注。　元刻蕭本、郭雲鵬本有「又一本云」注，
　　前四句同，後八句與兩宋本注文同。並注：「此篇從『殺氣落喬木』八句，
　　元附在三十九首第四句之下云『一本如此。』臆見觀之，恐是當時初本、
　　改本，編集者兩存之。今揭出，別作一首，以為又本三十九首云。」　朱
　　諫本將前四句與後八句「一作」注文合為一首。　劉世教本與元刻蕭本、
　　郭雲鵬本通，並注：「一本作登高望四海，天地何漫漫！霜被群物秋，風
　　飄大荒寒。榮華東流水，萬事皆波瀾。白日掩徂暉，浮雲無定端。梧桐巢
　　燕雀，枳棘棲鴛鸞。且復歸去來，劍歌行路難。」

④ 天霓：郭雲鵬本、朱諫本、劉世教本作「天倪」。

⑤ 撫心：郭雲鵬本、《唐李白詩》作「舞心。」

⑥ 涕泗：郭雲鵬本、朱諫本、王琦本注引作「涕洄。」

注釋

（1）四海：《爾雅·釋地》：「九夷、八狄、七戎、六蠻，謂之四海。」泛指天
　　　下各處。阮籍《詠懷詩》：「登高望九州，悠悠分曠野。」　漫漫：廣

遠無際貌。朱諫注：「漫漫，遠也。」沈約《早發定山寺》：「歸海流漫漫，
出浦水濺濺。」

（2）霜被群物秋：《史記》卷八十七《李斯傳》：「故秋霜降者草花落，水搖動
者萬物作。」《文選》曹植《朔風詩》：「繁華將茂，秋霜悴之。」　大
荒：極遠的荒野之地。《山海經》：「大荒之中，有山，名曰大荒之山，日
月所入……是謂大荒之野。」《文選》曹植《七啟》：「玄微子隱居大荒之
庭，飛遯離俗澄神定靈。」《抱朴子·博喻》：「逸鱗逍遙大荒之表，故無
極穽之禍。」此二句為「群物被霜秋，大荒飄風寒」之倒裝。

（3）「榮華」二句：榮華：本意指草木開花，喻人之美好的容顏和年華，
《離騷》：「及榮華之未落兮，相下女之可詒。」王逸注：「榮華，喻顏
色。」　波瀾：陸機《君子行》：「休咎相乘躡，翻覆若波瀾。」楊齊
賢注：「謂榮華如東流之水，晝夜不停；萬事如波瀾，忽生忽滅。」

（4）「白日」二句：蕭士贇注：「白日，君象；浮雲，喻小人也。」沈德潛《唐
詩別裁集》：「『白日』二語，喻讒邪惑主。」　徂暉：即落日餘暉，王
琦注：「落日之光也。」

（5）「梧桐」二句：《莊子·秋水》：「南方有鳥，其名鵷鶵。子知之乎？夫鵷
鶵，發於南海，而飛於北海，非梧桐不止，非練實不食，非醴泉不飲。」
成玄英疏：「鵷鶵，鸞鳳之屬，亦言鳳子也。」《後漢書》卷七六《仇覽
傳》：「枳棘非鸞鳳所棲，百里豈大賢之路？」楊齊賢注：「《楚辭》：『葛
藟虆於桂樹兮，鴟鴞集於木蘭』以言小人進在高位，貪佞升為公侯。梧
桐本鳳凰所棲，今燕雀巢之；枳棘燕雀所安，今鴛鸞棲之。亦此意。」
蕭士贇注：「詩云鳳凰鳴矣于彼高崗，梧桐生矣于彼朝陽，注云鳳凰之性，
非梧桐不棲……此亦喻小人在為位，君子在野之意也。」王琦注：「鴛，
當是鵷字之訛。」沈德潛《唐詩別裁集》：「『梧桐』二語，喻小人得志，
君子失所。」

（6）「且復」二句：歸去來，即歸去，來為語氣助詞，陶淵明《歸去來兮
辭》。　劍歌：彈劍而歌，典出《史記·孟嘗君列傳》：「馮諼聞孟嘗君
好客，躡屩而見之……君孟嘗君置傳舍十日，孟嘗君問傳舍長曰：『客何
所為？』答曰：『馮先生甚貧，猶有一劍耳，又蒯緱。彈其劍而歌曰：「長
鋏歸來乎，食無魚」孟嘗君遷之幸舍，食有魚矣。五日，又問傳舍長。
答曰：『客復彈劍而歌曰：「長鋏歸束乎，出無輿。」』孟嘗君遷之代舍，
出入乘輿車矣。五日，孟嘗君復問傳舍長。舍長答曰：『先生又嘗彈劍而

歌曰：「長鋏歸來乎，無以為家。」』孟嘗君不悅。」　　行路難：樂府
曲名。《樂府古題要解》：「《行路難》備言世路艱難及離別傷悲之意。」
鮑照有《擬行路難》十九首，李白有《行路難》三首，其二曰：「昭君白
骨縈蔓草，誰人更掃黃金臺？行路難，歸去來。」李白《贈從兄襄陽少
府皓》：「彈劍徒激昂，出門悲路窮。」

（7）殺氣：陰氣，寒氣。《禮記・月令》：「仲秋之月……殺氣浸盛，陽氣日衰。」
《史記・匈奴列傳》：「匈奴處北地，寒，殺氣早降。」江淹《雜體詩・
鮑參軍昭戎行》：「孟冬郊祀月，殺氣起嚴霜。」

（8）孤鳳：朱諫注：「喻孤臣也，白自謂也。」　　天倪：朱諫注：「倪，際
也；天倪，天際也。」莊子《齊物論》：「和之以天倪，因之以曼衍。」

（9）遊人：朱諫注：「遊人，亦白自謂也。舊國，長安之故都也。」　　撫心：
朱諫注：「以手摩心，蓋痛之也。」　　盤桓：朱諫注：「盤桓，不忍遽
去也。」蕭士贇注：「《易》曰：盤桓，利居，貞。象曰：雖盤桓，志行
正也。」

（10）涕泗瀾：言涕淚之多。

集評

　　蕭士贇曰：此篇「登高望四海，天地何漫漫」者，以喻高見遠識之士知
時事之昏亂也。「霜被群物秋，風飄大荒寒」者，以喻陰小用事而殺氣之盛也。
「榮華東流水，萬事皆波瀾」者，謂遭時如此，所謂榮華者者如水之逝，萬
事之無常亦猶波瀾之無有底止也。「日」君象，「浮雲」姦臣也，「掩」者蔽也，
「徂輝」者日落之光也。以喻人君晚節為姦臣蔽其明，猶白日將落為浮雲掩
其輝也。無定端者，政令之無常也。「梧桐巢燕雀」者，喻小人在上位而得志
也。「枳棘棲鴛鸞」者，喻君子在下位而失所也。「且復歸去來，劍歌行路難」
者，白意蓋謂危邦不入，亂邦不居，識時知幾之士，當此之際，惟有歸隱而
已。吁，詩意亦微而顯者歟！　　又曰（指又一本云）：太白此詩，其作於安
史亂離之後乎？睠戀京國之情溢於言辭之表，讀之令人感涕。（《分類補注李
太白詩》卷二）

　　朱諫曰：（又一本云「登高」八句）言我登高以望四海，但見大（當作
「天」）地之間漫漫然而廣遠，損（當作「隕」）霜凋乎物色，飄風起乎大荒，
殺氣騰而木葉脫，浮雲昏而群峰隱，此皆亂亡之氣象，斯時也，鳳之無朋者，
悲鳴於天，方遺聲遠聞，何辛酸也！是猶去國之孤臣，不獲所偶，呻吟無聊，

而悲怨之聲似有不忍聞者矣。（「遊人」四句）上言四海喪亂，而孤臣懷憤。此言故國丘墟之傷情也。我之行役，來往長安，覩宗廟之陵夷，念先緒之墜覆，撫心內痛，盤桓而不忍去。仰思我朝之盛時，君明而臣良，乾坤清夷，庶類阜繁。今不可復見矣。於是倚劍而歌，舒其憤懣之氣。歌曲既終，不覺涕淚之汎瀾也。（《李詩選注》卷一）

徐禎卿曰：蕭說是也。（郭本李集引）

《唐李白詩》朱批曰：浩渺誕蕩，神魂飛越。（卷一）

林兆珂曰：此篇言當時世亂，天地晦冥，君子在下，小人在上，識時之士惟有歸去來而已。又曰：阮生哭路，同此風槩。「浮雲」句匪夷所思，清揚入妙。（林兆珂《李詩鈔述注》卷六上首注）

沈德潛曰：「白日」二語，喻讒邪惑主。「梧桐」二語，喻小人得志，君子失所。（《唐詩別裁集》卷二）

王琦曰：「登高望四海，天地何漫漫」，見宇宙廣大之意。「霜被群物秋，風飄大荒寒」，見生計蕭索之意。「榮華東流水」，言年華日去，如水之東流，滔滔不返。「萬事皆波瀾」，言生事擾擾，反覆相乘，如水之波瀾，無有靜時。「白日掩徂暉」，謂日將落而無光，如人將有去志而意色不快。「浮雲無定端」，言人生世上，行蹤原無一定，何必戀戀於此？或以日落為浮雲所掩，喻英明之人為讒邪所惑，兩句作一意解者亦可。梧桐之木本鳳凰所止，而燕雀得巢其上，喻小人得志。枳棘之樹本燕雀所萃，而鵷鸞反棲其間，喻君子所失。以上皆即景而寓感歎於間，以見不得不動歸來之念。意者是時太白所投之主人惑於群小而不見親禮，將欲去之而作此詩。舊注以時昏亂，陰小用事為解，專指朝政而言，恐未是。（《李太白文集》卷二）

陳沆曰：與「倚劍登高臺」「八荒馳驚飆」合評曰：此皆天寶亂作以後無志用世，而思遠逝之詞。（《詩比興箋》）

曾國藩曰：此首言萬事反覆，波瀾千變。（《求闕齋讀書錄》卷七）

詹鍈曰：按詩中「且復歸去來，劍歌行路難」等句，似應指被讒去朝而言。（《李白全集校注彙釋集評》卷二）

安旗曰：據「霜被群物秋，風飄大荒寒」二句，作時當在本年深秋，其時白去志已絕，故詩末遽曰「歸去來」。又曰：此詩兩本情調不一，所表現作者之心緒亦不同。若如一本所云，又似作於天寶亂起之後。（《李白全集編年箋注》卷五）

瞿、朱曰：梧桐二語與第十五首之「珠玉買歌笑，糟糠養賢才」意同，

「且復歸去來」二句又與第二十三首之「人心若波瀾，世路有屈曲」一致。
（《李白集校注》卷二）

按語

　　蕭說為是，《唐李白詩》朱批、林兆珂語得其神髓，沈德潛、陳沆句評從小處著眼，在理，曾國藩大處體悟，亦通，王琦之解與蕭說正相反，然從全篇宏大的視野和角度來看，言太白為小人不見親禮所發似顯得窄小些了；安旗所言有理，這兩個底本情調、心緒、筆法、結處都大不同，然以時間作解謂其分別作於天寶亂起之前後亦無確據，兩本情感一則克制內斂，一則噴揚恣肆，倒似有意貫徹首篇所言追思《大雅》溫柔敦厚之精神有意修改而成，二者當為孿生底本。

　　此篇情思殊異，雖首四句同，然當為一篇之兩作。李白《古風》，異文頗多，從一字，兩字，三字到整句，整首有異者不在少數。蓋白作之初，當有「孿生句子」或「孿生底本」存在，作後亦當對字句有所斟酌修改，詳參《古風》五十九首異文考論——以兩宋本、咸淳本、楊蕭本為中心》一節。兩相比較，前者溫柔敦厚，感情頗為克制內斂，而後者詞句如「殺氣」「鳴」「辛酸」「悲」「涕泗瀾」則有淒厲尖峭之感，此亦能證《古風》是經過李白審慎修訂過的。

其四十　鳳飢不啄粟

鳳飢不啄粟，所食唯琅玕[(1)]。焉能與群雞，刺蹙①爭一飡[(2)]？
朝鳴崑丘②樹，夕飲砥柱湍[(3)]。歸飛海路遠，獨宿天霜寒[(4)]。
幸遇王子晉，結交青雲端[(5)]。懷恩未得報，感別空長歎③[(6)]。

題解

　　朱言：比也。此白取喻之辭。

按：此篇感別之辭，兼抒高潔不屈之志。

編年

　　安旗繫於天寶三年（744年），時李白44歲。

　　郁賢皓：從詩意看，此詩當為天寶三載（744）告別長安友人時所作。

按：此篇當作於賜金放還，離開長安之時。

校記

① 刺蹙：兩宋本、咸淳本作「蹙促」，兩宋本於「蹙」後注：「一作刺」，咸
淳本無此注。楊蕭本、玉海堂本、郭雲鵬本、劉世敎本、王琦本均作「刺
蹙」。王琦本注：「一作蹙促。」

② 丘：嚴羽點評本、李齊芳本作「邱」

③ 歎：嚴羽點評本、《唐李白詩》、李齊芳本作「歎」。

注釋

（1）鳳：《說文解字》：「鳳，神鳥也。天老曰：鳳之象也，鴻前麐後，蛇頸魚
尾，鸛顙鴛思，龍文虎背，燕頷雞喙，五色備舉。出於東方君子之國，
翱翔四海之外，過崐崘，飲砥柱，濯羽弱水，莫宿風穴，見則天下大安
寧。」《淮南子・覽冥訓》：「鳳凰之翔，至德也。雷霆不作，風雨不興，
川谷不澹，草木不搖，而燕雀佼之，以為不能與之爭於宇宙之間。遠至
其曾逝萬仞之上，翱翔四海之外，過崑崙之疏圃，飲砥柱之湍瀨，邅回
蒙汜之渚，徜徉翼州之際，徑蹢都廣，入日抑節，羽翼弱水，暮宿風穴。
當此之時，鴻鵠鴿鶇，莫不憚驚伏竄，注喙江裔，又況直燕雀之類乎？
此明於小動之跡，而不知炎節之所由者也。」　琅玕：瓊樹之實也。《藝
文類聚》卷九〇《鳥部》：「《莊子》曰：『老子見孔子……老子歎曰：「吾
聞南方有鳥，其名為鳳，所居積石千里，天為生食，其樹名瓊樹，高百
仞，以璆琳琅玕為實。」』」宋玉《九辯》：「驥不驟進而求服兮，鳳不貪
餧而妄食。」阮籍《詠懷詩》：「朝食琅玕實，夕宿丹山際。」江淹《雜
體詩》：「靈鳳振羽儀，戢景西海濱。朝食琅玕實，夕飲玉池津。」

（2）刺蹙：庸碌繁忙貌，亦作刺促。朱諫注：「刺蹙，急意。」　爭一飡：
楊齊賢注：「屈原《卜居》云：『將於雞鶩爭食乎？』五臣注：『雞鶩，喻
讒夫；爭食，爭祿也。』」李白《鳴皋歌送岑徵君》：「雞聚族以爭食。」
又《贈郭季鷹》：「恥將雞並食，長與鳳為群。」

（3）昆邱：《山海經》卷一六《大荒西經》：「西海之南，流沙之濱，赤水之後，
黑水之前，有大山，名曰崑崙之丘。」　砥柱：山名，位於河南省三
門峽東，屹立於黃河急流之中，今因整治河道，山已炸毀。《水經注》卷
四《河水》：「又東過砥柱間。」注云：「砥柱，山名也。昔禹治洪水，山
陵當水者，鑿之。故破山以通河，河水分流，包山而過，山見水中若柱
然，故曰砥柱也。」《元和郡縣志》：「底柱山俗名三門山，在陝州硤石縣

東北五十里黃河中。」蕭士贇注：「詩云鳳凰鳴矣，于彼高崗；梧桐生矣，于彼朝陽。」

（4）歸飛：陸機《東宮作詩》：「仰瞻凌霄鳥，羨而歸飛翼。」　獨宿：朱諫注：「獨宿者，孤鳳也。」

（5）王子晉：《列仙傳》卷上《王子喬》：「王子喬者，周靈王太子晉也。好吹笙作鳳凰鳴，遊伊洛之間，道士浮丘公接以上嵩高山。三十餘年後，求之於山上，見柏良，曰：『告我家：七月七日待我於緱氏山巔。』至時，果乘白鶴駐山頭，望之不得到，舉手謝時人，數日而去。」

（6）劉楨《贈五官中郎將詩》之三：「秋日多悲懷，感慨以長歎。」　曹植《美女篇》：「盛年處房室，中夜起長歎。」

集評

葛立方曰：李太白《古風》兩卷，近七十篇，身欲為神仙者，殆十三四……或欲結交王子晉……豈非因賀季真有謫仙之目，而固為是以信其說耶？抑身不用，鬱鬱不得志，而思高舉遠引耶！（《韻語陽秋》卷十一）

蕭士贇曰：此詩似太白自比之作。太白雖帝族，非凡輩可儕。然孤寒疏遠，知章薦之方能致身金鑾，蒙帝知遇，可謂結交青雲端矣。此恩未報，臨別之時，安能不感歎哉！（《分類補注李太白詩》卷二）

劉履曰：初，太白以賀知章之薦，召見金鑾殿，帝降輦步迎，如見綺皓，賜食，親為調羹，出入翰林，問以國政。其見待遇如此，可謂「結交青雲端」矣。今既不合而去，亦安得不感歎之與？以上七首（按：指《咸陽二三月》《燕昭延郭隗》《郢客吟白雪》《越客採明珠》《綠蘿紛葳蕤》《世道日交喪》《鳳飢不啄粟》七篇），皆在朝廷不得意，將放歸山之時所作。（《風雅翼》卷十一）

朱諫曰：（「鳳飢」六句）言鳳為靈鳥，瑞世之物也。其所食者，惟琅玕之實。不得琅玕，雖饑亦不苟食，肯與群雞切切然而爭飡乎？雞之所食者，粟也。鳳不食粟，何爭之有？朝則鳴於崑丘之瓊枝，夕則飲於砥柱之清湍。鳳之所食者其潔如此，所處者其高如彼，鳳德之盛，豈凡鳥所及哉！（「歸飛」六句）承上言鳳之鳴於崑丘，飲於砥柱，居所生之地，得遂所適之性矣。今者遠遊於四海，欲歸故巢而路又遠，獨宿於此而天又寒。孑然無朋，與誰而為偶乎？幸遇王子晉吹笙相招，得與結交於青雲之上，情好日親，庶免獨宿之苦矣。此恩之厚，未及一報，今當別去，感激之心將何如乎？固知無以為

報也，不過付之長歎而已矣。按白初至長安，賀知章薦於明皇，後白流竄放回，而知章已死，故報德之意，終身為歉，若白者，可謂義士也。（《李詩選注》卷一）

徐禎卿曰：蕭說近是。（郭本李集引）

林兆珂曰：此篇太白自比之詞。蓋太白帝裔疏遠，賀知章薦之之方蒙知遇，懷恩未報，臨別而歎息也。　　紅批曰：不得於君，頗亦鬱鬱，到底太白之氣自在，「歸飛海路遠，獨宿天霜寒」，何等孤高自負。又曰：薰蕕不同器，雞鳳難為群。結交雖新，懷息未報，將飛感別，能毋慟乎？太白志潔行芳，故吐屬如鳴珠玉，非凡響所可溷也。（林兆珂《李詩鈔述注》卷六上首注）

胡震亨曰：王子晉，指長安中知己。史稱白自知不為親近所容，與賀知章、李适之、汝陽王璡等八人縱飲，為酒中八仙。璡為讓皇帝之子，子晉豈指璡也歟？（《李詩通》卷六）

唐汝詢曰：本傳：白初至長安，賀知章見其文，歎曰：子謫仙人也。言於玄宗，召見金鑾殿，賜食，帝為調羹。今詩中云子晉輩，指知章也。此亦放還之時，不忍辭君，故託鳳為比，以見志意。又曰：謂才雖超凡，分實疏遠。幸遇同聲之人，薦之雲表，得與萬乘投交，降輦調羹，榮寵渥矣。今未及報恩而別，能無嗟歎乎？（《唐詩解》卷三）

王夫之曰：此作如神龍，非無首尾，而不可以方體測知，直與步兵、弘農並驅天路矣。（《唐詩評選》卷二）

應時曰：初非自負，因感恩未報而發，章法甚巧。（《李詩緯》卷二）

吳昌祺曰：「歸飛」二句，自傷甚矣，何鳳之衰也！詩中子晉指賀知章也，此亦放還之時託鳳為比，謂才雖超凡，分實疏遠，幸遇同聲之人篤之雲表，今未及報思而別，能無嗟歎乎？（《刪訂唐詩解》卷二）

《唐宋詩醇》曰：前有「鳳凰九千仞」一篇，與此皆白自比也，懷恩未報，感別長歎。惓惓之誠，溢於言表。（卷一）

陳沆曰：徒懷知遇之感，愧無國士之報。（《詩比興箋》卷三）

曾國藩曰：此首亦自況之詞。（《求闕齋讀書錄》卷七）

笈甫主人曰：上首批文：此太白自喻其立品之高。（《瑤臺風露》）

王闓運曰：「幸遇王子晉，結交青雲端」，永王也。

安旗曰：胡說是，詩中王子晉當指李璡。蕭說謂指賀知章，不切。（《李白全集校注彙釋集評》卷六）

　　詹鍈曰：據以上各家說，似為將去長安時作。至於王子晉指賀知章或汝陽王璡，皆失之泥。(《李白詩文繫年》)

按語

　　蕭說有理，此篇詩意甚明，不必糾結於「王子晉」具指某人，太白本借用其典表達幸得遇知己，愧懷恩未報之情，不論是唐汝詢、吳昌祺所言指賀知章，胡震亨所言泛指長安知己，或李璡，亦或王闓運所說指永王璘，感知遇之恩未報的意思已到，似不必拘泥具體對象。由前句「幸遇」「結交」，末句「感別」，可知為將去長安時所作。各家之說，除推測「王子晉」所指對象不同外，其餘解說皆有理。

　　若從詩歌創作的前後時間線、感情線和邏輯關係的連續性、延續性上來看，此篇似應放在《泣與親友別》八句前，而《泣與親友別》篇中所言「勗君青松心」之「君」亦有落處，蓋指此篇對自己有知遇之恩的「王子晉」而言，「分手」亦承此篇「感別」而來。

其四十一　朝弄紫泥海

朝弄紫泥海[①]，夕披丹霞裳[(1)]。揮手折若[②]木，拂此西日光[(2)]。
雲臥[③]遊八極，玉顏已千[④]霜[(3)]。飄飄入無倪，稽首祈上皇[(4)]。
呼我遊太素，玉杯賜瓊漿[(5)]。一飡歷萬歲，何用還故鄉[(6)]？
永隨長風去，天外恣飄揚[⑤][(7)]。

題解

　　朱言：賦也。此亦遊仙之詩。
　　按：此篇遊仙，似不涉現實。

編年

　　安旗繫於天寶四年（745年），時李白45歲。
　　按：此篇作年不詳。

校記

① 朝弄紫泥海：兩宋本、劉世教本注：「一作朝駕碧鸞車。」　　泥：咸淳本、楊蕭本、嚴羽點評本、玉海堂本、郭雲鵬本俱作「沂」，無「一作」注。咸淳本注：「沂，一作泥。」

② 若：咸淳本注：「一作弱。」　　李齊芳本作：「弱木。」

③ 臥：兩宋本注：「一作舉。」　　劉世教本：「雲臥一作雲舉。」

④ 已千：咸淳本注：「一作如清。」　　李齊芳本作：「玉顏如青霜。」

⑤ 「永隨」二句：咸淳本注：「一本無此二句」。　　按：目前所見各本均無此注，可知與咸淳本同時，當另有別本，今無傳。

注釋

（1）紫泥海：《洞冥記》卷一：「東方朔……鄰母忽失朔，累月方歸，母笞之。後復去，經年乃歸。母忽見，大驚曰：『汝行經年一歸，何以慰我耶？』朔曰：『兒至紫泥海，有紫水污衣，仍過虞淵湔浣。朝發中返，何云經年乎？』」　　丹霞裳：仙人之服。謝朓《七夕賦》：「厭白玉而為飾，靡丹霞而為裳。」

（2）若木：古代傳說中長在日落處的樹木。《山海經・大荒北經》：「大荒之中，有衡石山、九陰山、洞野之山，上有赤樹，青葉，赤華，名曰若木。」《文選》揚雄《甘泉賦》：「吸清雲之流瑕兮，飲若木之露英。」楊齊賢注：「《山海經》：南海之內，黑水之間，有木名若木，若木出焉，又曰灰野之山，有樹青葉赤華，名若木，日所入處，生崑崙西。《淮南子》：若木在建木西末，有十日，其華照下地，注若木端有十日，狀如蓮華，華猶光也。然則若木有二，此乃灰野之若木歟？」蕭士贇注：「此乃遊仙詩，恣意大言，倏而東，倏而西，政不辨是折何處若木也。」朱諫注：「若木有二，一云在東溟，日將出時，有天雞鳴於其上，一云在灰野之山，日所入處，此言西日者，是灰野之若木也。」　　拂此西日光：屈原《離騷》：「折若木以拂日兮，聊逍遙以相羊。」王逸注：「若木，在崑崙西極，其華照地下。拂，擊也，一云蔽也。折取若木以拂擊日，使之還去……或謂拂，蔽也，以若木鄣蔽日，使不得過也。」洪興祖注：「《山海經》……又曰：灰野之山，有樹青葉赤華，名曰若木，日所入處，生崑崙西，附西極也。」

（3）雲臥：朱諫注：「臥於雲也，猶言乘雲也。」《文選》卷二八　鮑照《升天行》：「風餐委松宿，雲臥恣天行。」　　八極：天下至遠之地。朱諫注：「八極者，八方之極也。」《荀子・解蔽》：「明參日月，大滿八極，夫是之謂大人，夫惡有蔽矣哉。」《後漢書》卷二《孝明帝紀》：「封泰山，建明堂，立辟雍，起靈臺，恢弘大道，被之八極。」《淮南子》：「八紘之外，乃有八極。」　　玉顏：仙顏。《神女賦》：「貌豐盈以莊姝兮，苞溫

潤之玉顏。」　　　已千霜：已歷千歲。

（4）飄飄：曹植《七啟》：「飄飄焉，嬈嬈焉，若狹六合而隘九州。」　　　倪：
見其三十九注（8），無倪：無涯，無際。謝靈運《遊赤石進帆海》：「溟
漲無端倪，虛舟有超越。」　　　稽首：古時的一種跪拜禮，叩頭至地，
是九拜中最恭敬的。《周禮·春官·大祝》：「一曰稽首，二曰頓首，三曰
空首，四曰振動……」賈公彥疏：「一曰稽首，其稽，稽留之字；頭至地
多時，則為稽首也。此三者（空首、頓首、稽首）正拜也。稽首，拜中
最重，臣拜君之拜。」　　　上皇：即天帝。莊子《天運》：「天有六極五
常，帝王順之則治，逆之則兇，九洛之事，治成德備，監照下土，天下
戴之，此謂上皇。」廣成子曰：「得吾道者，上為皇，下為王。」屈原《東
皇太一》：「穆將愉兮上皇。」《文選》謝靈運《七里瀨詩》：「既秉上皇心，
豈屑末代誚？」

（5）太素：朱諫注：「太素者，太古之淳風也，《列子》云：太素者，質之始。」
《真誥》卷四：「晨遊太素宮，控軿觀玉河。」　　　瓊漿：仙人所飲之玉
液。《楚辭》卷九《招魂》：「華酌既陳，有瓊漿些。」

（6）何用還故鄉：賈誼《惜誓》：「念我長生而久仙兮，不如反余之故鄉。」
白反用其意。

（7）長風：《文選》卷五左思《吳都賦》：「習御長風。」劉逵注：「長風，遠
風也。」

集評

　　蕭士贇曰：此篇人多疑（首）兩句為不類起句，殊不知正是取法《選》
詩體，如「朝發鄴都橋，暮濟白馬津」「朝發廣莫門，暮宿丹水山」「晨策尋
絕壁，夕息在山樓」「朝旦發陽崖，景落憩陰峰」「曉日發雲陽，落日次朱方」
「朝遊遊曾城，夕息旋直廬」之類，皆起句也，而其文法則又皆自《楚辭》
中來，如「朝發軔於天津兮，夕余濟乎西極」「朝馳余馬乎江皋，夕濟乎西滋」
是也。此篇自為一首無疑。又曰：此乃遊仙詩，恣意大言，倏而東，倏而西，
政不辨是折何處若木也。又曰：此是遊仙詩，然以比興觀之，亦有深意，觀
者其無忽諸。（《分類補注李太白詩》卷二）

　　朱諫曰：（「朝弄」四句）言彼仙人者，朝弄於紫泥之海，夕披乎丹霞之
裳，手折灰野之若木，拂此西日之光華。倏忽東西，往來形跡，無定在也。（「雲
臥」十句）言彼仙人者，既弄紫泥之海，又拂西日之光，乘雲而遊乎八極。

其顏如玉，已千歲矣。入乎無窮之鄉，得接上皇，而受瓊漿之賜，使我一飲而歷萬壽之久，又何用歸於故鄉乎？惟願隨長風而永逝。或弄紫泥之海，或拂西日之光，恣意飄揚從所之也。白泛言若此，未必實有此事。（《李詩選注》卷一）

林兆珂曰：紅批曰：太白每喜作此等語，雖亦實有此仙骨，然到底是無聊中，不肯敗興耳。又曰：太白非不肯敗興，故作此等強顏語以解嘲者，其人本有仙風道骨，一開口則自然有此霞軒雲峰之詞，淊湧風波，俱不可遏爾，前批大深淺，以乎測仙才已。　　紅批曰：前首作如許仙語，此首忍言神仙之奇，可見太白非溺於仙者，遊仙詩皆輕意肆志耳。又曰：此自是刺帝王之好神仙者，自必為方士所欺，治爾周穆、漢皇，明明點出太白處士，何人誑誘之哉？（林兆珂《李詩鈔述注》卷六上首注）

曾國藩曰：此首即屈子《遠遊》之意。（《求闕齋讀書祿》卷七）

奚祿詒曰：傷今思古，不必作遊仙看。（見《李詩通》卷六手批）

笈甫主人曰：上首批文：此太白自喻其用心之專，及出神合冥通，直欲化去。（《瑤臺風露》）

安旗曰：古以紫微星座喻帝所，凡涉之者多冠以紫字，朝廷詔書亦以紫泥封口，稱紫泥書。故此處之紫泥海當係暗喻朝廷。首二句意謂：自仙家視之，入朝出朝不過朝夕之間。由此可以窺知作年，當在去朝不久之時。（《李白全集編年箋注》卷七）

詹鍈曰：此篇乃遊仙之作，不必作比興解。（《李白全集校注彙釋集評》卷二）

郁賢皓曰：此詩比興之意不明顯，似不必牽強附會。（《李太白全集校注》卷一）

按語

蕭說對起句做法之解甚有理，然又說若以比興觀之，有深意，惜未進一步作解深意為何；朱諫所言未必真有其事者很是；林兆珂曰刺帝王之意此篇殊為不明；奚祿詒所言傷今思古者，亦不知從何見出；安旗所言有些牽強，似有過度闡釋之嫌，詹鍈、郁賢皓之解為是；至於曾國藩所言類《遠遊》者，屈子《遠遊》起因乃是「遭沈濁而污穢兮，獨鬱結其誰語！」故而暢想脫離濁世，「遠遊」仙境，然白此篇瑰麗奇譎，似純為想像而發，幾乎不涉現實，發語奇幻，結句飄揚，純為遊仙，似不應強作比興觀。

其四十二　搖裔雙白鷗

搖裔雙白鷗①，鳴飛滄①江流[1]。宜②與海人狎，豈伊雲鶴儔[2]？
寄影③宿沙月，沿芳戲春洲[3]。吾亦洗心者，忘機從爾遊[4]。

題解

朱言：賦也。

按：此篇以白鷗喻己之洗心忘機之念。

編年

安旗繫於天寶三年（744年），時李白44歲。謂：「去朝前作，言其放浪
江海之志。」

按：此篇做年不詳，似與《金門答蘇秀才》作於同時，乃待詔翰林時動江海
之思。

校記

① 滄：李齊芳本作「蒼」。

② 宜：咸淳本注：「一作冥。」

③ 影：楊蕭本、劉世教本、李齊芳本、嚴羽點評本作「形」。

注釋

（1）搖裔：朱諫注：「搖裔，往來之不定也。」王琦注：「猶搖蕩也。盧思道
詩：『豐茸雞樹密，搖裔鶴煙稠。』」　白鷗：《埤雅》卷七《釋鳥》：「鷖，
鳧屬，蒼黑色。鳧好沒，鷖好浮，故鷖一名漚。」《蒼頡解詁》：「鷖，鷗
也。今鷗一名小鴞，形色似白鴿而群飛。」　滄江流：謝朓《和徐勉
出新林渚》：「結軫青郊路，回瞰滄江流。」

（2）宜與海人狎：《列子·黃帝篇》：「海上之人好漚鳥者，每旦之海上，從漚
鳥遊。漚鳥之至者，百住而不止。其父曰：『吾聞漚鳥皆從汝遊，汝取來
汝翫之。』明日之海上，漚鳥舞而不下也。」漚，即鷗。朱諫注：「時人
為之語曰：海翁忘機，鷗鳥不飛；海翁易慮，鷗鳥飛去。」　雲鶴：
朱諫注：「雲鶴者，仙人之所御也。」

（3）謝朓《晚登三山還望京邑》：「喧鳥覆春洲，雜英滿芳甸。」

（4）洗心：朱諫注：「洗滌其心，不為塵垢所污也。」《易經·繫辭上》：「聖
人以此洗心，退藏於密。」　忘機：不存心機，淡泊無爭。《莊子·天
地篇》：「有機事者必有機心，機心存在於胸中，則純白不備。」李白《下

終南山過斛斯山人宿置酒》：「我醉君復樂，陶然共忘機。」　　爾：朱
諫注：「指鷗鳥。」

集評

嚴羽曰：情辭閒適，覺諸遊仙詩為煩。（嚴羽、劉辰翁評點，聞啟祥輯
《李杜全集》卷一）

蕭士贇曰：此太白託興之詩也。鮑照詩曰：「寧作野中之雙鳧，不願雲
間之別鶴。」詩意實祖乎此。雲中之鶴，乃供仙官控御者，以喻在位之人也；
海上之鷗，乃與野人狎翫者，以喻閒散之人也。太白少有放逸之志，此詩豈
供奉翰林之時，忽動江海之興而作乎？不然，何以曰「吾亦洗心者，忘機從
而遊」者哉？飄逸不可羈之氣，白心聲之所發歟！（《分類補注李太白詩》卷
二）

朱諫曰：（「搖裔」八句）言白鷗浮遊於滄江之上，惟與海翁之忘機者相
親而相狎，豈若雲鶴之受制於人者乎？是白鷗也，宿沙上之月，戲春洲之芳，
悠然而無所累。吾亦洗心之人，於功名富貴不牽於懷，亦忘機者，鷗鳥必不
我倩，雖與之而同遊亦可也。（《李詩選注》卷一）

徐禎卿曰：蕭說近是。大抵白志在疏逸，不在祿位，故有是言。至謂供
奉翰林之時，忽動江海之興，則滯矣。（郭本李集引）

笈甫主人曰：上首批文：此言詩當出於自然，未可存一毫雕琢，方映返
《大雅》而始騷人也。（《瑤臺風露》）

安旗曰：去朝前作，言其放浪江海之志。（《李白全集編年箋注》卷六）

按語

蕭說為是，白待詔翰林時有《金門答蘇秀才》，曰：「我留在金門，君去
臥丹壑。未果三山期，遙欣一丘樂……願狎東海鷗，共營西山樂」，大抵作於
同時。然蕭說亦有未迨處，李白待詔翰林之時，非「忽」動江海之思，而是
「常」有江海之思也，尤其是在待詔翰林後期，遭讒被妒之後，這種情緒更
加明顯，如《朝下過盧郎中敘舊遊》：「君登金華省，我入銀臺門。幸遇聖明
主，俱承雲雨恩。復此休浣時，閒為疇昔言。卻話山海事，宛然林壑存。明
湖思曉月，疊嶂憶清猿。何由返初服，田野醉芳樽」，以及《秋夜獨坐懷故山》
等。

此篇宜與太白《夷則格上白鳩拂舞辭》對讀，「白鷗」乃「逸人」之形
象的代表，無論從所賦予其的人格特質還是理想旨歸來看，都是李白最傾心

的對象；此篇題旨詳參《白鳩、白鷺、白鷗與李白之「白」——從「人格範式」與「理想旨歸」解讀李白《夷則格上白鳩拂舞辭》及《古風》其四十二〈搖裔雙白鷗〉》一節。

其四十三　周穆八荒意

周穆八荒意，漢皇①萬乘尊②(1)。淫樂心不極，雄豪安足論(2)？
西海宴王母，北宮邀上元(3)。瑤水聞遺歌，玉杯竟空言(4)。
靈跡成蔓草，徒悲千載魂(5)。

題解

朱言：賦也。此詩疑為當時好神仙而作，蓋刺之也。

按：此篇借史以為諷諫。

編年

安旗繫於天寶三年（744年），時李白44歲。

按：此篇作年不詳。

校記

① 皇：嚴羽點評本作「王」。

② 尊：詹鍈本作「君」，並校「萬乘君，君，朱諫本作尊。」查各本均作「尊」，且無注，蓋詹說誤。

注釋

（1）周穆二句：《拾遺記》卷三：「穆王即位三十二年，巡行天下，馭黃金碧玉之車，傍氣乘風，起朝陽之嶽，自明及晦，窮寓縣之表。有書史十人，記其所行之地；又副以瑤華之輪十乘，隨王之後，以載其書也。王馭八龍之駿……按轡徐行，以匝天地之域。王神智遠謀，使轂遍於四海，故絕異之物，不期而自服焉。」　八荒：又稱八方，指最遠之處。賈誼《過秦論》：「併吞八荒之心。」　漢皇：指漢武帝。

（2）「淫樂」二句：徐禎卿曰：「淫樂二句，言人君好荒淫樂佚，則雖其氣度超邁，亦何足論哉！」　不極：無止境。

（3）西海宴王母：《山海經》卷一六《大荒西經》：「西海之南……有神人……名曰西王母。」《列子·周穆王》：「王大悅，不恤國事，不樂臣妾，肆意遠遊……遂賓於西王母，觴於瑤池之上。」《太平廣記》引《仙傳拾遺》：

「（周穆王）好神仙之道，常欲使車轍馬跡，遍於天下，以仿黃帝焉。乃乘八駿之馬，奔戎……又觴西王母於瑤池之上……王造崑崙時，飲峰山石髓，食玉樹之實，又登群玉山，西王母所居。」曹鄴《穆王宴王母於九光流霞館》：「桑葉扶疎閉日華，穆王邀命宴流霞。」　　北宮邀上元：《太平廣記》卷三：「（武帝）及即位，好神仙之道，常禱祈名山大川五嶽，以求神仙……唯見王母乘紫雲之輦，駕九色斑龍，別有五十天仙側近，鸞輿皆長丈餘，同執綵旄之節，佩金剛靈璽，戴天真之冠，咸住殿下……於是王母言語既畢，嘯命靈官使駕龍嚴車欲去，帝下席叩頭，請留殷勤，王母乃止。王母乃遣侍女郭密香與上元夫人相問云：『王九光之母敬謝，比不相見四千餘年矣。天事勞我，致以愆面。劉徹好道，適來視之見徹。』……帝因問王母：『不審上元何真也？』王母曰：『是三天上元之宮，統領十萬玉女名錄者也。』俄而夫人至……夫人年可二十餘，天資精耀，靈晔絕朗。服青霜之袍，雲彩亂色，非綿非繡，不可名字。頭作三角髻，餘髮散垂至腰。戴九雲夜光之冠，曳六出火玉之珮，垂鳳文林華之綬，腰流黃揮精之劍……至明旦，王母與上元夫人同乘而去。」李白有《上元夫人》篇，曰：「上元誰夫人？偏得王母嬌。嵯峨三角髻，餘髮散垂腰。裘披青毛錦，身著赤霜袍。手提嬴女兒，閒與鳳吹簫。眉語兩自笑，忽然隨風飄。」　　北宮：王琦注：「按《漢武內傳》《外傳》諸書載王母及上元夫人來降漢庭，俱不言所在宮名。北宮，則禮神君之地也。此云『北宮邀上元』當有所本。《漢書‧郊祀志》：「又置壽宮、北宮，張羽旗，設供具，以禮神君。」

（4）瑤水：《文選》卷四六王融《三月三日曲水詩序》：「穆滿八駿，如舞瑤水之陰。」劉良注：「瑤水，瑤池也。」　　遺歌：周穆王與西王母瑤池宴飲時所唱之歌，《列子‧周穆王》：「西王母為王謠，王和之，其辭哀焉。」《穆天子傳》卷三：「天子觴西王母於瑤池之上，西王母為天子謠曰：『白雲在天，山陵自出。道里悠遠，山川間之。將子無死，尚能復來。』天子答之曰：『予歸東土，和治諸夏。萬民平均，吾顧見汝。比及三年，將復而野。』」　　玉杯：《史記‧封禪書》：「其明年，新垣平使人持玉杯，上書闕下獻之。平言上曰：『闕下有寶玉氣。』來者已視之，果有獻玉杯者，刻曰：『人主延壽。』平又言：『臣候日再中。』居頃之，日卻復中。於是始更以十七年為元年，令天下大酺……人有上書告新垣平所言氣神事皆詐也。下平吏治，誅夷新垣平。」按：詹鍈《李白全集校注彙釋集

評》注「玉杯」曰：「《三輔黃圖》卷三建章宮：『神明臺，《漢書》曰：
建章有神明臺。《廟記》曰：神明臺，武帝造，祭仙人處。上有承露盤，
有銅仙人舒掌捧銅盤玉杯以承雲表之露，以露和玉屑服之，以求仙道。』
《文選》卷二張衡《西京賦》：『立脩莖之仙掌，承雲表之清露。屑瓊蕊
以朝殲，必性命之可度。』」郁賢皓亦同詹氏之說。朱諫本用漢文帝辛
垣平事，並按：「玄宗尊玄元，招方士，好神仙，而求長生，白以漢文、
孝武之事言之，假借而不敢指斥者，諱之也。然瑤水乃穆王一人之事，
上元、玉杯，則為漢文、孝武二君矣，故周得以穆王稱，於漢則曰皇，
皇則通稱，無二人而言此，白立言用字之有法也。」見按語。

（5）靈跡：神仙之蹤跡。

集評

楊齊賢曰：沈休文詩：秦王御宇宙，漢帝恢武功。懽娛人事盡，情性猶
未充。銳意三山上，託慕九霄中。正與此意同。（《分類補注李太白詩》卷二）

蕭士贇曰：此言二君雖遇王母、上元夫人，然亦卒不免於死，是亦猶辛
垣平玉杯之空言耳。後之求神仙者可不鑒諸？當時明皇亦好神仙之事，此詩
蓋有所諷云耳。（《分類補注李太白詩》卷二）

朱諫曰：（「周穆」六句）言周穆王馳八駿以周乎窮荒，漢帝為天子而尊
居萬乘，皆富且貴矣，而淫樂之心無有止極。雖有雄豪之材，不足數也。穆
王則宴王母於瑤池，漢武則邀上元於北宮，留意荒唐，求神仙，淫樂如此，
他無所取矣。（「瑤水」四句）此承上言，謂神仙之事，皆虛誕也。昔者穆王
宴瑤術，徒聞遺歌之相傳，未聞實有登仙之跡也。文帝得玉杯，虛言人主之
延壽，而竟詐偽而獲罪也。神仙靈跡，世異事殊，俱成蔓草而荒唐矣。千載
之下，令人聞之，徒傷悲耳。（《李詩選注》卷一）

徐禎卿曰：蕭說是也。（郭本李集引）

王琦曰：若舊注引辛垣平玉杯，則文帝時事，非武帝也，恐未是。（《李
太白全集》卷二）

《唐宋詩醇》曰：唐人多以王母比楊妃，如杜甫「西望瑤池降王母」亦
然，則上元即指秦、虢輩，末句蓋傷之也。（卷一）

陳沆曰：刺明皇荒淫，怠廢政事也。若如蕭注謂譏求仙，則不當有「淫
樂心不極」之語。王母、上元，皆寓女寵；瑤池、玉杯，盛陳宴樂；空言、
徒跡，則歎萬幾曠廢，朝政荒蕪也。未知其指武惠妃歟？楊妃歟？斯謂主文

而譎諫，言之者無罪。(《詩比興箋》卷三)

曾國藩曰：此即郭景純所譏「燕昭無靈氣，漢武非仙才」之意。(《求闕齋讀書錄》卷七)

奚祿詒曰：以仙為空言，太白何嘗好道？悲玄宗也。(見《李詩通》卷六手批)

笈甫主人曰：上首批文：「吾衰誰陳」乃託於詩以自見，所由比於刪述者，貴有合於興觀群怨之旨，以下皆自明其詩之旨趣。《詩》亡然後《春秋》作詠歌，寓筆削之權正，所以上繼《春秋》也，「希聖有立」，夫豈託之空言。自「周穆八荒意」以下十五首，皆感時傷事，直言之，婉言之，推廣言之，反覆言之，明是非而寓褒貶，所以自託於《春秋》也，今其事或不盡傳，雖於穿鑿，然以唐史證之，知人論世，亦可明得其二三。約略言之，則「周穆」一首，歎君志之荒也；「綠蘿」一首，惜賢臣之去也，天寶之封禪，九齡之罷相，是以「八荒」一首，慨讒夫之昌也；「一百」一首，痛權臣之侈也；「桃花」一首，責文臣之貢諛而無忠諫也；「秦皇」一首，感時君之好土木而竭民力也，人而貓如林甫，夠而蚱如國忠，登封之頌，磨崖連昌之宮，蔽日是已；「美人」一首，謂賢才之隱遁；「宋國」一首，指僉壬之倖；「殷后」一首，悲忠諫而獲罪；「青春」一首，傷婷直而見尤，語意分明，皆可推驗；「戰國」一首，是以田成喻祿山諸人也；「倚劍」一首，傷賢士之無名，如當時杜甫諸人是也；「齊瑟」一首，喟才人之失足，如當時王維、鄭虔諸人是也，詞嚴義正，意迴思深，華衮以榮之，斧鉞以誅之，絕不肯遊就一字所由棄絕，顧而追《大雅》者，由是向來評選家都草草讀過，特為拈出，以見五十九首廻合成章，乃一篇大文字，銜接不斷，滴滴歸源，太白有虞，亦嘗驚知於千古矣。　　句評：「周穆八荒意，漢皇萬乘尊」：此歎君志之荒也，如封禪之類。「靈跡成蔓草」：「蔓草」二字，又用明點。(《瑤臺風露》)

安旗曰：蕭、陳之說，各得其半。詩之諷意，兼及求仙、淫樂，二者俱玄宗之病。王母、上元，又皆別有所指，《唐宋詩醇》所言是也。楊妃自開元季年入宮後大得寵幸，其姊妹兄弟亦因之貴顯。三姊皆美艷，封韓、虢、秦三國，為夫人。出入宮掖，勢傾天下。見兩《唐書·后妃傳》(《李白全集編年箋注》卷六)

按語

蕭說為是，「玉杯」之解有二說，若以「玉杯」指漢武帝承露盤銅仙人

舒掌捧銅盤玉杯事，則「空言」不知作何解，強以對應武帝，似失之泥；指
新垣平以玉杯刻字欺詐君主，以諷君主沉溺求仙，則較為契合，「瑤水」「玉
杯」二句蓋曰無論是瑤水之遺歌，還是玉杯所刻之「人主延壽」字樣，皆是
虛妄空言，結合辛垣平欺詐之舉，「人主延壽」四字亦有諷刺之意，人君當自
警，由此接入末二句悲歡靈跡終成蔓草之歎。《唐宋詩醇》之說似失之泥，唐
詩人以王母比楊妃者有之，但亦要看具體語境，此處王母，似只是用典，而
非謂楊妃。奚祿詒、陳沆具言此篇乃是為了悲玄宗，但陳說批蕭氏之語無理，
獨不見蕭氏雖先言譏求仙，後又說「當時明皇亦好神仙之事，此詩蓋有所諷
云耳」，以周穆、漢皇求仙事而「有所諷」是溫柔敦厚意，但若如陳沆之解句
句字字皆有所指，則失臣子身份與諷諫之道也。王琦之惑，朱諫認為「皇」
為統稱，以「漢皇」代二主，此正是李白用字之精妙處，可備一說。以史解
詩，不可太過，史重真信，詩貴含蓄，詩人作詩，用典用史，以古說今，意
思已到，點到即止，自有引人深思處，似不必字字有所指。無論是周穆、漢
皇，還是玄宗，歷朝歷代，人主求仙者不乏其人，李白此篇與其說所言為一
朝一代事，不如說是對歷史輪迴驚人相似，而千載以來人主終究不悟的悲歡，
此正是末句之意。

其四十四　綠蘿紛葳蕤

綠蘿紛葳蕤，繚繞松柏枝[1]。草木有所託，歲寒尚不移[2]。
奈何夭桃色，坐歎②葑菲詩[3]？玉顏艷紅彩，雲髮①非素絲[4]。
君子恩已畢，賤妾將何為[5]？

題解

朱言：比而興也。此以夫婦喻君臣也。

按：此篇從題旨、造意到用詞、意象，皆肇自《詩》《騷》傳統，含蓄隱射自
身遭際。

編年

安旗繫於天寶二年（743年），時李白43歲。

郁賢皓：此詩以夫婦比君臣……比喻自己正為朝廷傴僂劬勞卻被皇帝賜金還
山。可知此詩當作於天寶三載（七四四）。

按：此篇當作於賜金放還之後。

校記

① 髮：朱諫本作「鬢」。

② 歎：嚴羽點評本、《唐李白詩》、李齊芳本作「歎」。

注釋

（1）綠蘿：朱諫注：「女蘿也。」《文選》卷二郭璞《遊仙詩》：「綠蘿結高
林，蒙籠蓋一山。」呂向注：「綠蘿，松羅也。」陸機《毛詩草木鳥獸蟲
魚疏》：「松蘿蔓松而生，枝正青。毛詩曰：蔦與女蘿，施于松柏。」《小
雅・頍弁》：「女蘿，松蘿也。」　　葳蕤：形容枝葉繁密，草木茂盛的
樣子。《楚辭》卷一三東方朔《七諫・初放》：「上葳蕤而防露兮。」王逸
注：「葳蕤，盛貌。」陸機《文賦》：「紛葳蕤以馺遝。」呂向注：「紛葳
蕤，盛美貌。」　　繚繞：環繞，盤旋。朱諫注：「纏綿而延施也。」

（2）有所託：陸機《悲哉行》：「女蘿亦有託，蔓葛亦有尋。」陶淵明《詠貧
士》：「萬族各有託，孤雲獨無依。」　　不移：江淹《古離別》：「兔絲
及水萍，所寄終不移。」王粲《詠史詩》：「人生各有志，終不為此移。」

（3）夭桃：夭，草木茂盛美麗。朱諫注：「少好貌。」《詩・周南・桃夭》：「桃
之夭夭，灼灼其華。」毛傳：「夭夭，其少壯也。」阮籍《詠懷詩》之十
一：「夭夭桃李花，灼灼有輝光。」　　葑菲詩：《詩・邶風・谷風》：「習
習谷風，以陰以雨。黽勉同心，不宜有怒。采葑采菲，無以下體。德音
莫違，及而同死。」序云：「《谷風》，刺夫婦失道也。衛人化其上，淫於
新婚而棄其舊室，夫婦離絕，國俗傷敗焉。」毛傳：「葑，須也；菲，芴
也。」鄭箋：「此二菜者，蔓菁與葍之類也。」楊齊賢注：「此二菜者，
皆上下可食，然而其根有美時，有惡時。採之者不以其根惡時，並棄其
葉。喻夫婦以義合，顏色相親，亦不可以顏色衰而棄其相與之禮。太白
意類此詩。」朱諫注：「喻夫婦者，不可以其色之衰而棄其德之善也。」
按：此二句言以灼灼桃花青春正盛之貌，而歎葑菲篇所言夫婦相棄之詩，
蓋妾色未衰而君恩已畢也，「夭桃色」照應「玉顏」「雲髮」二句，「葑菲
詩」照應「君子」「賤妾」二句。

（4）玉顏：宋玉《神女賦》：「貌豐盈以莊姝兮，苞溫潤之玉顏。」紅彩：《文
選》卷三一江淹《雜體詩》其一〇《張司空華離情》：「庭樹發紅彩。」
張銑注：「紅彩，花也。」朱諫注：「紅彩者，顏色之美也。」　　雲髮：
《詩・鄘風・君子偕老》：「鬒髮如雲。」毛傳：「如雲，言美長也。」素

　　絲：朱諫注：「白髮也。」按：此二句詳寫「夭桃之色」。

（5）君子：朱諫注：「謂夫也。」江淹《雜體詩‧班婕妤詠扇》：「君子恩未畢，
　　　零落在中路。」　　《古詩十九首》其六：「君亮執高節，賤妾亦何為？」
　　按：此二句申明「坐歎葑菲詩」之由。

集評

　　嚴羽曰：（「綠蘿」八句）色未衰而愛馳，更難為情。（「君子」二句）不
言棄絕，但言恩畢，斯得怨而不怒之意，欲言而又不能無言，「將何為」三字，
無限聲情。（聞啟祥輯《李杜全集》卷之一）

　　蕭士贇曰：此意謂玉顏未改，雲鬢未衰，而君子恩情中道絕矣，尚何言
哉！詩有比有興，所以抒下情而通諷喻也。當時君臣夫婦之大倫不合於禮義
而不克終者，無所不有，太白此詩必有為而作也。觀者參之《唐史》，其意自
見。（《分類補注李太白詩》卷二）

　　朱諫曰：（「綠蘿」六句）言綠蘿之生，紛然葳蕤，繞於松柏之上，相依
而榮茂也。松柏歷歲寒而不凋，則綠蘿之附託者亦無所改矣。夫草木有託，
尚能自保如此，矧吾夫婦之相配合者乎！終身宜相守也。奈何以色衰而見棄？
是貴色而不貴德，所以《國風》之詩有葑菲之歎也。（「玉顏」四句）此為婦
者之自言。我之紅顏，艷如美玉。我之黑髮，未成素絲。年少壯而貌豐盈，
宜君子之我愛。今乃心意移而恩情畢，半道暌違，無復偕老之願，使吾將何
為乎？煢煢然若無所依者，如之何其可也？按此詩辭意，乃白之自謂也。白
以被詔供奉翰林，不久被讒而遭流竄，則君恩有所未終，而危疑之跡，亦不
能以自安也。故其形於詠歌者如此。（《李詩選注》卷一）

　　徐禎卿曰：此篇亦似太白被黜而作。（郭本李集引）

　　林兆珂曰：此《谷風》陰雨之遺意也，色衰見棄，人情之常。此篇亦似
太白被黜而作。　　紅批曰：怨深矣。又曰：乃妾色未衰而君恩已畢，則是
心變不可以常情測矣。焉能以怨？然怨而不怒，亦可風也。「將何為」三字有
無限說不出不忍說之情致，妙不可階。（林兆珂《李詩鈔述注》卷六上首注）

　　《唐宋詩醇》曰：純用比興，亦《騷》《雅》之遺。金鑾召對，欣有託
矣；中道被放，如去婦以盛顏鬒髮而不見答也。辭意怨而不怒，旨合風人，
蕭士贇以為有為而作，殆未必然。（卷一）

　　方東樹曰：小人得志，君子棄捐，君恩不結，芳意何申？（《昭昧詹言》
卷七）

陳沆曰：受知被謗，君恩不終，與「孤蘭」篇同旨。（《詩比興箋》卷三）

奚祿詒曰：難得君不終也。（見《李詩通》卷六手批）

王琦曰：古稱色衰愛弛，此詩則謂色未衰而愛已弛，有感而發，其寄諷之意深矣。（《李太白文集》卷二）

曾國藩曰：此歎華士不能久榮。（《求闕齋讀書錄》卷七）

笈甫主人曰：句評：「綠蘿紛葳蕤」：此惜賢臣之去也，如曲江之類。（《瑤臺風露》）

詹鍈曰：此亦比興之詩。白遭讒被放，故寄慨於色未衰而愛已弛，蓋作於放黜之時。（《李白全集校注彙釋集評》卷二）

按語

嚴羽之說為是；蕭說蓋大言當時世風淪落，而不僅止於君臣之道，惜未深入；徐禎卿之言有理，蓋由「君子恩已畢」推出邪？林兆珂之解不通，「玉顏」「雲髮」二句，明顯是正當青春美貌之時，卻無故被疏，何來色衰愛弛之說？《唐宋詩醇》之解有理；陳沆、方東樹、奚祿詒、王琦、曾國藩之說皆有理。此篇比興，寓意甚明，前四句寫綠蘿與松柏相依，歲寒不移，乃理想中的君臣關係；五六句管起下文，「奈何夭桃色」對應「玉顏艷紅彩，雲髮非素絲」，言女子韶華正盛，美貌猶存；「坐歎葑菲詩」照應「君子恩已畢，賤妾將何為」，轉寫緣何色未衰而愛已弛？此乃現實中的無奈歎息。末句發文，引人深思。此首句法整飭謹嚴，又全用比體，其香草美人之喻，自屈《騷》而來。

其四十五　八荒馳驚飆

八荒馳[①]驚飆，萬物盡凋落[(1)]。浮雲蔽頹陽，洪波振大壑[(2)]。
龍鳳脫罔罟，飄颻將安託[(3)]？去去乘白駒，空山詠場[②]藿[(4)]。

題解

朱言：比也。白詠當時之事，而取喻之意。

按：寫罹難後雖得脫身，仍飄颻無依之狀。

編年

安旗繫於至德二年（757年），時李白57歲。

詹鍈：至德二載，白坐從璘罪繫尋陽獄，宣慰大使崔渙及御史中丞宋若

思為之推覆清雪，若思赴河南，釋其囚。是詩蓋作於此時。（《李白全集校注
彙釋集評》卷二）

　　　郁賢皓：此詩當作於肅宗至德二載（七五七）秋冬之際。

按：此篇作年不詳。

校記

① 馳：咸淳本注：「一作駐。」

② 場：咸淳本注：「一作長。」

注釋

（1）八荒：見其四十三注（1）。　　　驚飆：朱諫注：「喻亂世。」王琦注：「暴
風也。」　　　萬物：朱諫注：「萬事也。」　　　凋落：揚雄《羽獵賦》：「玄
冬季月，天地隆烈，萬物權輿於內，徂落於外。」

（2）浮云：朱諫注：「喻佞臣。」　　　頹陽：《文選》卷二〇謝宣遠《王撫軍
庾西陽集別作》：「頹陽照通津，夕陰曖平陸。」呂延濟注：「頹陽，落日
也。」楊齊賢注：「日，君象，以比昏君。」朱諫注：「喻暮年之君。」　　　洪
波：朱諫注：「喻戰鬥。」東方朔《十洲記》：「冥海洪波百丈。」　　　大
壑：即大海。朱諫注：「喻中國也。」《莊子·天地篇》：「夫大壑之為物
也，注焉而不滿，酌焉而不竭。」陸德明《釋文》：「大壑，東海也。」
《山海經》卷一四《大荒東經》：「東海之外大壑。」《列子·湯問》：「渤
海之東，不知幾億萬里，有大壑焉，實惟無底之谷，其下無底，名曰歸
墟。」殷仲文《解尚書表》：「臣聞洪波振壑，川無恬鱗。驚飆拂野，林
無靜柯。」沈德潛注：「『浮雲蔽頹陽，洪波振大壑』，隱指亂時景象。」

（3）龍鳳脫罔罟：楊齊賢注：「『龍鳳』喻君子，『網罟』喻禍患。謂君子幸脫
禍患，將安所棲託乎？隱於空山，詠『場藿』之詩而已。」蕭士贇注：「東
漢陳留父老曰：『龍不隱鱗，鳳不藏羽。網羅高懸，去將安所？』」朱諫
注：「龍鳳，喻君子也。」《文選》陸機《演連珠五十首》之七：「臣聞頓
網探淵，不能招龍；振綱羅雲，不必招鳳。」　　　飄颻：曹植《王粲誄》：
「我將假翼，飄颻高舉。」鮑照《代棹歌行》：「羈客罷嬰時，飄颻無定
所。」

（4）白駒、場藿：《詩·小雅·白駒》：「皎皎白駒，食我場藿。縶之維之，以
永今夕。所謂伊人，於焉嘉客？」毛傳：「藿，猶苗也……宣王之末，不
能用賢，賢者有乘白駒而去者。」楊齊賢注：「《詩》：『皎皎白駒，食我

場藿。』注:『馬五尺以上為駒。』王氏曰:『白駒以況潔白之賢人,言
宣王之時,賢者有不得志而去國,人慾留之曰:「皎皎白駒,食我場中之
藿。」我當縶維而留之也。』朱諫注:『『皎皎白駒,食我場藿』,言賢
者不為我留,乘白駒而去也。」唐玄宗《首夏花萼樓觀群臣宴寧王山亭
回樓下又申之以賞樂賦詩》序:「衢尊意洽,場藿思苗。」張九齡《圓中
時蔬盡皆鋤理唯秋蘭數本委而不顧彼……遂賦二章》:「場藿已成歲,園
葵亦向陽。」

集評

蕭士贇曰:太白此詩前四句是指遭祿山之亂,乘輿播遷,天下驚擾。五
句至末句是太白罹難,脫身羈囚,無所依託也。然太白亦人中之豪,時君卒
不能用之,惟有詠《白駒》之詩以自遣耳。此意明白坦然可見。(《分類補注
李太白詩》卷二)

朱諫曰:(「八荒」四句)若曰:八荒之內,而驚飆四馳,震蕩宇宙,而
萬物凋殘。浮雲蔽乎頹陽,而掩此西日之光。洪波振乎大壑,而蕩於巨區之
藪。是猶安史倡亂,四方崩潰,姦臣罔上於暮年,大難日興於中國,與彼驚
飆凋物,浮雲蔽日,洪波振壑,又何異哉?(「龍鳳」四句)承上言天下喪亂
如此,則被難之士無所依歸,亦將引身而遠去矣。此白之自謂也。按白被黜
之後,遭安史之亂,隱於廬山屏風疊之中,此詩辭意似乎此時之所作者也。(《李
詩選注》卷一)

林兆珂曰:太白自謂被黜遭亂,脫身無依,惟有詠白駒以自遣耳。   紅
批曰:此似灑脫,實不平。又曰:胡虜創亂,乘輿播越,天下驚攘,雖龍鳳
尤將不免於網罟,白駒維縶伊。(林兆珂《李詩鈔述注》卷六上首注)

應時曰:(「八荒」四句)言世路險巇。(「龍鳳」二句)下一轉千鈞。(總
評)起處意對句活,下能短兵相接。(《李詩緯》卷一)

丁谷雲曰:此又為去國而作,詞氣飄逸,掩其憤激。(《李詩緯》卷一)

沈德潛曰:「浮雲」二語,隱指亂世景象。(《唐詩別裁》卷二)

陳沆曰:此皆(按:指「登高望四海」「倚劍登高臺」與此篇三篇。)
天寶亂作以後,無志用世,而思遠逝之詞。(《詩比興箋》卷三)

曾國藩曰:此首志在高舉出世,亦自況之詩。(《求闕齋讀書錄》卷七)

笈甫主人曰:句評:「八荒馳驚飆」:此慨讒夫之盛也。(《瑤臺風露》)

詹鍈曰:按詩云「龍鳳脫罔罟,飄颻將安託?去去乘白駒,空山詠場

藋。」蓋以出獄之後無所依託，乃思出世耳，非以世亂而隱也。《贈張相鎬》
詩云：「捫蝨對桓公，願得論悲辛。大塊方噫氣，何辭鼓青蘋。斯言倘不閤，
歸老漢江濱。」張鎬既不用之，故太白乃以求出世自解。諸家說未能盡其志。
（《李白詩文繫年》）

按語

蕭說為是，朱諫後半段之說似太泛，其餘林兆珂、應時、丁谷雲、沈德
潛、曾國藩等，皆有理，陳沆以為此篇應與《登高望四海》《倚劍登高臺》作
於同時，蓋基於此三篇情感基調極其相似而言，另此篇曰「浮雲蔽頹陽，洪
波振大壑」，《登高望四海》篇曰「百日掩徂輝，浮雲無定端」，《蟾蜍薄太清》
篇曰「浮雲隔兩曜，萬象昏陰霏」，三篇皆有「浮雲蔽日」之慨與世亂之象，
整體氛圍一致，似應作於一時。此篇前四句狀安史之亂後之世相；五六句寫
罹難得脫之驚險和無處安身之鬱結；七八句抒雖為賢才而不見用，不得不去
之落寞。

其四十六　一百四十年

一百四十年，國容何赫然[1]！隱隱五鳳樓，峨峨橫三川[2]。
王侯象星月，賓客如雲烟①[3]。鬥②雞金宮③裏，蹴踘瑤臺邊④[4]。
舉動搖白日，指揮回青天[5]。當塗何翕忽！失路長棄捐[6]。
獨有楊⑤執戟，閉關草太玄[7]。

題解

朱言：賦也。此白敘國家之盛，而倖富貴者多。因歎在己之不遇也。
按：此篇寫時事，狀世態，由國之盛衰轉變，刺當權者昏聵無能，歎懷才者
淪落不遇。

編年

安旗繫於天寶十二年（753年），時李白53歲。
詹鍈：安本繫此詩於天寶十二載，以配合其三入長安之說，不足為證。
郁賢皓：此詩作年眾說不一。王琦謂自武德元年至天寶十四載得一百三
十八年，此詩約是天寶初年太白在翰林時所作，「四」字疑誤；詹鍈謂李白《為
宋中丞請都金陵表》云：「皇朝百五十年，金革不作」，至天寶十四載，唐有
天下已百五十年，則此詩當是天寶四載左右太白被讒去朝後作；安旗《李白

三入長安別考》(《人文雜誌》一九八四年第四期)謂此詩乃天寶十二載第三
次入長安時所作,武德初年至天寶十二載為一百三十六年,詩舉成數,故云
「一百四十年」。

按:此篇或有感於天寶十二載,李林甫死,其家人悉索官爵,貶為庶人作。
　　或作於天寶十五載或稍後,有感於楊國忠事。

校記

① 兩宋本注:「一本首六句云帝京信佳麗,國容何赫然!劍戟擁九關,歌鍾
　沸三川。蓬萊象天構,珠翠誇雲仙。」餘本無此注。

② 鬪:嚴羽點評本、《唐李白詩》、李齊芳本作「鬭」。

③ 宮:兩宋本注:「一作城。」

④ 兩宋本注:「一作走馬蘭臺邊。」

⑤ 楊:咸淳本、嚴羽點評本、《唐李白詩》、李齊芳本作「揚」。

注釋

(1)　一百四十年:朱諫注:「唐自高祖武德至天寶十四年,凡一百四十年
　　也。」　　國容:朱諫注:「國容者,國之容儀,如宮室服飾之類皆是也。
　　司馬法曰:國容不入軍。彼以衣冠言,此以宮室言也。」　　赫然:顯
　　耀盛大貌。楊齊賢注:「國體光明。赫然,謂熾盛貌。」

(2)　隱隱:盛大貌。《文選》潘岳《閑居賦》:「煌煌乎,隱隱乎,茲禮容之壯
　　觀而王制之巨麗也。」　　五鳳樓:朱諫注:「外朝之門也。」在唐東都
　　洛陽。《新唐書·元德秀傳》:「玄宗在東都,酺五鳳樓下,命三百里縣令、
　　刺史各以聲樂集。」《資治通鑒》卷二一四:「(玄宗開元二十三年)上御
　　五鳳樓酺宴……時命三百里內刺史、縣令各帥所部音樂集於樓下,各較
　　勝負。」　　峨峨:高聳貌。《文選》司馬相如《上林賦》:「九嵕嵲崒,
　　南山峨峨。」陸機《樂府詩》:「昌門何峨峨,飛閣跨通波。」　　三川:
　　三條河的合稱。其說不一:西周指涇、渭、洛。《國語·周語上》:「幽王
　　二年,西周三川皆震。」韋昭注:「涇、渭、洛。」東周指河、洛、伊。
　　《戰國策·秦策一》:「親魏善楚,下兵三川。」又指郡名。秦置,治滎
　　陽,因其地有河、洛、伊三條河川,故稱為「三川」。漢改置河南郡,即
　　今河南省北部黃河兩岸之地。唐代稱劍南東、劍南西及山南西三道為「三
　　川」《新唐書》卷二〇一《文藝傳上·杜審言傳》:「祿山亂,天子入蜀,
　　甫避走三川。」楊齊賢注:「《戰國策》:『三川,周室天下之朝市。』韋

昭曰：『河、洛、伊，故曰三川。』此河、洛三川也。」朱諫注：「按三
川舊說以為河與伊、洛，蓋唐之東都在洛陽，有伊、洛而無河，西都在
長安，有河而無伊、洛，此詩言西都之事，故之三川為河與涇、渭也，
河與伊、洛相去甚遠，不得同謂之三川。」《文選》卷二一鮑照《詠史詩》：
「五都矜財雄，三川養聲利。」顏延之《北使洛》：「前登陽城路，日夕
望三川。」

（3）王侯象星月，賓客如雲烟：狀王侯、賓客之多，場面之盛。朱諫注：「星
月，附天而麗者也。《洪範》曰：卿士唯月。雲煙，多也。」

（4）鬥雞：朱諫注：「明皇好鬥雞，貴戚大臣，習以為成。」見其二十四注
（3）「路逢鬥雞者，冠蓋何輝赫。」　　金宮：楊齊賢注：「猶云珠宮。」
李白《送竇司馬貶宜春》：「鬥雞金宮裏，射雁碧雲端。」　　蹴踘：一
種古代踢球遊戲，類似現今的踢足球。起源於黃帝時代，《後漢書》卷三
四《梁冀傳》：「性嗜酒，能挽滿、彈棊、格五、六博、蹴鞠、意錢之戲。」
李賢注：「劉向《別錄》曰：蹴鞠者，傳言黃帝所作，或曰起戰國之時。」
流行於漢唐，《漢書·枚乘傳》：「蹴踘刻鏤。」顏師古注：「蹴，足蹴之
也；鞠，以革為之，中實以物，蹴蹋為戲樂也。」宋代發展到巔峰，明
清逐漸衰微。明汪雲程有《蹴鞠圖譜》，記載唐宋到元明間蹴鞠的比賽、
遊戲的方法，以及球場的形式、規例。楊齊賢注：「蹋踘，兵勢也。所以
練武士，知有材也，皆因嬉戲以講練之。」王琦注：「按蹴鞠與毬同，古
人蹋鞠以為戲也。」瞿、朱注：「按踘當以從革為是。《廣韻》云：以革
為之，今通謂之毬。唐朝鬥雞打毬之戲盛行，此二語皆實寫。」杜甫《清
明詩二首》之二：「十年蹴鞠將雛遠，萬里鞦韆習俗同。」亦作「踢鞠」
「踢毬」「踢圓」「蹴踘」「蹴圓」。　　瑤臺：詹鍈注：「此指建築精美之
樓臺。唐時宮城、禁苑俱有球場，見《兩京城坊考》。」《楚辭》：「望瑤
臺之偃蹇兮，見有娀之佚女。」

（5）「舉動」二句：蕭士贇注：「『舉動』『白日』，以比青天。」朱諫注：「『搖
日』『回天』，言其勢之大也。」《新唐書·張玄素傳》：「張公論事，有回
天之力。」

（6）「當塗」二句：朱諫注：「翕忽，猶翕赫，盛貌。」王琦注：「翕忽，疾
貌。《吳都賦》：『神化翕忽。』太白意謂：此輩幸臣，當得其志，不過翕
忽之頃，一朝失寵，長於棄捐不用。蓋言不足恃之意。而蕭注謂：『得其
蹊徑而依附之，可以翕忽而暴貴；不得其蹊徑而不依附，終於棄捐而不

用。』似失其解。」揚雄《解嘲》:「當塗者昇青雲,失路者委溝渠。」　翕忽:張協《七命》:「翕忽揮霍。」　棄捐:班婕妤《怨歌行》:「棄捐篋笥中。」

(7) 楊執戟:即揚雄。楊齊賢注:「《漢書‧東方朔傳》曰:『位不過侍郎,官不過執戟。』蓋執戟者,侍郎之職也。《文選》卷四二曹植《與楊德祖書》:「昔揚子雲,先朝執戟之臣耳。」李善注:「《漢書》曰:揚雄奏《羽獵賦》,為郎。然郎皆執戟而侍也。」謝靈運《齋中讀書詩》:「既笑沮溺苦,又哂子雲閣。執戟亦以疲,耕稼豈云樂。」　太玄:即《太玄經》。揚雄《解嘲》序:「哀帝時,丁、傅、董賢用事,諸附離之者,或起家至二千石。時雄方草創《太玄》,有以自守,泊如也。」

集評

蕭士贇曰:此篇前六句,意出自梁鴻《五噫歌》,大意謂:有唐德國之久如此,國容之盛如此,王侯賓客又如此,所謂金宮、瑤臺,正當為延賢之地,今乃為鬥雞、蹴鞠之場。白日青天者,天日以比其君。鬥雞、蹴鞠,明皇所好。此等之人,得志用事,舉動指揮,足以動搖主聽也。「當塗何翕忽」者,以喻得其蹊徑而依附之者,可以翕忽而暴貴也。「失路長棄捐」,以喻不得其蹊徑而不依附之者,終於棄捐而不見用也。惟儒者獨有定守,閉門著書而已。此詩刺時之作也,亦有所感而發歟?(《分類補注李太白詩》卷二)

朱諫曰:(「一百」四句) 言我唐之有國也,自高祖武德間以至於今之開元,歷年一百四十。積累既久,而氣勢漸盛,國之容儀,何其赫然而顯著耶!五鳳之樓,立於外朝者,隱隱然而深遠,峩峩然高出於三川之上,黃河、涇、渭,環帶於前,誠都會之壯觀也。(「王侯」六句) 此言盛時大臣之驕奢。若王若侯,似乎星月羅於霄漢之上,賓客紛然,有若雲煙附於星月之下。鬥雞於金宮,蹴鞠於瑤臺。一舉動也,可以搖白日。一指揮也,可以回青天。挾震主之威,擅斡旋之柄。當時之寵幸者,勢焰若此,誠可畏矣。(「當塗」四句) 承上言大臣佞倖居當要路,其勢焰之可畏者如此,何翕赫耶!彼失路之人,永遭擯斥,置於閒地,終身不蒙錄用。狎暱者日以親,疏賤者日以遠。人人皆急者求進,惟有揚子雲閉門草《玄》,澹然自守,不求於聞達也。白蓋以雄自擬,而譏當時之富貴者,皆為倖進之徒。按詩意謂明皇當國家全盛之日,不能養賢用人,以致小人進而君子退,禍亂之幾,或明於此。此意在於言表。(《李詩選注》卷一)

徐禎卿曰：此詩交刺其君臣也？「當塗」以後，蕭說未善。蓋言此輩得志之人，據要路則氣燄揮霍，而失路則終於棄捐而不用也。唯揚子雲則閉門著書，以道自守，不以得喪為心。（四部本李集）

林兆珂曰：此篇言當時賓客雖盛，盡鬥雞蹴鞠之徒，此輩舉動指揮，足以搖白日而回青天。一時當路，氣勢翕忽，曾不思失路之棄捐也。此詩知自好者惟有閉關草《玄》而已，以自況也。又曰：赫赫大都，峨峨權貴，一旦棄捐，仍同失路，獨有子雲猶堪閉閣草《太玄》也？語婉而皆嚴，諷刺深矣。（林兆珂《李詩鈔述注》卷六上首注）

胡震亨曰：自武德迄天寶十四載恰百四十年，豈此詩作於此年歟？（《李詩通》卷六）

陳沆曰：唐自武德初至天寶十四載，凡百四十年。此極言其盛，以憂其亂也。「當塗」「失路」二語，言權勢之人，附者升青雲，忤者委溝渠，是以知幾之士，杜門潛隱。（《詩比興箋》卷三）

王琦曰：唐自武德元年到天寶十四載，得一百三十八年。此詩約是天寶初年太白在翰林時所作。「四」字疑誤。又曰：蕭士贇曰：白日青天，以比其君。鬥雞蹴鞠，明皇所好。此等得志用事，舉動指揮，足以動搖主聽。揚雄《解嘲》：當塗者升青雲，失路者委溝渠。翕忽，疾貌。《吳都賦》：神化翕忽。太白意謂此輩幸臣，當其得志不過翕忽之頃，一朝失寵，長於棄捐不用。蓋言不足恃之意。而蕭注謂得其蹊徑而依附之，可以翕忽而暴貴，不得其蹊徑而不依附，終於棄捐而不用，似失其解。（《李太白文集》卷二）

笈甫主人曰：句評：「一百四十年」：此痛權臣之侈也。（《瑤臺風露》）

詹鍈曰：按太白《為宋中丞請都金陵表》云：「皇朝百五十年，金革不作，逆胡竊號，剝亂中原。」謂至天寶十四載，唐有天下已百五十年，則此詩當是天寶四載左右，太白被讒去朝後作。或者太白別有算法，「四」字不當有誤。（《李白詩文繫年》）　又曰：詩中所言之「三川」「五鳳樓」皆在洛陽，蓋為天寶四載白去朝後，東遊洛陽之作。詩憶昔日國勢之盛，指斥今日君臣之昏庸腐敗，欲遠離朝廷，淡泊以自守。（《李白全集校注彙釋集評》卷二）

安旗曰：以上諸說與本詩作年均未諦。自武德元年（六一八）至天寶元年（七四二），僅一百二十五年；至天寶四載（七四五），僅一百二十八年，均不得云一百四十年。自武德元年（六一八）至天寶十四載（七五三），得一百三十八年。雖近似一百四十之數，然其時李白在江東，未至長安，而此詩

顯係作於長安。當塗，當指時相；失路，當係自謂。天寶初年，李林甫已為相多年，不得云「翕忽」；李白時在翰林，不得云「長棄捐」。其時朝政尚未至成、哀之世，亦不得用揚雄草《玄》一事。若以此詩繫本年，自然情通理順。自武德元年至本年得一百三十六年，舉成數故可云一百四十年。當塗：指楊國忠。國忠，初名釗，楊玉環從祖兄，天寶初年尚未入朝任職。天寶四載八月，冊玉環為貴妃時，推恩僅及銛、錡而不及釗。其時，釗僅係蜀中一小吏，奉劍南節度使章仇兼瓊之差遣，獻春綵於京師，因楊氏姊妹引見，始得隨侍奉官出入禁中，專掌樗、蒲（賭博）之事。天寶九載，官至兵部侍郎兼御史中丞，賜名國忠。至天寶十一載十一月竟代李林甫而為相，凡領四十餘使，貴震天下。李白本年春入長安正值國忠新任相職，故有「當塗何翕忽」之歎。白至天寶三載去朝至此已十年，長期淪落在野，故有「失路長棄捐」之歎。末二句顯係以揚雄自喻，揚雄白首草玄，白時年五十三，擬雄亦切。（《李白全集編年箋注》卷十）

按語

蕭徐之說皆有理，其區別在於，蕭說指的「得勢」與「不得勢」之兩類人的雲泥之別，徐說則謂同一類人「得勢」與「失勢」之不同「時」待遇的天淵之別，朱諫之解釋同蕭說，林兆珂、王琦則認同徐禎卿之說。

關於此詩作年，詹福瑞有《李白〈古風〉其四十六試解》（見《李白學刊》，1989 年，第二輯）從寫作時間地點出發，認為此詩應作於天寶四載，寫於洛陽之五鳳樓，於此同時而作的還有《天津三月時》篇。安旗有《李白三入長安別考》（《人文雜誌》，1984 年，第 4 期，第 102～111 頁）論此篇作於天寶十二載李白「三入長安」之時，與《咸陽二三月》《倚劍登高臺》作於同時。諸家之說，所據不一，推測方法不同，結論各執己見。大致如下：一、武德元年（618）至天寶十四載（755），共 138 年，舉成數云，胡震亨、陳沆倡此說；二、安旗前推兩年，繫於天寶十二年〔註11〕（753），以輔其「三入長安」之說，理由是認為此詩作於李白「三入長安」之時，但天寶十四載李白時在江東，未至長安；三、武德元年至天寶四載。詹鍈繫《為宋中丞請都金陵表》於天寶十四載，並通過其中所云：「皇朝百五十年，金革不作」倒推得出。

〔註11〕應為「載」，天寶三年正月改「年」為「載」，至至德三年（即乾元元年）二月才復「載」為「年」。安旗稱天寶十二年，實誤。

以上諸家之說，皆有問題。不管是「一百四十年」還是「百五十年」，皆有「實指」和「約數」兩種情況。若是約數，則前推上限一般最多不超過五年。唐武德元年（618）建國，無可爭議。《一百四十年》篇，若按「一百四十年」為實指，則應作於至德三年（758），最多可前推至天寶十二載（753）。《為宋中丞請都金陵表》也是這兩種情況，若按「百五十年」為實指，則此表當作於大曆二年（768），可上推至廣德元年（763）。但詹鍈繫本篇於天寶十四載（755），武德元年（618）至此才138年，何可云「百五十年」？安旗繫於至德二載（757），把此篇和《為宋中丞自薦表》《陪宋中丞武昌夜飲懷古》《中丞宋公以吳兵三千赴河南軍次尋陽脫余之囚參謀幕府因贈之》同繫於一處。在該篇本身作年就存在爭議的情況下，再以此為據去推《一百四十年》，就更加不足為信了。

能隱約反映此篇作年者有三處：一是「一百四十年」，時間斷限上下為天寶十二載到至德三年（753～758）。但此句本身又存在異文，兩宋本前六句為「帝京信佳麗，國容何赫然！劍戟擁九關，歌鍾沸三川。蓬萊象天構，珠翠誇雲仙。」當為一本之兩傳，前後經李白修改過。《客有鶴上仙》《登高望四海》《倚劍登高臺》均有這種情況（詳見「異文」分析一節）。二是「當塗」「失路」兩句，「長棄捐」說明李白此時已經遠離政治中心許久，絕不會是天寶四載左右初離長安時所作。「當塗何翕忽」似有所指，安旗論指楊國忠，似是。三是篇末所言「草玄」之舉。李白於天寶十一載（752）冬至次年，有幽州之行，歸來途徑西嶽華山，作《江上答崔宣城》《西上蓮花山》等篇，幽州之行目睹安祿山將反之狀，對李白刺激甚大，此時當有「草玄」之舉，引申出「獻賦」之想。此詩篇末所言「獨有楊執戟，閉關草太玄」者，似應與《咸陽二三月》篇「子雲不曉事，晚獻長楊辭。賦達身已老，草玄鬢若絲」有前後順承關聯，同一典故所傳遞之情緒極為貼近，似醞釀於同一時也。此時時局已相當緊張，李白並未盤桓許久，即離開了長安。還有《抱玉入楚國》篇中「良寶終見棄，徒勞三獻君」，《鳳飛九千仞》篇「銜書且虛歸，空入周與秦」，「三入長安」草玄獻賦之舉前後思路、行蹤甚為清晰。

其四十七　桃花開東園[①]

桃花開東園，含笑誇白日[(1)]。偶蒙春[②]風榮，生[③]此艷陽質[(2)]。
豈無佳人色？但恐花不實[(3)]。宛轉龍火飛，零落早相失[(4)]。

詎知南山松，獨立自蕭飋①⁽⁵⁾？

題解

　　朱言：比也。此詩刺小人之得時也。

　按：此篇諷一時得勢者，明己之心志不屈如松柏也。

編年

　　安旗繫於天寶二年（743年），時李白43歲。曰：「作此詩時，太白已視待詔翰林為虛榮矣。」

　　詹鍈認為安氏之說「頗牽強」。

　按：此篇作年不詳。

校記

① 本篇與卷二二《感興》八首之四「芙蓉嬌綠波」中六句甚同，惟首尾有異，曰：「芙蓉嬌綠波，桃李誇白日。偶蒙春風榮，生此艷陽質。豈無佳人色，但恐花不實。宛轉龍火飛，零落互相失。詎知凌寒松，千載長守一。」蕭士贇於《感興》其四下注：「按此篇已見二卷《古詩》四十七首，必是當時傳寫之殊，編詩者不能別，姑存於此卷。觀者試以首句比併而論，美惡顯然，識者自見之矣。」

② 春：嚴羽點評本作「東」。

③ 生：兩宋本注：「一作矜。」　劉世教本：「生此一作矜此。」

④ 蕭飋：劉世教本：「蕭瑟今本俱作蕭飋，非。」

注釋

（1）桃花：朱諫注：「喻當時之倖進者也。」阮籍《詠懷》詩之三：「嘉樹下成蹊，東園桃與李。」十一：「夭夭桃李花，灼灼有輝光。」

（2）春風：朱諫注：「東風，喻君恩也。」鮑照《學劉公幹體詩》其三：「艷陽桃李節，皎潔不成妍。」

（3）佳人色：朱諫注：「言花之美如佳人也。」曹植《雜詩》：「南國有佳人，榮華若桃李。」　花不實：《晏子春秋》曰：「齊景公謂晏子曰：『東海之中有棗，華而不實，何也？』晏子曰：『昔者秦穆公乘舟理天下，黃布裹蒸棗，至海而揄其布，破黃布，故水赤蒸棗，故華不實。』公曰：『吾佯問子。』對曰：『嬰聞佯問者，佯對也。』」《楚辭·九辯》：「何曾華之無實兮，縱風雨而飛颺。」參見其二注（6）「桂蠹花不實。」

（4）「宛轉」二句：龍火飛：指大火星西流。楊齊賢注：「張景陽詩《七命》：
「龍火西頹。」《漢書》東宮蒼，龍房心，心為大火，故曰龍火。龍火飛，
猶云『西頹』，西頹則秋氣鼎至，花實零落矣。」朱諫注：「宛轉，言不
久也。龍火者，大火心星，東方蒼龍之宿也。此星昏而中正，以六月加
於地之南方，至七月則下而西流矣，是秋之時也。」《文選》卷三五張協
《七命》：「若乃龍火西頹，暄氣初秋。」李善注：「《漢書·天文志》曰：
東宮，蒼龍房心，心為火，故曰龍火也。」　　零落：阮籍《詠懷詩》：
「秋風吹飛藿，零落從此始。」鮑照《擬行路難》其一：「紅顏零落歲將
暮，寒光宛轉時欲沈。」（此二句）陳沆曰：「言七月流火，秋氣至而華
葉落矣。」

（5）南山松：《詩·小雅·斯干》：「秩秩斯干，幽幽南山。如竹苞矣，如松茂
矣。」　　獨立：朱諫注：「不群也。」《莊子》：「受命於地，唯松柏獨
也在，冬夏青青。」　　蕭飋：朱諫注：「淒涼意」。《文選》卷三一江淹
《雜體詩三十首》之一一《潘黃門岳述哀》：「殯宮已肅清，松柏轉蕭瑟。」
劉良注：「蕭瑟，風吹松柏聲。」

集評

蕭士贇曰：此興詩也，謂士無實行，偶然榮遇者，其寵衰則易至於棄捐，
孰若君子之有特操者，獨立而不改其節哉！其意卻祖《荀子》：「桃李倩粲於
一時，時至而後殺。至於松柏，經隆冬而不凋，蒙霜雪而不變，可謂得其真
矣。」以此見古人作詩，皆自學問中來也。按：今本《荀子》無此句，見《文
選》卷二二左思《招隱詩》李善注引。（《分類補注李太白詩》卷二）

朱諫曰：（「桃花」四句）言桃花開於東園，向日含笑，若自誇其顏色之
美者。桃花豈能自美其色耶？偶蒙東風之力，發抒其榮華，乃生此艷陽之質，
故穠鬱而少好耳。比小人之在位者，以富貴驕人，非有積累之勞，偶蒙朝廷
之寵幸，得致身於榮華也。（「豈無」四句）承上言桃花蒙春風之榮，生此艷
陽之質，有若佳人之貌。美則美矣，恐不能以至於結實。顧盼之間，秋令
戒期。大火西流而涼風至，雖有佳人之色，已至零落而無存矣。是猶小人之
事君也，豈無一得之可取乎？但虛浮無實，大節不堅，未免見利忘義，卒變
其所守也。（「詎知」二句）言桃李之榮華於春而零落於秋，其易如此。豈知
南山之松，歲寒而不凋，獨立而蕭瑟，雖若淒涼之無朋，其實孤堅而耐久，
非桃花之輩朝開而暮落者所可比也。彼小人之怵於利害而不能自守者，又為

君子有確然之操，特立而不可移者乎。(《李詩選注》卷一)

徐禎卿曰：此篇刺時也。(郭本李集引)

林兆珂曰：此寓小人不能持久，君子可以固窮，意但兩兩相形不說出，此其意微婉而深妙也。　　紅批曰：真是妙詩，然桃花與松，當時必有所指，今不可得知矣。(林兆珂《李詩鈔述注》卷六上首注)

宋宗元曰：首句用阮句(阮籍《詠懷詩》其三：「嘉樹下成蹊，東園桃與李。」)(《網師園唐詩箋》卷二五言古詩之二)

陳沆曰：言榮遇無常，君子思獨立也。(《詩比興箋》卷三)

高棅曰：歎庸愚之富貴倖得，終不可長。以松柏自況也。(《唐詩正聲》)

曾國藩曰：末二句自況，即陶公「凝霜殄異類，卓然見高枝」之意。(《求闕齋讀書錄》卷七)

笈甫主人曰：句評：「桃花開東園」：此責文臣之貢諛而無忠諫也。(《瑤臺風露》)

安旗曰：此篇非獨刺時，亦以自警自勵，謂一時之榮寵不足恃，君子當傚南山松之獨立而有節概。作此詩時，太白已視待詔翰林為虛榮矣。此及以下二題，皆係此意。(《李白全集編年箋注》卷五)

詹鍈曰：此詩以桃花喻兩種不同品格之人，以松樹之有操守自勉。(《李白全集校注彙釋集評》卷二)

按語

蕭說有理，朱諫之說似有過度之嫌，其餘之說皆似有理而未盡其詳，如陳沆之解重在「偶」字，笈甫主人之解更是引申太過。

此篇有三處須明：其一，整篇異文證明了李白創作《古風》時某些篇章孿生底本存在的可能性；其二「桃李樹」與「桃花」的區別，在其二十五《世道日交喪》篇，李白曰「不採芳桂枝，反栖惡木根。所以桃李樹，吐花竟不言」，顯然此處的「桃李樹」隱喻的是和「芳桂」同一類的君子之嘉木，這也照應了阮籍的詩句「嘉樹下成蹊，東園桃與李」，但世運淪落，即使碩果累累，謙虛真誠也不能自然招致同類君子而來，只能緘口不言，而此篇之「桃花」則僅取其灼灼美貌之姿，對其偶蒙春風之榮，誇耀於白日之下的行為，略帶貶義，質疑其能否結實，所以兩篇雖然都寫到桃樹桃花，但能結實之桃樹和徒然誇耀美麗的桃花卻是不同的，並不矛盾；其三，「桃花不實」的隱喻，《詩經‧周南‧桃夭》篇有言「桃之夭夭，有蕡其實」，也是強調桃花雖然有艷麗

之姿，但最重要的是能結出累累果實，《古風》其二《蟾蜍薄太清》篇有「桂蠹花不實」句，桂樹自然屬芳木，但因被蠹蟲所噬，導致不能結實，同桃花因虛誇而不能結實，原因雖異，結果卻一，言「但恐」者，亦有太白自警自勵之意在其中。

此用《詩》之比的手法，白有《贈韋侍御黃裳二首》其一曰：「太華生長松，亭亭凌霜雪。天與百尺高，豈為威飆折。桃李賣陽艷，路人行且迷。春光掃地盡，碧葉成黃泥。願君學長松，慎勿作桃李。受屈不改心，然後知君子。」以桃李之花艷麗而不長久，寒松凌霜而不改心作對比，勉人亦自勉，蓋可參讀。

其四十八　秦皇按寶劍

秦皇①按寶劍，赫怒震②威神(1)。逐日巡海右，驅石駕③滄津(2)。徵卒空九寓，作橋傷萬人(3)。但求蓬島藥，豈思農扈④春(4)？力盡功不贍，千載為悲辛(5)。

題解

朱言：賦也。此詠始皇事也。

按：此篇借史為喻，諷君主沉溺長生求仙者，蓋於現實有所隱射。

編年

安旗繫於天寶六年（747年），時李白47歲。

按：此篇作年不明。

校記

① 皇：胡震亨本作「王」。

② 震：兩宋本、咸淳本、《唐李白詩》、李齊芳本作「振」

③ 駕：咸淳本作「架」。

④ 農扈：咸淳本作：「農雁」，並注：「一作農扈。」

注釋

（1）秦皇按寶劍：朱諫注：「按劍，怒也。」《文選》卷一六江淹《恨賦》：「至如秦帝按劍，諸侯西馳，削平天下，同文共規。」　威神：朱諫注：「即神威也。」何晏《景福殿賦》：「張聖主之神威。」

（2）逐曰：追逐著太陽，此意為向東行進。　巡：巡視。　海右：即海

邊。朱諫注：「海右者，東海之右，中國山東之地也。」　　驅石架滄津：
驅石：《藝文類聚》卷七九《靈異部下》：「《三齊記略》曰：始皇作石橋，
欲過海觀日出處。於時有神人能驅石下海，城陽一山，石盡起立，巇巇
東傾，狀似相隨而去。云石去不速，神人輒鞭之，盡流血，石莫不悉赤，
至今猶爾。」江淹《恨賦》：「雄圖既溢，武力未畢。方架黿鼉以為梁，
巡海右以送日。」　　滄津：海上之橋。

（3）徵卒空九寓：寓即宇。荀子《賦篇》：「精微乎毫毛，而大盈乎大寓。」
楊倞注：「寓與宇同。」王琦注：「九寓，猶九州。」楊齊賢注：「始皇
三十二年，發兵三十萬，比擊胡。三十三年，發諸嘗逋亡人，贅壻賈人，
略取陸梁地，為桂林、象郡、南海，以適遣戌。徐廣注：五十萬人守五
嶺。」　　作橋傷萬人：蕭士贇注：「秦始皇於海中作石橋，或云非人巧
所建，海神為之豎柱，始皇感其惠，乃通敬於神，求與相見，神曰：我
形醜，約莫圖我形。始皇乃從，石橋入三十里，與神相見，帝左右有巧
者，譖以腳畫神形，神怒曰：帝負約，可速去。始皇即轉馬，前腳猶立，
後腳隨奔，僅登岸。」

（4）蓬島藥：指長生不老之仙藥。朱諫注：「蓬島，仙州也，在東海中。」《史
記·封禪書》：「自威、宣、燕昭使人入海求蓬萊、方丈、瀛洲。此三神
山者，其傅在渤海中，去人不遠；患且至，則船風引而去。蓋嘗有至者，
諸仙人及不死之藥皆在焉。其物禽盡白，而黃金銀為宮闕。未至，望之
如雲；及到，三神山反居水下。臨之，風輒引去，終莫能至云。世主莫
不甘心焉。及至秦始皇併天下，至海上，則方士言之不可勝數。始皇自
以為至海上而恐不及矣，使人乃齎童男女入海求之。船交海中，皆以風
為解，曰未能至，望見之焉。其明年，始皇復遊海上，至瑯邪，過恆山，
從上黨歸。後三年，遊碣石，考入海方士，從上郡歸。後五年，始皇南
至湘山，遂登會稽，並海上，冀遇海中三神山之奇藥。不得，還至沙丘
崩。」　　農鳸：農桑候鳥的統稱，一作雇，又作鳸，《說文》云：「九
鳸，農桑候鳥，鳸民無淫者也。」《左傳》：「九鳸為農正。」注云：「鳸
有九種，春鳸鳻鶞，夏鳸竊玄，秋鳸竊藍，冬鳸竊黃，桑鳸竊脂，棘鳸
竊丹，行鳸唶唶，宵鳸嘖嘖，老鳸鷃鷃。以九鳸為九農之號，各隨其宜
以教民事，蓋以鳸占四時以勸民稼穡。」

（5）贍：詹鍈注：「給也，成也。句謂窮盡人力而不見功俲。」

集評

蕭士贇曰：此詩於時亦有所諷，借秦為喻云。「言之者無罪，聞之者足以戒」，豈曰小補之哉！（《分類補注李太白詩》卷二）

劉履曰：此詩蓋玄宗好神仙之事，故託言以諷之。（《風雅翼》卷十一）

朱諫曰：（「秦皇」六句）言始皇按劍一怒，神威天下，莫不畏服。欲如夸父之逐日，乃巡於東海之右，驅石作橋，欲渡滄波以觀日出之處，徵九州之卒，傷萬民之命，填於巨壑而不顧也。（「但求」四句）言秦皇之東巡，但求蓬萊之仙藥，以圖一己之長生，非為民也。豈思農扈之春，隨九農之宜，教民以務稼穡者乎！夫作橋觀日，求藥長生，力既盡矣，功無所就，則日既不可觀，藥又無所得，千載之下，為之悲辛。蓋愚而無智，營而無益，未免後人之哀也。按章末二句「力盡功不贍，千載為悲辛」似承上文「求藥」而言，玩通章辭意，實總承觀日求藥而斷之也。但文勢與求藥為相續耳，不以句中之文而害章中之意可也。（《李詩選注》卷一）

奚祿詒曰：寓玄宗好道而黷武也。（見《李詩通》卷六手批）

陳沆曰：此刺好大務遠，而不勤恤民隱也。（《詩比興箋》卷三）

笈甫主人曰：句評：「秦皇按寶劍：此感時君之好土木而竭民力也。（《瑤臺風露》）

安旗曰：與上篇（按：指《秦皇掃六合》篇）詩旨同，蓋一時之作。（《李白全集編年箋注》卷八）

詹鍈曰：「但求蓬島藥，豈思農扈春」此一篇之主旨。蓋刺時主耽於虛妄，不恤民情。（《李白全集校注彙釋集評》卷二）

郁賢皓曰：此詩以秦始皇為喻而諷時。（《李太白全集校注》卷一）

按語

此篇各家之說觀點基本一致，皆在理。蓋唐時人於詩文中有所諷諫者，多以秦漢之事喻唐。此首看似通篇寫秦始皇時事，然中句「但求蓬島藥，豈思農扈春」一問，有千鈞之力，歷代為人君者，當為警惕；末句「千載為悲辛」，仍透露些許隱諷之意。

其四十九　美人出南國

美人出南國，灼灼芙蓉姿[(1)]。皓齒終不發，芳心空自持[(2)]。
由[①]來紫宮女，共妒[②]青蛾眉[(3)]。歸去瀟湘沚，沉吟何足悲[(4)]？

題解

朱言：比也。此白自述其材藝之美，與不遇之故。喻之如此。

按：此篇以美人見嫉被疏，喻己之遭際。

編年

安旗繫於天寶二年（743 年），時李白 43 歲。

郁賢皓：此詩乃天寶三載（七四四）春被讒去朝以後所作。

按：此篇大致去朝時所作。

校記

① 由：《唐文粹》作「猶。」

② 妒：嚴羽點評本、《唐李白詩》、李齊芳本作「妬」。「妒」「妬」同。

注釋

（1）美人：朱諫注：「比君子也。」　　南國：曹植《雜詩》：「美人出南國，榮華若桃李。」　　灼灼：耀眼光亮，常形容鮮花茂盛鮮明貌，又喻女子美貌非常。《詩·周南·桃夭》：「桃之夭夭，灼灼其華。」曹植《洛神賦》：「迫而察之，灼若芙蓉出綠波。」陸雲《為顧彥先贈婦往返詩四首》其一：「皎皎彼姝子，灼灼懷春粲。」朱諫注：「芙蓉姿，貌之美者也。《西京雜記》：卓文君臉如芙蓉。」

（2）發：啟。發皓齒，即啟玉齒，笑也。不發，不笑也。《楚辭大招》：「朱唇皓齒，嫭以姱只。」陸雲《為顧彥先贈婦詩》：「雅步擢纖腰，巧笑發皓齒。」曹植《雜詩》六首之四：「時俗薄朱顏，為誰發皓齒。」

（3）自持：朱諫注：「能守其心而不失者也。」

（4）紫宮：《史記·天官書》：「中宮天極星，其一明者，太一常居也。旁三星三公，或曰子屬。後勾四星，末大星正妃，餘三星後宮之屬也。環之匡衛十二星，藩臣皆曰紫宮。」朱諫注：「天子之宮也。」班固《西都賦》：「煥若列宿，紫宮是環。」《文選》卷二一左思《詠史》其五：「列宅紫宮裏，飛宇若雲浮。」李周翰注：「紫宮，天子所居處。」　　共妒青蛾眉：《離騷》：「眾女嫉余之蛾眉兮，謠諑謂余以善淫。」鄒陽《獄中上梁王書》：「女無美惡，入宮見妒；士無賢不肖，入朝見嫉。」（宋）南平王《白紵舞曲》：「佳人舉袖曜青娥。」李白《贈裴司馬》：「秀色一如此，多為眾女譏。」

（5）瀟湘：瀟水與湘水，位於湖南省零陵縣北。　　　沚：渚也，水中的小塊
　　陸地。曹植《雜詩》：朝遊江北岸，夕宿瀟湘沚。」　　沉吟何足悲：《古
　　詩》：「馳情整巾帶，沉吟聊躑躅。」謝惠連《七月七日夜詠牛女詩》：「沉
　　吟為爾感，情深意彌重。」

集評

　　張戒曰：《國風》云：「愛而不見，搔首踟躕。」「瞻望弗及，佇立以泣。」
其詞婉，其意微，不迫不露，此其所以可貴也。《古詩》云：「馨香盈懷袖，
路遠莫致之。」李太白云：「皓齒終不發，芳心空自持。」皆無愧於《國風》
矣。（《歲寒堂詩話》卷上）

　　嚴羽曰：可悲不悲，其悲彌甚。（聞啟祥輯《李杜全集》卷之一）

　　蕭士贇曰：此太白遭讒擯逐後之詩也。去就之際，曾無留難。然自後人
而觀之，其志亦可悲矣。（《分類補注李太白詩》卷二）

　　朱諫曰：（「美人」六句）言有佳人，出自南方。其姿容之好，如芙蓉之
花，灼灼然而嬌艷。是佳人也，笑不苟笑，而凝重以自持。色美而心貞如此，
宜備掖庭之選，以承紫宮之寵。奈何宮中之女先懷嫉妒之心，預恐分其恩愛
而阻絕之也。（「歸去」二句）言佳人見妒而無所容，則將歸於瀟湘之沚，甘
於寂寞之濱，沉吟自歎而已矣。按此詩意辭意，正隱居匡廬之時也。（《李詩
選注》卷一）

　　林兆珂曰：此詩以美人比君子，蓋作於隱居匡廬之時。　　紅批曰：明
明是《騷》矣。又曰：女無美惡，入宮見妒，士無賢不肖，入朝見忌，胥同
感慨也。（林兆珂《李詩鈔述注》卷六上首注）

　　《唐宋詩醇》曰：亦前篇《（按：即「綠蘿紛葳蕤」《古風》其四十四）
之意，但前篇寓於君，此則謂張垍輩之譖毀也。（卷一）

　　方東樹曰：屈子「眾女」之旨。（《昭昧詹言》卷七）

　　奚祿詒曰：被讒而去，「皓齒」句，己之不敢言也。「芳心」句，己之秉
忠忱也。「紫宮女」，明言貴妃矣。（見《李詩通》卷六手批）

　　笈甫主人曰：句評：「美人出南國」：此慨賢才之隱遁也。（《瑤臺風露》）

　　瞿、朱曰：曹植詩云：「南國有佳人，容華若桃李。朝遊江北岸，夕宿
瀟湘沚。」乃此詩格調所從出。白晚年雖嘗至零陵，瀟湘恐非實指。（《李白
集校注》卷二）

　　安旗曰：曹植《雜詩》七首之四曰：「南國有佳人，榮華若桃李。朝遊

江北岸，夕宿湘江沚。時俗薄朱顏，誰為發皓齒。俛仰歲將暮，榮耀難久恃。」太白之詩，立意造句均由此出，然云：「沉吟何足悲」者，格調、境界則高於植詩之自怨自艾一籌。（《李白全集編年箋注》卷五）

詹鍈曰：此篇擬曹植《雜詩七首》之四：……然意在歸去。（《李白全集校注彙釋集評》卷二）

按語

各家之說，差別不大，關注點有三：一是創作時間背景為去朝後，二是繼承屈原香草美人的傳統，三是或擬曹植《雜詩》而來；惟《唐宋詩醇》言此篇說的是「張垍輩之譖毀」，不知所據為何，從何而來？此白無可奈何之歎也，前四句自矜才貌，後四句反轉，言說古來如此，不必悲傷，頗有自我勸慰之意。

其五十　宋國梧臺東

宋國梧臺東，野人得燕石①(1)。誇作天下珍，卻咍趙王璧(2)。
趙璧無緇磷，燕石非貞真(3)。流俗多錯誤，豈知玉與②珉(4)？

題解

朱言：比也。此詩刺當時之不明者，君子、小人，混為一途，取喻之意也。
按：此篇諷世人不辨真假美惡賢愚者。

編年

安旗繫於天寶二年（743 年），時李白 43 歲。
按：此篇作年不詳。

校記

① 兩宋本注：「一作宋人枉千金，去國買燕石。」
② 與：咸淳本作「無」，並注：「一作與。」

注釋

（1）「宋國」二句：梧臺：戰國齊梧宮之臺，舊址位於今山東省臨淄市。《水經注》卷二六淄水：「淄水又北逕臨淄城西門北，而西流逕梧宮南。」注：「昔出使聘齊，齊王養之梧宮，即是宮矣。其地猶名梧臺里，臺甚層秀，

東西百餘步，南北如減，即古梧宮之臺。臺東即《闕子》所謂宋愚人得
燕石處。」　　野人：即愚人。　　燕石：《山海經》卷三《北山經》：「北
百二十里曰燕山，多嬰石。」郭璞注：「言石似玉，有符彩嬰帶，所謂燕
石者。」《後漢書》卷四八《應劭傳》：「宋愚夫亦寶燕石，緹緼十重。」
李賢注：「《闕子》曰：宋之愚人得燕石梧臺之東，歸而藏之，以為大寶。
周客聞而觀之，主人父齋七日，端冕之衣，釁之以特牲，革匱十里重，
緹巾十襲，客見之，俛而掩口盧胡而笑曰：『此燕石也，與瓦甓不殊。』
主人父怒曰：『商賈之言，豎匠之心。』藏之愈固，守之彌謹。」朱諫注：
「燕石，燕山之石似玉者也。今保定府滿城出石，色堅白，可作環珮杯
盞等用。人亦謂之保定玉，即此類也。」

（２）哂：譏笑。　　趙王璧：即和氏璧。見其三十六「抱玉入楚國」注（１）。
《史記·廉頗藺相如列傳》：「趙惠文王時，得楚和氏璧。秦昭王聞之，
使人遺趙王書，願以十五城請易璧。」

（３）緇磷：《論語·陽貨》：「不曰堅乎？磨而不磷；不曰白乎？涅而不緇。」
注：「磷，薄也；涅，可以染皂。言至堅者，磨之而不薄；至白者，染之
於涅而不黑。」磷本義是一種礦石，不能直接使用，需要打磨，所以
用作動詞有「使之變薄」之意。無緇磷：比喻操守的堅貞。　　貞：朱
諫注：「正也。」

（４）珉：似玉之美石。《說文解字》：「珉，石之美者。」《荀子》：「故雖有珉
之雕雕，不若玉之章章。」

集評

嚴羽曰：流俗多錯誤，一言盡之。佚名曰：結非憤歎語，實哀憐語也。
（聞啟祥輯《李杜全集》卷之一）

蕭士贇曰：此譏世之人不識真儒，而假儒反得用世，而非笑真儒焉。辭
簡意明，切中古今時病。(《分類補注李太白詩》卷二)

朱諫曰：(「抱玉」八句)(「趙璧」四句)此言當時之無巨眼，不辨真偽，
珉玉混一，莫能分別，則舉措不得其宜也。其明皇任用林甫，寵任國忠之時
乎？(《李詩選注》卷一)

徐禎卿曰：此篇譏世人之不辨美惡也。(郭本李集引)

笈甫主人曰：句評：「宋國梧臺東」；此指斂壬之倖登也。(《瑤臺風露》)

詹鍈曰：朱說頗近太白詩意。(《李白全集校注彙釋集評》卷二)

按語

蕭說無理，焉見此篇言「儒」之真假者耶？朱諫言明皇任用林甫、國忠，蓋自「野人得燕石」推測而來，過於牽強附會，似非是。此篇蓋言世人不辨美惡真假，並藉以譏刺時風賢愚莫辨也，大言世風如此，非特指某人而言，白有《贈范金鄉二首》其一：「……我有結綠珍，久藏濁水泥。時人棄此物，乃與燕石齊」，與此篇同意。此篇言「燕石非真貞」，與其三十五《醜女來效颦》篇言「雕蟲喪天真」，其一《大雅久不作》篇言「垂衣貴清真」有「真」意上的邏輯承繼關係，詳參其三十五按語，及第六章第三節。

其五十一　殷后亂天紀

殷后亂天紀，楚懷亦已昏[1]。夷羊滿中野，菉①葹盈高門[2]。
比干諫而死，屈平竄湘源[3]。虎口何婉孌？女嬃②空嬋娟③[4]。
彭咸④久淪沒，此意與誰論[5]？

題解

朱言：賦也。此詩舊說有感於時事而作，蓋借殷紂、楚懷之事而言。

按：此篇借史感發己意，諷世亂之時，賢愚倒用，姦佞小人滿朝野，忠志之士不得進，而詩人為此愁悶無人可說。

編年

安旗繫於天寶十二年（753 年），時李白 53 歲。謂：「此詩與《古風》其二十九、《古風》其三十一，均繫此期作品，即李白自『幽州之行』歸來有感而發。」

郁賢皓：此詩作於天寶六載（七四七）。

按：此篇作年不詳。

校記

① 菉：兩宋本、咸淳本、《唐李白詩》作「綠」。

② 嬃：兩宋本作「顏」。

③ 娟：楊蕭本、玉海堂本、郭雲鵬本、劉世教本、嚴羽點評本、李齊芳本作「媛。」

④ 咸：李齊芳本作「城」。

注釋

（1）殷后：即商紂王。后，在上古時指稱君主。朱諫注：「殷后，紂也。」　　天
　　　紀：國家之綱紀。朱諫注：「天紀者，五倫之綱紀也。如君為臣綱，而臣
　　　為紀矣。以其由於天所賦者，故曰天紀。即所謂天敘、天秩也。」《尚書‧
　　　胤征》：「俶擾天紀，遐棄厥司。」孔穎達疏：「始亂天之紀綱。」陶淵明
　　　《桃花源詩》：「嬴氏亂天紀，賢者避其世。」　　楚懷：楚懷王。朱諫
　　　注：「楚之懷王也。」

（2）夷羊滿中野：《國語‧周語上》：「商之興也，檮杌次於丕山。其亡也，夷
　　　羊在牧。」韋昭注：「夷羊，神獸。牧，商郊牧野也。」《淮南子‧本經
　　　訓》：「夷羊在牧。」許慎注：「夷羊，土神。殷之將亡，見於商郊牧野之
　　　地。」　　菉葹盈高門：菉葹：《離騷》：「薋菉葹以盈室兮，判獨離而不
　　　服。」王逸注：「薋，蒺藜也；菉，王芻也；葹，枲耳也……三者皆惡草，
　　　以喻讒佞盈滿於側者也。」朱諫注：「高門，喻朝廷也。」

（3）比干諫而死：比干，商紂王叔父。《史記‧殷本紀》：「紂愈淫亂不止。微
　　　子數諫不聽，乃與大師、少師謀，遂去。比干曰：『為人臣者，不得不以
　　　死爭。』迺強諫紂。紂怒曰：『吾聞聖人心有七竅，信有之乎？』剖比干，
　　　觀其心。」《論語‧微子》：「比干諫而死。」　　屈平竄湘源：《史記‧
　　　屈原賈生列傳》：「屈原者，名平，楚之同姓也。為楚懷王左徒……上官
　　　大夫與之同列，爭寵而心害其能……因讒之……王怒而疏屈平。屈平疾
　　　王聽之不聰也，讒諂之蔽明也，邪曲之害公也，方正之不容也，故憂愁
　　　幽思而作《離騷》……令尹子蘭聞之大怒，卒使上官大夫短屈原於頃襄
　　　王，頃襄王怒而遷之。屈原至於江濱，被髮行吟澤畔，顏色憔悴，形容
　　　枯槁……於是懷石遂自沉汨羅而死。」王琦注：「所謂薋菉葹以盈室，及
　　　女嬃、彭咸事，皆《離騷》中語也。其後又信上官之讒，遷屈原於湘江
　　　之南，乃頃襄王時事，非懷王也，詩蓋互言之耳。」

（4）虎口：喻危險的境地。蕭士贇注：「虎口事，如《史記》：秦二世拜叔孫
　　　通為博士，諸生曰：『先生何言之諛也？』通曰：『公不知也，我幾不脫
　　　於虎口』之類。此謂比干以諫死，是陷於虎口矣，何所為而婉孌如是哉？」
　　　朱諫注：「喻紂之虐也。」　　婉孌：依戀，眷戀貌。蕭士贇注：「《詩》
　　　云：『婉兮孌兮。』潘尼詩：『婉孌二宮，徘徊殿闈。』注曰：『皆顧慕貌。』
　　　陸機詩：『婉孌岷山陰。』注曰：『婉孌，存思貌。』」朱諫注：「順美貌。」

陸機《漢高祖功臣頌》：「盧綰自微，婉變我皇。」 女嬃：《離騷》：「女嬃之嬋媛兮，申申其詈予。」王逸注：「女嬃，屈原姊也。嬋媛，猶牽引也。言女嬃見己施行不與眾合，以見流放，故來牽引數怒，重詈我也。……《水經》引袁崧云：『屈原有賢姊，聞原放逐，亦來歸喻令自寬，全鄉人冀其見從，因名曰秭歸。縣北有原故宅，宅之東北有女須廟。」 嬋媛：《楚辭集注》：「嬋媛，眷戀牽持之意。」王琦注：「『虎口』二句，是反言以起下文，見賢者所為，眾人不知，反以為非之意。」

（5）彭咸：《離騷》：「雖不周於今之人兮，願依彭咸之遺則。」王逸注：「彭咸，殷賢大夫，諫其君不聽，自投水而死。」蕭士贇注：「此意謂世無彭咸，可與論比干、屈原之心者，誰哉？」朱諫注：「商賢大夫諫其君，不聽，自投於水而死。此意指上文而言也。」

集評

　　楊齊賢曰：太白意以商紂比懷王，屈原同比干，竊嘗論之微子、箕子、比干，皆商之宗臣。馬融謂微子，紂之庶兄，箕子、比干，紂之諸父，祿位豐盛，社稷所寄焉者，其心曉然，知紂之不可扶，周之不可遏，各自靖以獻於先王，微子抱祭祝以歸周，心主於存宗祀也；箕子佯狂為奴，心主於傳大法也；比干強諫而死，心主於紂之改行也。屈原與楚同姓，仕懷王為三閭大夫，三閭之職，掌王族三姓，曰：屈、昭、景，《元和姓纂》：屈，楚公族，羋姓。楚武王子瑕食采於屈，因氏焉。屈原序其譜，屬率其賢良以屬國士，入則與王圖議國事，出則監察群下，王甚珍之。同列大夫上官靳尚妒害其能，共譖毀之，王疏屈原，原作《離騷》以諷諫。其後秦欲伐齊，齊與楚縱親，惠王患之，令張儀事楚王，與懷王會，原以秦虎狼之國不可信，不如無行，王卒行，秦囚留王，其子襄王立，復用讒言，遷原於江南，原放在草野，作《九章》，援天引聖以自證，終不見省，義不可以他往，遂赴汨羅，自沉而死，蓋亦比干之志也。人誰不死，得其死為難，原與比干真得死者矣。（《分類補注李太白詩》卷二）

　　蕭士贇曰：此詩比興之詩也，其作於貶責張九齡之時乎？「殷后」「楚懷」，比時之昏君也。「夷羊滿中野」，謂國將亡而妖孽作也。「菉葹盈高門」，喻小人在朝而據高位也。比干、屈平之竄死，喻當時之忠臣諍士，以直道而貶責者也。「虎口何婉變」者，詩人興歎之辭，曰：忠諫之士，寧喪身而不悔，視死如歸者，果何所為而然哉？亦欲其君改行，而國賴以安耳。世人悲其亦

諫亡身，如女嬃之詈予者徒多，誰能如彭咸之先後合德，而可與論心者歟？太白此詩哀思怨怒，有感於時事而作，諷刺譎諫之體，兼盡之矣。詩云，詩云，章句云乎哉？（《分類補注李太白詩》卷二）

劉履曰：自《蟾蜍薄太清》至此五首（按：指《蟾蜍薄太清》《胡馬不思越》《羽檄如流星》《秦皇按寶劍》《殷后亂天紀》五篇），皆諷刺朝廷之詩。（《風雅翼》卷十一）

朱諫曰：（「殷后」四句）意謂商紂暴虐，殺害忠良，亂君臣之大紀。楚懷昏暗，不分邪正，失是非之本心。君德不修，亂亡斯兆。商之將亡，則夷羊之神見於牧野；楚之將亂，則惡草之生滿乎高門。國之不祥，而神妖草怪因以見也。（「比干」四句）言周商紂之亂，比干以直言而見殺。楚懷之昏，屈原以忠憤而被竄。夫比干死於虎口，虎口本非婉孌；其死也，心安理得，恬然若歸，則婉孌矣。屈原竄於湘源，女嬃慮其過直，故止之也。天性懿親，眷眷相引，何嬋媛乎！（「彭咸」二句）承上言殷、楚將亡，忠臣皆以直言而喪身。夫忠臣為國為君之心，天理人情之至，惟忠於君者為能知之。彼商之賢大夫曰彭咸者，嘗諫於君而不用，自甘投水而死，知有君而不知有身，實古之忠臣也。彭咸之沒，今已久矣。國家雖有妖孽，爭臣欲懷忠諫者，將復與誰而論乎？吾見其日趨於亂亡而後已也。（《李詩選注》卷一）

方東樹曰：忠不見容。（《昭昧詹言》卷七）

陳沆曰：此歎明皇拒直諫之臣，張九齡、周子諒俱斥竄死也。（《詩比興箋》卷三）

笈甫主人曰：句評：「殷后亂天紀」：此悲忠讜之獲罪也。「比干諫而死，屈平竄湘源」：二句露意。（《瑤臺風露》）

詹鍈曰：按《通鑑》唐紀開元二十五年，夏四月辛酉，監察御史周子諒彈牛仙客非相才……流瀼州，至藍田而死。李林甫言：子諒，張九齡所薦也。甲子，貶九齡荊州長史。又：開元二十八年，二月，荊州長史張九齡卒。若依蕭、陳之說，此詩則作於開元二十八年張九齡卒後。（《李白全集校注彙釋集評》卷二）

安旗曰：前人皆謂此詩有感於時事而作，良是。但以此詩緣張九齡、周子諒而發，則非。殷后、楚懷，此昏暴之君也。開元季葉之玄宗在李白心目中不至於此。夷羊在野，菉葹盈門，此亂亡之象也。開元季葉之時局在李白心目中不至於此。開元季葉之李白亦絕不至於以朝廷為虎口。此處之比干當指王忠嗣等人，屈平當係自喻。（《李白全集編年箋注》卷十）

復旦大學《李白詩選》：唐玄宗後期，信用姦佞的李林甫，政治腐敗黑暗。天寶六載，北海太守李邕、淄川太守裴敦復都被殺。李林甫又奏分遣御史，在貶所將隴右節度使皇甫惟明、前刑部尚書韋堅等殺害。當時左相李适之被貶為宜春太守，聽到消息，也服毒自殺。事見《資治通鑒》卷二一五。李适之是唐的宗室（他於玄宗是從祖兄弟行），和李白是好友。這首詩用殷、楚的宗室比干、屈原的力士題材來諷刺現實，很可能是為追悼李适之而作。

郁賢皓：此詩作於天寶六載（七四七）。當時玄宗寵愛貴妃楊玉環，不理國事，朝政被奸相李林甫霸持，製造了許多冤獄，名士李邕、裴敦復都無故被殺。李林甫又奏分遣御史，在貶所將皇甫惟明、韋堅等殺害。當時左相李适之被貶為宜春太守，聽到消息，也服毒自殺。李白的好友崔成甫，也因受韋堅案牽連，被貶為湘陰縣尉。李适之是唐王朝宗室（他於玄宗是從兄弟行），也是李白好友，是杜甫歌詠的《飲中八仙》之一。此詩顯然詩借用殷、楚的宗室比干、屈原的歷史題材來諷刺現實。（《李太白全集校注》卷一）

按語

此篇比興諷刺之意甚明，卻實難坐實而論專指某事。蕭說推測作於張九齡被貶之時，其後陳沆、詹鍈、郁賢皓等皆認同此說，並加以發揚；唯安旗否認此說，另闢蹊徑，認為比干者指王忠嗣，屈平者為太白自喻；但皆無實據。另劉履、朱諫、方東樹、笈甫翁等人之說皆概言之。全篇從用典到遣詞造句，皆緊扣殷商楚懷時事，絲毫不涉時局，卻又處處有含沙射影之意，此諷刺之微而隱者也。

其五十二　青春流驚湍

青春流驚湍，朱明①驟回薄(1)。不忍看秋蓬，飄揚竟何託②(2)？
光風滅③蘭蕙，白露灑葵藿④(3)。美人不我期，草木日零落(4)。

題解

朱言：比也。此白自歎其時易邁，不得仕以事君也。

按：此篇悲感時光速逝，年歲易老，而無進仕之階。

編年

安旗繫於開元十六年（728年），時李白28歲。

詹鍈繫此詩於開元十六年。

按：此篇作年不詳。

校記

① 明：兩宋本注：「一作火」。劉世教本：「朱明一作朱火。」

② 託：嚴羽點評本作「託」。

③ 滅：劉世教本作「減」，並注：「減蘭蕙一作滅蘭蕙。」

④ 灑葵藿：兩宋本注釋：「一作委蕭藿。」劉世教本：「灑葵藿一作委蕭藿。」
「灑」：郭雲鵬本作「洒。」

注釋

（1）青春：此指春天。《爾雅·釋天》：「春為青陽。」江淹《雜體詩》：「幸及
風雪霽，青春滿江皋。」　　驚湍：急流。《文選》潘岳《河陽縣作詩二
首》之二：「川氣冒山嶺，驚湍激巖阿。」劉良注：「湍，急流也。」朱
諫注：「驚湍，水流之速者也。」此句言春光之易逝。　　朱明：夏天。
《爾雅·釋天》：「春為青陽，夏為朱明，秋為白藏，冬為玄英。」郭璞
注：「氣赤而光明也。」　　驟：疾，速。　　回薄：朱諫注：「迴旋而
相薄也。薄，近而不遠也。言春去夏而來也。」賈誼《鵩鳥賦》：「萬物
回薄，振蕩相轉。」此句言夏日之驟來。

（2）秋蓬：《文選》卷二九曹植《雜詩》之二：「轉蓬離本根，飄颻隨長風。」
李善注引《說苑》：「魯哀公曰：秋蓬惡其本根，美其枝葉，秋風一起，
根便拔矣。」朱諫注：「秋蓬，蓬至秋而飄零也。」

（3）光風滅蘭蕙：光風：雨止日出時的和風。《楚辭》宋玉《招魂》：「光風轉
蕙，氾崇蘭些。」王逸注：「光風，謂雨已日出而風，草木有光也。」又
曰：「言天雨霽日明，微風奮發，動搖草木，皆令有光。充實蘭蕙，使之
芬芳而益暢茂也。」朱諫注：「光風，晴明之風也。蘭蕙，香草也。」　蘭
蕙：皆香草也。　　白露：《詩經·秦風·蒹葭》：「蒹葭蒼蒼，白露為霜。」
《禮記·月令》：「涼風至，白露降，寒蟬鳴。」《九辯》：「秋既先戒以白
露兮，冬又申之以嚴霜。」　　灑葵藿：葵，向日葵。藿，角豆的花葉。
葵、藿二者皆有向陽特性，古人用以表示臣下對君主的忠誠。《文選》曹
植《求通親親表》：「臣竊自比葵藿，若降天地之施，垂三光之明者，寔
在陛下。」朱諫注：「葵藿，向陽之物也。」

按：「光風滅蘭蕙」句，李白用「滅」字，似與屈原「光風轉蕙」王逸之注

解相矛盾，王注言光風滋潤充實蘭蕙，使之芬芳暢茂，何以李白用「滅」字言光風毀滅蘭蕙？朱諫《李詩選注》言：「蘭蕙之馨香，須待光風之吹噓。使蘭蕙而無光風，則馨香之氣亦不聞矣。葵藿之向陽，以無白露之凋傷。使葵藿而遭白露，則向陽之資亦為之虧矣」，正反解釋相互混淆，且加入許多假想，意思數轉，似乎更為牽強。此處推測有二：一種是此處該用「轉」字，可能是兩次或多次版本訛誤所致，李白其實就是用的屈原「光風轉蕙」之意，但「轉」和「滅」讀音相近，傳抄的時候抄錯了，這是第一次；繁體字「轉」和「滅」字形相近，傳抄的時候又錯了，這是第二次；但此種說法也有問題，一是遍查所有李白《古風》版本，沒有用「轉」字者，無版本依據，二是末句「草木日零落」明顯是對上兩句的總結，所以此處的「光風」一定是「滅／減」蘭蕙的，那麼「滅」字該如何理解呢？一種理由是「光風」也要分季節，雖然春秋都有，但對蘭蕙的作用不同，就生長習性而言，蘭花喜半陰環境，忌乾燥，冬季陽光質弱，春季陽光柔和，適宜蘭花生長，可接受全光照，自初夏至仲秋光照時間長，光質強，於蘭花生長不利，需要遮光蔽蔭，此二句承上啟下，明顯寫秋日的蘭蕙和葵藿，所以秋日的「光風」同春日不可同日而語也，春天可以滋養萬物，秋天則會凋零萬物；二是用「光風流轉」之意，結合整篇詩歌所寫都是對時光飛逝的焦慮之情，詩人心思敏銳易感，見光風流轉於蕙蘭之上，想到時光速逝，這秋日的光風雖然能帶來一時的溫暖照耀，卻是不足久恃的，蘭蕙終究會在光風裏凋謝，又見白露灑於葵藿之上，也正說明肅殺之氣該不遠了，「美人」不與我為期，就像秋天的蘭蕙和葵藿一樣，時光一日一日飛逝而去，所面臨的也就只能是凋零了。就「光風」二字而言，確是承自屈原《招魂》，但是李白用其詞而反其接續之動詞，達到了化用詞語卻整句反其意的效果，自抒幽隱微渺之情，妙甚！

（4）美人：朱諫注：「喻君也。」

集評

嚴羽曰：此獨質渾，不作意氣，得古之胎。（聞啟祥輯《李杜全集》卷之一）

蕭士贇曰：《楚辭》：「結微情以陳詞兮，矯以遺夫美人。昔君與我成言兮，曰黃昏以為期，羌中道而回畔兮，反既有此他志。」又：「日月忽其不淹

兮，春與秋其代謝。惟草木之零落兮，恐美人之遲暮。」此篇詩意全出於此。
「美人」況時君也。時不我用，老將至矣，懷才而見棄於世，能不悲夫！（《分
類補注李太白詩》卷二）

　　劉履曰：以上二首（按：指《燕臣昔慟哭》《青春流驚湍》兩篇）亦放
黜已後，流寓既久，有所感歎而作。（《風雅翼》卷十一）

　　朱諫曰：（「青春」四句）言青春之去，迅若驚湍，朱夏之臨，忽然迫近。
既夏而秋，秋蓬飄揚，竟無所託，景物又蕭條矣。我亦何忍以觀之哉！所以
不忍觀者，正以我之蹤跡有如飛蓬，而亦莫知其所止也。（「光風」四句）言
蘭蕙之馨香，須待光風之吹噓。使蘭蕙而無光風，則馨香之氣亦不聞矣。葵
藿之向陽，以無白露之凋傷。使葵藿而遭白露，則向陽之資亦為之虧矣。是
猶賢人不遇知己之君，而遭小人之沮抑，無由得申其忠愛之誠也。君不我知，
歲又晚矣，草木零落，而景物變矣，功業無聞，豈不可悲也夫！（《李詩選注》
卷一）

　　徐禎卿曰：此篇白自傷也。（郭本李集引）

　　林兆珂曰：精潔芬芳，節短音長。又曰：迴薄二字用得妙。　　紅批曰：
詩瘦秀而精潔。（林兆珂《李詩鈔述注》卷六上首注）

　　佚名曰：傷其遲暮，志士縈懷。朱明，夏令，宋玉《招魂》光風轉蕙，
譏崇蘭。（梅鼎祚《李詩鈔評》卷二上首批文）

　　陳沆曰：《楚辭》：「惟草木之零落兮，恐美人之遲暮。」又云：「老冉冉
其將至兮，恐修名之不立。」（《詩比興箋》卷三）

　　曾國藩曰：此首亦歲不我與之意。（《求闕齋讀書錄》卷七）

　　笈甫主人曰：句評：「青春流驚湍」：此傷倖直之見尤也。（《瑤臺風露》）

　　詹鍈曰：此詩乃懷材不遇之辭，當是開元間未受詔入京時之作。（《李白
全集校注彙釋集評》卷二）

按語

　　蕭、徐之說為是，劉履之說明顯繫於晚年，似不妥，曾國藩之說亦是。
陳子昂《感遇》其十三：「林居病時久，水木澹孤清。閒臥觀物化，悠悠念無
生。青春始萌達，朱火已滿盈。徂落方自此，感歎何時平。」李白此篇歎歲
月匆促之意與此相類，然多了功業未就之歎，似應作於早年，與其二十六
《碧荷生幽泉》，其二十七《燕趙有秀色》，其三十八《孤蘭生幽園》大約
同時。

其五十三　戰國何紛紛

戰國何紛紛！兵戈亂浮雲⁽¹⁾。趙倚兩虎鬭^①，晉為六卿分⁽²⁾。
姦臣欲竊位，樹黨自^②相群⁽³⁾。果然田成子，一旦殺^③齊君⁽⁴⁾。

題解

　　朱言：賦也。此言人君不能自強，權移於下，而成亂階也。

　按：此篇以史警惕在位者。

編年

　　安旗繫於天寶十二年（753 年），時李白 53 歲。

　按：此篇大致作於安史之亂前，白幽州之行歸來後，目睹安祿山將反之狀，
　　以史為警也。

校記

① 鬭：嚴羽點評本、《唐李白詩》、李齊芳本作「鬥」。

② 自：咸淳本作「日」，並注：「一作自」。

③ 殺：兩宋本作「弒」。

注釋

（1）戰國何紛紛：戰國，楊齊賢注：「春秋之後，號為戰國，言日事攻戰
　　也。」趙岐《孟子題辭解》亦曰：「周衰之末，戰國縱橫，用兵爭強，以
　　相侵奪。」　　紛紛：言多而亂。朱諫注：「紛紛，亂意。」　　兵戈亂
　　浮云：兵戈：泛指戰爭。杜甫《次空靈岸詩》：「毒瘴未足憂，兵戈滿邊
　　徼。」

（2）趙倚兩虎鬭：兩虎：指廉頗、藺相如。《史記・廉頗藺相如列傳》：「廉頗
　　者，趙之良將也……藺相如者，趙人也，為趙宦者令繆賢舍人……秦王
　　使使者告趙王，欲與王為好，會於西河外澠池……趙王畏秦，欲毋行。
　　廉頗、藺相如計曰：『王不行，示趙弱且怯也。』趙王遂行，相如從。廉
　　頗送至境……秦王竟酒，終不能加勝於趙。趙亦盛設兵以待秦，秦不敢
　　動。既罷歸國，以相如功大，拜為上卿，位在廉頗之右。（廉頗）宣言曰：
　　「我見相如，必辱之。」相如聞，不肯與會。相如每朝時，常稱病，不
　　欲與廉頗爭列。已而相如出，望見廉頗，相如引車避匿……相如曰：『顧
　　吾之念，彊秦之所以不敢加兵於趙者，徒以吾兩人在也。今兩虎共鬭，
　　其勢力不俱生。吾所以為此者，以先國家之急，而後私讎也。』」　　鬭：

指與他國爭鬥。　　晉為六卿分：六卿：楊齊賢注：「周制，大國三卿，晉時置六卿，為軍師、中軍、上軍、下軍、尉並佐，凡六人皆卿。」《史記·晉世家》：「昭公六年卒，六卿彊，公室卑。」《索隱》：「韓、趙、魏、范、中行及智氏為六卿。」《晉世家》：「（頃公十二年）晉之宗家祁傒孫，叔向子，相惡於君。六卿欲若公室，乃遂以法盡滅其族，而分其邑為十縣，各令其子為大夫。晉益弱，六卿皆大……出公十七年，知伯與趙、韓、魏共分范、中行地以為邑……哀公四年，趙襄子、韓康子、魏桓子共殺知伯，盡並其地……靜公二年，魏武侯、韓哀侯、趙敬侯滅晉後而三分其地。」《莊子·外篇·胠篋》：「然而田成子一旦殺齊君而盜其國，所盜者豈獨其國邪？」

（3）樹黨自相群：《史記·齊太公世家》：「（景公五十五年）范、中行反其君於晉，晉攻之急，來請粟。田乞欲為亂，樹黨於逆臣，說景公曰：『范、中行數有德於齊，不可不救。』乃使乞救而輸之粟。」朱諫注：「樹，立也，言各自立其黨也。」

（4）田成子：春秋時齊大夫陳成子，名恆。成玄英疏：「田成子，齊大夫陳恆也。是敬仲子七世孫。初敬仲適齊，食菜於田，故改為田氏。魯哀公十四年，陳恆殺其君。君即簡公也。割安平至於瑯邪自為封邑。」《莊子·胠篋》：「然而田成子一旦殺齊君而盜其國，所盜者豈獨其國邪？並與其聖知之法而盜之。」

集評

　　楊齊賢曰：《易》曰：臣弒其君，子殺其父，非一朝一夕之故，其所由來者漸矣。太白謂「姦臣欲篡位，樹黨自相群」，真得《春秋》之旨矣。（《分類補注李太白詩》卷二）

　　蕭士贇曰：太白此詩其作於天寶間乎？時上自東都還，從容謂高力士曰：「朕欲高居無為，悉以政事委林甫，如何？」對曰：「天下大柄，不可假人，彼威勢成，誰敢議之者？」上不悅。豈太白時亦微聞其事，位卑分疏，欲諫不可，故作是詩，引古喻今以諷其上歟？太白愛君憂國之意亦可尚矣，讀詩者宜細味之。（《分類補注李太白詩》卷二）

　　朱諫曰：（「戰國」四句）夫七雄之時，列國兵爭，而勢若浮雲。冠履倒置，而君弱臣彊。趙則倚兩虎之鬥，以廉頗、藺相如禦暴秦，秦不敢加兵。晉則為六卿所分，范、中行、韓、魏、趙共分其地。世衰道微，君無獨斷之

威，臣懷挾主之姦，是以相爭相戰，無有寧靜之日，紛紛然而不止也。(「姦臣」四句）言戰國之時，君弱臣彊。姦臣之欲竊國者，必先自立其黨，與朋謀，合力以相助援。羽翼既成，然後肆其兇惡以行篡逆。如田成子之於齊，累世專權，蠶食公室。及至田氏彊而公室弱矣，乃一旦殺其君而竊其位。是則姦臣不可任，任不可久，久必致亂。有國者可不謹之於始乎！按此詩舊說以為作於天寶間。時明皇自東都還，從容謂高力士曰：「朕欲高居無為，悉以政事委林甫，如何？」對曰：「天下大柄，不可假人，彼威勢成，誰敢議之者？」上不悅。白為此詩，蓋諷之也。玩其辭意，似有所指，前說或得之矣。但其詩之時世，與其事之先後，未有所考耳。（《李詩選注》卷一）

陳沆曰：此即《遠別離》篇：「權歸臣兮鼠變虎」之意。內倚權相，外寵驕將，卒之國忠、祿山兩虎相鬭，遂致漁陽之禍。（《詩比興箋》卷三）

笈甫主人曰：上首批文：言下森竦。　　句評：「戰國何紛紛」：此以田成喻祿山諸人也。（《瑤臺風露》）

詹鍈曰：據此，當是至德元載頃作。詳玩詩意，陳說近是。（《李白詩文繫年》）

郁賢皓曰：此詩作於天寶年間……乃借古諷今，勸告唐明皇警惕朝廷有姦臣，不可以權假之。（《李太白全集校注》卷一）

按語

楊說為是，蕭說無實據，推測成分居多，朱諫也提出了對這種說法未有所考的懷疑，陳沆之說較為合理，詹鍈贊同陳沆之說，但認為至德元載作，無據可循。此篇蓋太白以史事驚醒君主不可權委下臣也，此種想法非僅見於此一首，與《遠別離》大抵產生於同時。

其五十四　倚劍登高臺

倚劍登高臺，悠悠送春目[1]。蒼榛蔽層丘①，瓊草隱深谷[2]。鳳鳥②鳴西海，欲集無珍木[3]。鸒斯得所③居④，蒿下盈萬族[4]。晉風日已頹，窮途方慟哭⑤[5]。

題解

朱言：比也。白見當時用非其人，而禍亂將至，作此詩以閔之。

按：此篇白登高遠望，見世事荒涼，有窮途末路之悲。

編年

安旗繫於天寶十二年（753 年），時李白 53 歲。

按：此篇作年不詳，當作於中晚年。

校記

① 丘：李齊芳本、嚴羽點評本作「邱」。

② 鳥：兩宋本作「皇」。

③ 所：兩宋本作「匹」，並注：「一作所。」　　咸淳本作「所」，並注：「一
　　作匹。」王琦本注：「一作匹居。」

④ 居：兩宋本注：「一作樓。」王琦本注：「一作所樓。」

⑤ 兩宋本、《唐李白詩》、劉世教本注：「一本首四句以（兩宋本作『一』）下
　　云：翩翩眾鳥飛，翱翔在珍木。群花亦便娟，榮耀非一族。歸來愴途窮，
　　日暮還慟哭。」

注釋

（1）倚劍：《文選》卷三一江淹《雜體詩三十首》之二十九《鮑參軍照戎行》：
　　「息徒稅徵駕，倚劍臨八荒。」李周翰注：「倚，佩也。」宋玉《大言賦》：
　　「方地為車，圓天為蓋。長劍耿介，倚天之外。」　　高臺：曹植《雜
　　詩七首》其一：「高臺多悲風。」李善注：「高臺，喻京師也。」朱諫注：
　　「倚劍登高臺，託言也。」　　悠悠：憂愁幽思貌。《詩經·鄭風·子衿》：
　　「青青子衿，悠悠我心。」　　送春目：目送春歸。謝朓《和王著作融
　　八公山詩》：「出沒眺樓雉。遠近送春目。」

（2）榛：叢雜的草木，如榛蕪、莽榛、榛薄，又指草木叢生的地方。楊齊賢
　　注：「榛，木叢也。」朱諫注：「榛，蕭木叢生者，喻小人也。」潘岳《關
　　中詩》：「疫癘淫行，荊棘成榛。」　　層邱：層層丘陵。朱諫注：「喻朝
　　廷。」　　瓊草：珍異的草木。朱諫注：「喻君子。」《楚辭·離騷》：「索
　　瓊茅以筳篿兮，命靈氛為予占之。」　　深谷：朱諫注：「山林也。」《詩·
　　小雅·十月之交》：「高岸為谷，深谷為陵。」

（3）鳳鳥鳴西海：鳳鳥：即鳳皇。朱諫注：「鳳鳥，喻君子。」見其四《鳳飛
　　九千仞》注（1）。　　西海：喻偏僻之地。《詩經·大雅·卷阿》：「鳳凰
　　鳴矣，于彼高崗。梧桐生矣，于彼朝陽。」言鳳非梧桐不棲，梧桐生於
　　東方朝陽初昇之地，今鳳鳥卻鳴於西海偏僻之所，欲棲無所。江淹《嵇
　　中散·言志》：「靈鳳振羽儀，戢景西海濱。」　　珍木：珍奇的樹。朱

諫注：「珍木，喻治朝。」劉楨《公讌詩》：「月出照園中，珍木鬱蒼蒼。」鮑照《喜雨詩》：「珍木抽翠條，炎卉濯朱芳。」詹鍈注：「二句謂：鳳凰鳴於西海偏僻之地，而無珍奇樹木可棲，喻賢才不得重用。」

（4）鷾斯：鷾音予，寒鴉。《詩·小弁》：「弁彼鷾斯，歸飛提提。」《毛萇詩傳》曰：「鷾斯鵯居。鵯居，雅烏也，音豫。」《爾雅》卷一〇《釋鳥》：「鷾斯，鵯鶋。」郭璞注：「鴉烏也。小而多群，腹下白，江東亦呼為鵯烏。」朱諫注：「鷾斯，小鳥，喻小人。」阮籍《詠懷詩》其四十六：「鷾鳩飛桑榆，海鳥運天池。」《文選》卷三一江淹《雜體詩三十首》之九《阮步兵籍詠懷》：「青鳥海上游，鷾斯蒿下飛。」　蒿：蒿草。　盈：滿，多。　萬族：朱諫注：「喻眾多也。」

（5）晉風：《晉書·謝安傳》：「頹風已扇，雅道日淪。」楊齊賢注：「《毛詩》晉國風十二篇，其十一篇皆刺，止《無衣》一篇美武公耳，則晉風日頹可知。此意譏晉昭公不能進用賢才，親睦九族，封成師於曲沃。曲沃盛強，國人將叛，而歸之曲沃。武公卒伐，晉侯昏懋，滅之，盡以其寶器獻周釐王，王命武公為晉君，列於諸侯，至此而後，哭其國亡，特無益矣。」胡震亨注：「以阮籍為晉人，故云『晉風』。舊注謂《毛詩》之唐魏，失之遠矣。」朱諫注：「晉，西晉也。風者，民俗之風，政之所由成也。」嚴本載明人批：「此晉，即司馬之晉，阮籍傳在《晉書》內，太白誤用，宜云魏風乃是。」按：依末句「窮途慟哭」之典，「晉風」當指西晉，胡、朱之說為是；楊說牽強，通篇沒有指向《毛詩》晉國之詞句暗示；至於嚴本所載明人批認為太白誤用，當用「魏風」風，更謬。　窮途方慟哭：《晉書·阮籍傳》：「籍有濟世志。屬魏晉之際，天下多故，名士少有全者。籍由是不與世事，遂酣飲為常……時率意獨駕，不由經路，車跡所窮，輒慟哭而反。」詹鍈注：「此二句言政局混亂，世風日下，我之心情亦如晉之阮籍。」

集評

嚴羽曰：此首緒雜而湊不成篇，「蒿下」句，復不成句。又明人批：猶稍有風致。（聞啟祥輯《李杜全集》卷之一）

蕭士贇曰：此篇首兩句，乃居高見遠之意也。三句四句比小人據高位，而君子在野也。五句至八句，蓋謂當時君子亦有用世之意，而在朝無君子以安之，反不如小人之得位，呼儔引類，至於萬族之多也。末句借晉為喻，謂

如此則君子道消，風俗頹靡，居然可知。若阮籍之途窮，然後慟哭，毋乃見事之晚乎！嘗以唐史考之，魏知古上疏，諫睿宗為城西隆昌二公主造金仙玉真觀，亦有「今風教頹替，日益甚」之語。則知太白此詩以古喻今，無可疑者，子見乃直指為《毛詩‧晉‧國風》之事，吾未敢以為然也。(《分類補注李太白詩》卷二)

朱諫曰：(「倚劍」四句)言春日倚劍登乎高臺之上，悠然送目於郊原之外，但見小木之叢生者，蒼然而蔽乎層丘，是猶小人之在朝者，多而且穢也。其瓊草之靈秀者，杳然而在於深谷，是猶君子之在野者，貞而不雜也。春日登臺，所見若此，未免使我觸物而感懷矣。(「鳳皇」四句)言鳳為瑞世之物，非梧桐不棲。梧桐生於朝陽，而鳳皇鳴於高岡。今乃鳴於西海，而非朝陽之地，梧桐不生，又無珍木之可棲。鳳雖神鳥，其孤獨遠而無託也如此。彼鷽斯之微者，皆得遂其所居，翱翔於蓬蒿之間，生長有萬族之眾。是猶君子之有懷抱者，既不得位，而又斥之於遠方；小人得志，而呼儔引類，則盈乎朝廷之上矣。(「晉風」二句)此借晉事以自喻也。承上言君子退而小人進。退者無所依，而進者多朋類。風俗已頹，禍亂日萌，可為慟哭矣。彼阮籍者，乃至窮途而方慟哭，不亦晚乎？故君子之進退，正當見幾而作，不可臨事而取悔吝。今我之途亦窮矣，如之何而不慟哭乎？(《李詩選注》卷一)

徐禎卿曰：此篇哀時也。窮途慟哭，蕭解未善。言風既頹矣，途既窮矣，方可慟哭而已。(四部本李集)

林兆珂曰：此篇言當時用舍倒置而禍亂將作，故借晉為喻，而欲倣阮籍之哭窮途也。　　紅批曰：國事日非，太白宗室，固宜如此。又曰：此章一起即睥睨無儔，下接以譬言小人之易於呼朋引類，植覺營私，君子則猶珍禽，欲安集而無枝可借也。又曰：夜光投道，反遭按劍之嗔，而魚目混珠者，能以此淪亡哂笑之，心傷何如此？太白被放，後自明其憤懣也。(林兆珂《李詩鈔述注》卷六及上首注)

胡震亨曰：以上六句，一作「翩翩眾鳥飛，翱翔在珍木。群花亦便娟，榮耀非一族。歸來愴途窮，日暮還慟哭。」以阮籍晉人，故云晉風。舊注謂《毛詩》之《唐魏》，失之遠矣。(《李詩通》卷六)

陸時雍曰：「倚劍登高臺，悠悠送春目」此似阮公語，其意不言而至。(《唐詩鏡》卷一七)

陳沆曰：此天寶亂作以後，無志用世，而思遠逝之詞。按：似失其旨。(《詩比興箋》卷三)

《唐宋詩醇》曰：天寶以還，小人道長，君子道消矣，物亦各從其類也。篇中連類引象，雜而不越，窮途慟哭，亦無可如何而已。(卷一)

奚祿詒曰：「蒼榛」二句，言君子無援，小人多黨。下四句分頂。途窮而復哭，亦已晚矣。(見《李詩通》卷六手批)

笈甫主人曰：上首批文：淒咽。　句評：「倚劍登高臺」：此傷賢士之無名也。(《瑤臺風露》)

安旗曰：蕭說雖有可取之處，惜有未善。徐、林二說雖過於簡略，而「風既頹矣」「途既窮矣」「禍亂將作」諸語，似已感知此詩之作時在天寶季葉。今按《通鑒‧唐紀》天寶十一載：「秋八月，癸巳，楊國忠奏有鳳皇見左藏庫室，出納判官魏仲犀言鳳集庫西通訓門。」同年：「冬十月，己亥，改通訓門曰鳳集門：魏仲犀遷殿中侍御史，楊國忠屬吏率以鳳皇憂得調。」詩中「鳳鳥」「鴛斯」諸句之感慨，當與此事有關。(《李白全集編年箋注》卷十)

按語

楊、蕭之矛盾處在於「晉風」的所指，此應指司馬之晉，而非《毛詩》之晉國，蕭說為是，胡震亨、陸時雍亦認同此觀點；徐禎卿「哀時」之論良有見地，但對「方」字的理解有誤，此當解為「方才」而非「方可」，風氣日頹而慟哭，無可與不可之說，親見風氣頹敗方才慟哭，而無先見之明，可見事已晚矣，仍以蕭說為是，也是朱諫所言「君子之進退，正當見幾而作，不可臨事而取悔吝」之意；林兆珂、《唐宋詩醇》之說亦有理；陳沆、笈甫翁之說有偏。

此篇中六句與左思《詠史》隱喻之意同，左思詩曰：「鬱鬱澗底松，離離山上苗。以彼徑寸莖，蔭此百尺條。世胄躡高位，英俊沉下僚。地勢使之然，由來非一朝。金張藉舊業，七葉珥漢貂。馮公豈不偉，白首不見招」末二句情似；亦即其三十七「燕臣昔慟哭」篇「群沙穢明珠。眾草凌孤芳」意。

其五十五　齊瑟彈東吟

齊瑟彈①東吟，秦絃弄西音 (1)。慷慨動顏魄，使人成荒淫 (2)。
彼美②佞邪子，婉孌來相尋 (3)。一笑雙白璧，再歌千黃金 (4)。
珍色不貴道，詎惜飛光沉 (5)？安識紫霞客，瑤臺鳴素③琴 (6)。

題解

朱言：賦也。此言世人皆好淫聲美色，而自喪其天真。

按：此篇諷在位者耽溺聲色而不貴道。

編年

安旗繫於天寶三年（744 年），時李白 44 歲。

按：此篇作年不詳。

校記

① 彈：兩宋本注：「一作揮」。劉世教本：「瑟彈一作瑟揮。」

② 美：兩宋本作「女」。咸淳本作「美」，並注：「一作女」。

③ 素：兩宋本、咸淳本作「玉」，兩宋本注：「一作素」，咸淳本無注。劉世
　　教本：「素琴一作玉琴。」王琦本注：「一作玉。」

注釋

（1）齊瑟彈東吟：《文選》卷二四曹植《贈丁翼》：「秦箏發西氣，齊瑟揚東
　　謳。」呂延濟注：「齊女善鼓瑟，齊在東，故云『東謳』。」朱諫注：「齊
　　在東，故齊之瑟曰『東吟』。」　　秦弦弄西音：朱諫注：「秦在西，故
　　秦之弦曰『西音』。弦亦箏瑟之類也。曹子建詩：『秦箏發西氣，齊瑟揚
　　東謳』，白蓋用其語而少變之耳。」曹丕《善哉行》：「齊倡發東舞，秦箏
　　奏西音。」楊齊賢注：「齊立國於東，秦立國於西，東吟、西音，猶晉侯
　　楚囚。」

（2）慷慨：意近激昂、激越。《大子夜歌》：「慷慨吐清音，明轉出天然。」曹
　　植《箜篌引》：「秦箏何慷慨，齊瑟和且柔。」　　動：震蕩。　　顏魄：
　　心情變化所顯露於臉上的神色。　　荒淫：荒廢事務，過分貪愛酒色。《詩
　　經・齊風・雞鳴・序》：「哀公荒淫怠慢，故陳賢妃貞女，夙夜警戒，相
　　成之道焉。」《文選》阮籍《詠懷詩十七首》之十六：「捷徑從狹路，僶
　　俛趨荒淫。」之十七：「三楚多秀士，朝雲進荒淫。」

（3）佞邪子：巧言諂媚的邪惡之人。　　婉孌：年輕美好又柔媚順從的樣子。
　　陶淵明《雜詩十二首》之十二：「嫋嫋松標崖，婉孌柔童子。」陳子昂《唐
　　故袁州參軍李府君妻張氏墓誌銘》：「夫其窈窕之秀，婉孌之姿，貞節峻
　　於寒松，韶儀麗於溫玉。」陳鴻《長恨歌傳》：「緐是冶其容，敏其詞，
　　婉孌萬態，以中上意。」　　阮籍《詠懷詩》之五十六：「婉孌佞邪子，
　　隨利來相欺。」太白此二句化用而來。

（4）「一笑」二句：《古詩》：「一笑雙白璧，再顧千黃金。」《琴操》：「昭君
　　至匈奴，單于大悅……送白璧一雙。」《史記》：「虞卿說趙孝成王，一見

賜黃金百溢，再見賜白璧一雙。」鮑照《代白紵曲》之二：「齊謳秦吹盧女弦，千金顧笑買芳年。」崔駰《七依》：「回眸百萬，一笑千金。」李白《白紵辭三首》其二：「美人一笑千黃金，垂羅舞穀揚哀音。」此二句言在位者「珍色」之舉。

（５）珍色：以美色為珍。朱諫注：「色，兼上文聲色而言，專言色者，省文也。珍，寶之也。」　　道：朱諫注：「即下文所謂紫霞之術，仙家修煉之道也。按白之所謂道，乃休養之術，老莊之道，非聖賢所以修己治人者也。凡詩內所謂道者皆倣此。」《論語・子罕》：「吾未見好德如好色者也。」　　詎：豈。　　飛光沉：指日月流逝。

（６）紫霞客：即仙人。陸機《前緩聲歌》：「獻酬既已周，輕舉乘紫霞。」　　瑤臺：見其二「蟾蜍薄太清」注（１）；其四十六「一百四十年」注（４）。《楚辭》：「望瑤臺之偃蹇兮，見有娀之佚女。」　　素琴：朱諫注：「琴，正聲之雅樂也。」王琦注：「琴之樸素不用金玉珍寶以為飾者也。」秦嘉婦徐氏書：「芳香既珍，素琴又好。」嵇康《贈秀才入軍》：「習習谷風，吹我素琴。」按：朱注引申太過，王說為是。

集評

嚴羽曰：「慷慨」句，本魏文帝「秦箏何慷慨」，而與下句不合。率率來文，遂乖本詠。捷筆失檢，往有此類。（聞啟祥輯《李杜全集》卷之一）

按：無論是秦箏之慷慨激越，還是齊瑟之柔和婉轉，都是以聲色為珍之舉，而魏文帝《箜篌引》也是抒發歌舞酒宴上突然樂極悲來，悲歡時命短促的篇目，與「詎惜飛光沉」同意，無不合之處。

蕭士贇曰：此詩興也，刺世之流連光景，貴色而不貴道。若有道之士，高尚其事者，又豈世人之所能識哉！（《分類補注李太白詩》卷二）

朱諫曰：（「齊瑟」八句）以淫聲言之，齊瑟作東方之吟，秦箏弄西方之音，慷慨悲哀，足以動人，使人心醉而意移，不覺流於荒淫也。以美色言之，彼殊者子，冶容邪佞，既順且美，一笑可以獲雙璧，再歌可以直千金，又不待乎人之有求於彼，而自來求乎人也。夫淫聲美色，能使人喪其所守，不知道者，將必為其所惑矣。（「珍色」四句）承上言好齊秦之箏瑟，愛婉孌之笑歌，是乃珍重淫聲美色，棄乎養生之道，虛度光陰者也。豈識紫霞之客，鳴琴瑤臺，超然自得，不以聲色富貴而動其心者乎！（《李詩選注》卷一）

徐禎卿曰：此篇譏人之好色而不好仙術也。（郭本李集引）

　　奚祿詒曰：將指秦、虢、韓三夫人耶？（見《李詩通》卷六手批）

　　笈甫主人曰：上首批文：作詩而不本於《大雅》《王風》，雖有麗詞，徒為一笑，再歌之具而已。　　句評：「齊瑟彈東吟」：此喟才人之失足也。「瑤臺鳴素琴」：此謂正聲也。（《瑤臺風露》）

　　詹鍈曰：果如奚氏所說，則「安識」二句不可解。（《李白全集校注彙釋集評》卷二）

　　安旗曰：玄宗與諸楊姊妹事，除見於《唐書·后妃傳》外，杜甫詩《虢國夫人》亦曾刺之。（《李白全集編年箋注》卷六）

　　郁賢皓曰：詩中諷刺世人迷戀聲色，只知享樂，浪費光陰，而不知重道而求仙，過逍遙自在的生活。（《李太白全集校注》卷一）

按語

　　蕭說為是；關於「道」的理解，徐說認為指仙術，朱諫認為乃老莊修身養性之道，似皆為盡其意，此「道」理解為「王道」似更合理。朱諫又注「素琴」乃代表正聲之雅樂，似乎有所矛盾，蓋「素琴」之解，王琦之說為是；至於奚祿詒所言暗指虢國夫人輩，殊無據。此篇乃概言世風淪落也。此篇隱晦，全用史事，而幾無涉及時事之語，然「珍色不貴道」句與白居易《長恨歌》「漢皇重色思傾國」意涵相類。

其五十六　越客採明珠

越客採明珠，提攜①出南隅[1]。清②輝照海月，美價傾皇③都[2]。
獻君君按劍，懷寶空長吁[3]。魚目復相眄，寸心增煩紆[4]。

題解

　　朱言：比也。此白自喻也。

按：此篇為懷寶求進卻被猜忌見疑而發。

編年

　　安旗繫於天寶二年（743年），時李白43歲。

按：此篇作年不詳。

校記

① 攜：楊蕭本作「携」。

② 情：惟王琦本作「情」，餘本俱作「清」，王本誤，據餘本改。

③ 皇：兩宋本、咸淳本、李齊芳本作「鴻」，兩宋本注：「一作皇」，咸淳本
無注。餘本多作「皇」。劉世教本：「皇都一作鴻都。」

注釋

（1）越客採明珠：越：王琦注：「南越也，今廣東是其地，當天下之南，而臨
南海，海中有珠池，產明珠。」賈誼《過秦論》：「南取百越之地，以為
桂林、象郡。」越客：謝靈運《道路憶山中》：「楚人心昔絕，越客腸今
斷。」 明珠：朱諫注：「明珠，喻材能技藝之美。」《後漢書‧循吏
傳‧孟嘗傳》：「（嘗）遷合浦太守。郡不產穀實，而海出珠寶，與交阯比
境，常通商販，貿糴糧食。先時宰守並多貪穢，詭人採求，不知紀極，
珠遂漸徙於交阯郡界。於是行旅不至，人物無資，貧者餓死於道。嘗到
官，革易前敝，求民病利。曾未逾歲，去珠復還，百姓皆反其業，商貨
流通，稱為神明。」曹植《遠遊篇》：「夜光明珠，下隱金沙。採之誰遺，
漢女湘娥。」《洛神賦》：「或採明珠，或拾翠羽。」 提攜：攜帶，偏
義複詞。《曲禮》：「長者與之提攜。」 南隅：蕭士贇注：「越在南地，
故曰南隅。」

（2）「清輝」二句：蕭士贇注：「阮嗣宗詩：『明月耀清輝』。此海月，非《江
賦》『玉珧海月』之謂，乃清輝映照，如月出於海也。」朱諫注：「清輝，
珠之光也。傾，盡也。傾皇都，言盡乎皇都之內，無有出其右者。」謝
靈運《遊赤石進帆海詩》：「揚帆採石華，掛席拾海月。」李善注：「《臨
海志》曰：海月大如鏡，白色。」 美價：顏延年《直東宮答鄭尚書》：
「知言有誠貫，美價難克充。」

（3）按劍：言其猜疑警惕之狀。朱諫注：「怒也。」《文選》卷三九鄒陽《獄
中上書自明》：「臣聞明月之珠，夜光之璧，以暗投人於道，眾莫不按劍
相眄者，何則？無因而至前也。」 懷寶：《論語‧陽貨》：「懷其寶而
迷其邦。」 吁：朱諫注：「歎也。」 此二句言獻寶遭忌，徒懷抱
而長歎，此為一層憂愁。

（4）魚目：《文選》卷二九張協《雜詩》之五：「瓴甋夸璵璠，魚目笑明月。」
張銑注：「魚目，魚之目精白者也。」朱諫注：「魚目，圓睛似珠者也。」
《尚書緯考靈曜》：「秦失金鏡，魚目入珠。」盧諶《贈劉琨》：「夜光報
於魚目。」 煩紆：煩：煩惱。紆：苦悶盤結胸中。《文選》卷二九張
衡《四愁詩》：「路遠莫致倚踟躕，何為懷憂心煩紆。」李周翰注：「煩紆，

思亂也。」朱諫注:「紆,縈也。煩紆,憂心之煩勞也。」　此二句言獻寶不受賞識,復又被魚目似珠者相哂,更增第二層煩憂。

集評

蕭士贇曰:詩意蓋謂真儒不遇於世,而假儒衣冠者,反得位而哂笑焉,真儒之心其煩憂從可知矣。此乃太白譏世之作也。雖然,何世而不如此哉?千載讀之,猶有感激。(《分類補注李太白詩》卷二)

朱諫曰:(「越客」四句)言明珠產於南海,越客採之,攜出海隅。其清輝之發越,與海月而爭光,是名夜光之珠,無價之寶也。都城之內,雖曰眾寶所萃,又豈有出其右者乎?彼君子之懷材抱德者,有發外之英華,負天下之重望,與此明珠又何異哉?(「獻君」四句)言越客攜此明珠出於海隅,不敢自私,將獻於君,以求重賞。不意君不我顧,而反按劍以相哂,不惟不蒙其賞,而又欲加以罪。乃懷其珠而歸,不過付之長歎。彼魚目之似珠者,又將笑我徒索高價而不見售,使我憂心忉忉,縈繞而不已也。是猶君子之欲仕者,求榮反辱,為群邪之所笑也。或曰:詩多輕進意。曰:出疆載質,三月無君則弔,古人皆有願仕之心,設有不遇,略無怨望,斯理也。白或未知之耳。然說詩者不以辭害意可也。(《李詩選注》卷一)

徐禎卿曰:此篇白自傷被黜也。(郭本李集引)

林兆珂曰:此太白自傷被黜而作。(《李詩鈔述注》卷六)

陸時雍曰:自寵自傷,不與世讐,見君子立身足貴。班婕妤《團扇》詩足以參觀之。(《唐詩鏡》卷一七)

笈甫主人曰:上首批文:此首挽合前後,所由「吾衰誰陳」而自信其「垂輝於千春」者也,步步收束,甚為完密。太白所謂「希聖有立」者,其自命如此。句評:「懷寶空長吁」:憲章不淪,無如《大雅》不作,徒為世所哂何。(《瑤臺風露》)

王闓運曰:不遇人真有此窘。(手批《唐詩選》卷一)

郁賢皓曰:此詩以粵客自比,以明珠比喻自己的才華,以魚目比喻小人……從詩意看,此詩似作於開元年間初入長安無成而歸之時。(《李太白全集校注》卷一)

按語

蕭說為是;徐說大概暗示作於賜金放還之後;朱、陸之說亦有理;王闓運之說,深得各種滋味。此篇用比,言不遇之慨,之窘。白有《贈崔司戶文

昆季》：「雙珠出海底，俱是連城珍。明月兩特達，餘輝傍照人。英聲振名都，
高價動殊鄰。豈伊箕山故，特以風期親。惟昔不自媒，擔簦西入秦。攀龍九
天上，忝列歲星臣。布衣侍丹墀，密勿草絲綸。才微惠渥重，讒巧生緇磷。
一去已十載，今來復盈旬。清霜入曉鬢，白露生衣巾。側見綠水亭，開門列
華茵。千金散義士，四坐無凡賓。欲折月中桂，持為寒者薪。路傍已竊笑，
天路將何因。垂恩倘丘山，報德有微身。」與此篇典似而意同，蓋被讒去朝
十年後仍期求進。

其五十七　羽族稟萬化

羽族稟萬①化，小大各有依 (1)。周周②亦何辜！六翮掩不揮 (2)。
願銜眾禽翼，一向黃河飛 (3)。飛者莫我顧，歎③息將安歸 (4)？

題解

　　朱言：比也。白有願仕之心，而無引薦之階，作此詩以自歎。

按：此篇寫求進之意。

編年

　　安旗繫於上元元年（即乾元三年，閏四月改元。760 年），時李白 60 歲。

按：此篇作年不詳。

校記

① 萬：咸淳本注：「一作方」。

② 周周：兩宋本、咸淳本作「啁啁」，咸淳本注：「一本作周周」，兩宋本無
　　注。餘本俱作「周周」。李齊芳本「周周作啁啁。」

③ 歎：嚴羽點評本、《唐李白詩》、李齊芳本作「歎」。

注釋

（1）羽族：鳥類。《文選》卷四左思《蜀都賦》：「毛群陸離，羽族紛泊。」李
　　善注：「羽族，鳥也。」　　稟：即禀，承受，生成的，稟賦。　　萬
　　化：朱諫注：「萬化，天地生物之大也。」《莊子·田子方》：「且萬化而
　　未始有極也。」《莊子·內篇·大宗師》：「特犯人之形而猶喜之。若人之
　　形者，萬化而未始有極也，其為樂可勝計邪？故聖人將遊於物之所不得
　　循而皆存。善妖善老，善始善終，人猶傚之，而況萬物之所繫而一化之
　　所待乎！」《文選》卷一三張華《鷦鷯賦》：「何造化之多端兮，播群形於

萬類。」　　小大：朱諫注：「以鳥之大小而言也。」此二句謂鳥類各稟造化之天性，無論大小皆有所依。莊子《逍遙遊》：「窮髮之北，有冥海者，天池也。有魚焉，其廣數千里，未有知其修者，其名為鯤。有鳥焉，其名為鵬，背若泰山，翼若垂天之雲，摶扶搖羊角而上者九萬里，絕雲氣，負青天，然後圖南，且適南冥也。斥鷃笑之曰：『彼且奚適也？我騰躍而上，不過數仞而下，翱翔蓬蒿之間，此亦飛之至也，而且奚適耶？』此小大之辯也，故夫知効一官，行比一鄉，德合一君，而徵一國者，其自視也，亦若此矣。」

（2）周周：鳥名。朱諫注：「小鳥名。」楊齊賢注：「《楚辭》：鵾雞啁哳而悲鳴。」蕭士贇注：「周周，鳥也，事出《韓》，今子見引鵾雞為注，非也。」《韓非子・說林下》：「鳥有翢翢者，重首而屈尾，將欲飲於河，則必顛，乃銜其羽而飲之。人之所有飲不足者，不可不索其羽也。」顧廣圻注：「翢，周同字。」《文選》卷二三阮籍《詠懷詩》之十四：「周周尚銜羽，蛩蛩亦念飢。」　　六翮：《說文》：「翮，羽莖也。」此處六翮指鳥的兩翼。《戰國策・楚策四》：「奮其六翮，而凌清風，飄搖乎高翔。」《韓詩外傳》卷六：「夫鴻鵠一舉千里，所恃者六翮爾。」阮籍《詠懷詩》之四十一：「天網彌四野，六翮掩不舒。」朱諫注：「掩，斂也。揮，揚也。」

（3）黃河：朱諫注：「喻朝廷也。」

（4）莫我顧：即「莫顧我。」石崇《王昭君》：「願假飛鴻翼，棄之以遐征。飛鴻不我顧，佇立以屏營。」　　將安歸：《晉書・謝安傳》：「嘗與孫綽等泛海，風起浪湧，諸人並懼，安吟嘯自若。舟人以安為悅，猶去不止。風轉急，安徐曰：『如此將何歸邪？』舟人承言即回。眾咸服其雅量。」

集評

蕭士贇曰：此詩全祖《莊子》《韓子》二事之意，以鳥為喻，言小大各有所依，猶周周之無力者，依有力者銜羽而飲。今有力者飛而不顧，唯有歎息而已。猶言在野之賢，望在位之賢汲引同類，以就君祿，而在位者卒無進賢之心。有志而不能自拔者，茫無所歸，唯有歎息而已。余因發而明之，以愧當世在位之賢，不能引拔同類者。（《分類補注李太白詩》卷二）

朱諫曰：（「羽族」四句）其意若曰：彼羽族之禽鳥，稟萬化之不齊，小

大不同，而各有所託也。周周小鳥，亦萬化所生者，獨無所託，亦何罪耶？以蕞爾之形，又掩其翮，不能奮飛，若無所託，必至顛躓而餓死矣。譬之諸臣，大小承命，各居其職。己獨以疏遠卑末，不蒙錄用，以至窮困，若無所依矣。（「願銜」四句）言周周之小，固不能以自飛，欲飲黃河之水，力恐不能至也。惟願銜附眾禽之翼向河而飛，或得一飲，以自療其渴。奈何眾禽之能飛者，飄然遠舉，莫肯我顧。欲飲於河，又不可得。徒爾歎息，將安歸乎？以喻在野之人，願仕於朝，須有力者引而進之乃可得也。彼方以位驕人，不能禮賢下士，使我亦無所託，歎息悲傷，又何歸乎？按白初隨吳筠至京師，知章薦之，供奉翰林，可謂得所託矣。猶云「飛者不我顧，歎息將安歸？」蓋不得意於貴妃、力士，而終無所託也。知章能薦之而不能使人君大臣必用之，故發此歎而欲歸耳。（《李詩選注》卷一）

徐禎卿曰：蕭說是也。（郭本李集引）

林兆珂曰：此詩以鳥為喻，蓋自傷其無所引薦而作。（《李詩鈔述注》卷六）

佚名：高位棄賢，良多媿色。（梅鼎祚《李詩鈔評》卷二上首批文）

《唐宋詩醇》曰：知柳下惠之賢而不與立，所以致恨於臧孫辰之竊位也。（卷一）

陳沆曰：歎野有憂國之人，朝無用賢之相。（《詩比興箋》卷三）

奚祿詒曰：歎當時之人不能引拔。（見《李詩通》卷六手批）

笈甫主人曰：句評：「願銜眾禽翼」四句：扶世立教，所以「垂輝千春」，此即「吾衰誰陳」意，收結密。（《瑤臺風露》）

安旗曰：蕭說是。當與《天馬歌》之作相去不遠。（《李白全集編年箋注》卷十四）

詹鍈曰：「將安歸」蓋何所依之意，非不得重用而欲歸。朱既云此詩喻在野之人願仕於朝，此又云供奉翰林而欲歸，前後齟齬。（按：此乃詹氏駁朱諫按語。）（《李白全集校注彙釋集評》卷二）

按語

蕭說為是；朱諫之說有矛盾，詹鍈之釋有理；陳沆、奚祿詒之說皆是。此篇借《莊子》而寓意，希冀在位者能有所助。另，《天馬歌》明顯作於暮年，但此篇作年則不甚明。

其五十八　我行巫山渚

我行①巫山渚，尋古登陽臺⁽¹⁾。天空綵②雲滅，地遠清風來⁽²⁾。
神女去③已久，襄王安在哉⁽³⁾？荒淫竟淪沒④，樵牧徒悲哀⁽⁴⁾。

題解

朱言：賦也。此亦詠古詩也。

按：此篇訪古感歎之作。

編年

安旗繫於乾元二年（759年），時李白59歲。認為乃本年初春長流途中作於巫山。

郁賢皓：此詩當是乾元二年（七五九）春，李白流放到達巫山時有感而作。

按：此篇諸家皆繫於乾元二年，晚年流放途中經過巫山時所作。

校記

① 行：咸淳本、楊蕭本、玉海堂本、郭雲鵬本、嚴羽點評本、《唐李白詩》、全唐詩本俱作「到」，咸淳本注：「一作行。」劉世教本：「我行一作我到。」

② 綵：胡震亨本作「彩」。

③ 去：咸淳本、楊蕭本、郭雲鵬本、嚴羽點評本、劉世教本、《唐李白詩》作「知」。咸淳本注：「一作去」。劉世教本：「去已一作知已。」

④ 沒：咸淳本、楊蕭本、玉海堂本、郭雲鵬本、嚴羽點評本、劉世教本、《唐李白詩》作「替」。咸淳本注：「一作去」。劉世教本：「淪替一作淪沒。」

注釋

（1）巫山：山名：位於四川省巫山縣東，為巴山山脈的高峰，有十二峰，為川鄂的界山，長江貫穿其間，形成巫峽。朱諫注：「巫山在夔州東北七十五里，有大仙廟，即神女祠也。《襄陽耆舊傳》云：赤帝媱姬未行而卒，葬於巫山之陽，故曰巫山之女。」　渚：江中小洲。　陽臺：《文選》卷一九宋玉《高唐賦序》：「且為朝雲，暮為行雨，朝朝暮暮，陽臺之下。」巫山、陽臺均為男女合歡的處所，二者可互通。《文選》卷一九宋玉《高唐賦》：「楚襄王與宋玉遊於雲夢之臺，望高唐之觀。其上獨有雲氣，崒兮直上，忽兮改容。須臾之間，變化無窮。王問玉曰：『此何氣也？』玉對曰：『所謂朝雲者也。昔者先王嘗遊高唐，怠而晝寢，夢見一婦人曰：

「妾，巫山之女也。為高唐之客。聞君遊高唐，願薦枕席。」王因幸之，去而辭曰：「妾在巫山之陽，高丘之岨。旦為行雲，暮為行雨。朝朝暮暮，陽臺之下。」旦朝視之，如言，故為立廟，號曰「朝雲」。』《太平寰宇記》卷一四八山南東道夔州巫山縣：「陽雲臺，高一百二十丈，南枕長江。楚宋玉賦云……即此。」江淹《雜體詩》之三十《休上人怨別》：「相思巫山渚，悵望陽雲臺。」

（2）綵雲滅：宋玉《高唐賦》：「湫兮如風，淒兮如雨，風止雨霽，雲無處所。」　清風：劉鑠《擬〈明月何皎皎〉》：「玉宇來清風，羅帳延秋月。」　「天空」二句：蕭士贇注：「謂無神女薦寢事也。」

（3）神女、襄王：事見宋玉《高唐賦》《神女賦》。朱諫注：「神女，朝雲也。」

（4）荒淫：見其五十五注（2）。　樵牧：桓譚《新論·琴道》：「雍門周以琴見孟嘗君曰：『然臣竊為足下有所常悲……天道不常盛，寒暑更進邏，千秋萬歲之後……高臺既已傾，曲池又已平。墳墓生荊棘，狐狸穴其中，遊兒牧豎，躑躅其足，而歌其上曰：「孟嘗君之尊貴，亦猶是乎？」』孟嘗君喟然太息，涕淚承睫而未下。」

集評

嚴羽曰：古調近體，可冠初唐。（聞啟祥輯《李杜全集》卷之一）

蕭士贇曰：此篇是太白南遷時，過巫山懷古而作。末四句謂時異事殊，若襄王之荒淫者，竟已淪替，徒興樵牧之悲哀而已。（《分類補注李太白詩》卷二）

朱諫曰：（「我行」四句）言我到於巫山之下，尋訪襄王之古蹟，登於朝雲之陽臺。昔者襄王神女會於夢思，綵雲合而歡意深矣。今來世久事殊，綵雲已散，但見清風颯然而遠來，景色淒慘而可悲，所謂神女者，不復可得而見矣。（「神女」四句）言到巫山尋訪古蹟，但見綵雲滅而清風來，昔之神女去已久矣，而襄王之夢合於神女者，又安在哉？雲雨荒淫，意爾淪替，徒聞樵夫牧子之悲哀，慨歎古蹟之荒涼而已矣。是襄王神女之事，亦將為後世之所誚也。（《李詩選注》卷一）

徐禎卿曰：蕭說是也。（郭本李集引）

林兆珂曰：此太白南遷過巫山懷古而作。悲故楚之荒淫，為時王進針砭。紅批曰：清狂氣象，如在眼前。又曰：非實端，弔古已也。（林兆珂《李詩鈔述注》卷六上首注）

　　唐汝詢曰：（末四句）謂此非高唐託夢之地耶？今云無所處，清風徐來，不惟神女絕響，襄王亦杳然矣。我乃知荒淫足以覆國，徒使樵牧悲哀耳。按太白被放之後，浮遊四方，因登陽臺而感襄王之事……蓋是時明皇寵貴妃，荒於色，疑有感而發此歎云。（《唐詩解》卷三）

　　王夫之曰：一色，三四本情語，而命景正麗，此謂雙行。雙行者，古今文筆之絕技也。〔註12〕（《唐詩評選》卷二）

　　吳昌祺曰：用意高遠，而襄王千古含冤。（《刪訂唐詩解》卷二）

　　笈甫主人曰：句評：「神女去已久」四句：就神女說所謂哀怨起騷人也。（《瑤臺風露》）

　　詹鍈曰：按《宿巫山下》詩曰：「昨夜巫山下，猿聲夢里長。桃花飛綠水，三月下瞿塘。雨色風吹去，南行拂楚王。高丘懷宋玉，懷古一沾賞。」此詩則云：「我行巫山渚，尋古登陽臺。……神女去已久，襄王安在哉？」疑是同時之作。（《李白詩文繫年》）

　　瞿、朱曰：張九齡《感遇》詩有：「登古陽雲臺」一首。姚範《援鶉堂筆記》卷四〇云：按此及樊妃冢皆感於明皇之荒淫而作，詩當為荊州長史時作，是時或以武惠妃擅寵故耶？又曰：阮籍《詠懷》詩曰：「三楚多秀士，朝雲進荒淫。」即此詩所本，李詩與《詠懷》多同調，未可以有荒淫二字，遂指為刺荒淫也。必以為身至巫山方作此詩，恐失之泥。（《李白集校注》卷二）

　　郁賢皓曰：詩中諷刺楚襄王的荒淫難能長久，反而誤國，可能含有對唐明皇晚年荒淫造成安史之亂的譴責之意。（《李太白全集校注》卷一）

按語

　　蕭說首倡此篇為李白暮年南流途中經過巫山所作，朱說與蕭同，唐汝詢之說更進一層，詹鍈之說為是，由地點推及時間的做法沒有問題，然以《宿巫山下》作旁證，似不妥，李白早年也經過過巫山，呂華明《李太白年譜補正》力證《宿巫山下》乃早年所作，與此篇作年不同。瞿、朱之言無據，李白開篇既言「我行／倒」，在無確鑿證據的前提下，冒然說未必身至巫山方作此詩，顯係強辯。此篇明顯是訪古而引發的見古傷今之情，對現實有所映像。

〔註12〕王夫之詩歌理論「雙行」說，大抵指情景妙合，景語即情語，可參考：崔海峰《從莊子的兩行說到王夫之詩學中的雙行說》，《遼寧大學學報》，2007 年，第 2 期。

其五十九　惻惻泣路歧

惻惻泣路歧，哀哀悲素絲⁽¹⁾。路歧有南北，素絲易^①變移^{②(2)}。
萬事固如此，人生無定期⁽³⁾。田竇相傾奪，賓客互盈虧⁽⁴⁾。
世途多翻覆^③，交道方嶮巇⁽⁵⁾。斗^④酒強然諾，寸心終自疑⁽⁶⁾。
張陳竟火滅，蕭朱亦星離⁽⁷⁾。眾鳥集榮柯，窮魚守枯^⑤池⁽⁸⁾。
嗟嗟失懽^⑥客，勤問何所規^{⑦(9)}。

題解

　　朱言：興而比也。此刺世之以利交者，不能相終始也。

　按：此篇傷交道翻覆，乃《秋露白如玉》篇「人心若波瀾」之意。

編年

　　安旗繫於至德二年（757 年），時李白 57 歲。罹難中感慨交道之不能始終如一也。姑繫本年。

　　詹鍈《李白詩文繫年》繫此詩於乾元二年。

　按：此篇當作於暮年罹難之時。

校記

① 易：兩宋本作「無」，並注：「一作有」。
② 兩宋本、《唐李白詩》注：「一本下添萬事固如此，人生無定期。田竇相傾奪，賓客互盈虧。世途多翻覆，交道方嶮巇。斗酒以下同。」　　劉世教本：「萬事固如此，人生無定期。田竇相傾奪，賓客互盈虧一本無此四句。世途多翻覆一作谷風刺輕薄，失懽今本作失懽，所規作所悲，非。」
③ 兩宋本此句作「谷風刺輕薄。」《唐李白詩》「世途多翻覆」作「谷風刺輕薄」。
④ 斗：兩宋本作「鬪」。
⑤ 枯：兩宋本作「空」，並注：「一作枯。」
⑥ 懽：朱諫本、胡震亨本、《瑤臺風露》作「權」。
⑦ 規：兩宋本注：「一作悲，又作勤問何所窺。」

注釋

（1）惻惻：悲傷。歐陽建《臨終詩》：「下顧所憐女，惻惻中心酸。」杜甫《夢
　　李白詩二首》之一：「死別已吞聲，生別常惻惻。」　　泣路歧：《淮南

子・說林訓》:「楊子見逵路而哭之,為其可以南,可以北。」　　哀哀:
形容悲傷不已的樣子。《詩經・小雅・蓼莪》:「哀哀父母,生我勞瘁。」
《文選》潘岳《馬汧督誄》:「哀哀建威,身伏斧質。」　　悲素絲:《淮
南子・說林訓》:「墨子見練絲而泣之,為之可以黃,可以黑。」阮籍《詠
懷詩》之二十:「楊朱泣路歧,墨子悲染絲。」

（2）「路歧」二句,分別對應上二句,解釋「泣」與「悲」之因。

（3）固:本來。

（4）「田竇」句:《史記・魏其武安侯列傳》:「魏其侯竇嬰者,孝文後從兄子
也……七國兵已盡破,封嬰為魏其侯,諸遊士賓客爭歸魏其侯……武安
侯田蚡者,孝景后同母弟也……武安侯新欲用事為相,卑下賓客,進名
士家居者貴之,欲以傾魏其諸將相……武安侯雖不任職,以王太后故,
親幸,數言事多傚,天下吏士趨勢利者,皆去魏其歸武安,武安日益橫。
建元六年,竇太后崩,丞相昌、御史大夫青翟坐喪事不辦,免。以武安
侯蚡為丞相,以大司農韓安國為御史大夫。天下士郡諸侯愈益附武安……
魏其失竇太后,益疏不用,無勢,諸客稍稍自引而怠傲,唯灌將軍獨不
失故。魏其日默默不得志。」　　曹攄《感舊詩》:「富貴他人合,貧賤
親戚離。廉藺門易軌,田竇相奪移。」　　傾奪:競相爭奪。《史記》卷
七十八《春申君傳》:「方爭下士,招致賓客,以相傾奪,輔國持權。」
《文選》傅毅《舞賦》:「馬材不同,各相傾奪。」　　蕭士贇注:「後嬰、
灌皆論棄世。春,蚡疾,竟死。」

（5）翻覆:反覆,變易無常。朱諫注:「不定也。」陸機《君子行》:「休咎相
乘躡,翻覆若波瀾。」王維《酌酒與裴迪詩》:「酌酒與君君自寬,人情
翻覆似波瀾。」　　交道:朋友相處的道理。《後漢書》卷二十七《王丹
傳》:「交道之難,未易言也。」陸機《贈馮文羆遷斥丘令》:「人亦有言,
交道實難。」駱賓王《詠懷詩》:「少年識事淺,不知交道難。」　　嶮
巇:本意指道路險峻崎嶇,《文選》嵇康《琴賦》:「丹崖嶮巇,青壁萬尋。」
呂良注:「嶮巇,傾側貌也。」喻人事艱險或人心險惡,《文選》卷五五
劉峻《廣絕交論》:「世路嶮巇,一至於此。」李善注:「嶮巇,猶顛危也。」
李白《贈崔諮議》:「世道有翻覆,前期難預圖。」

（6）斗酒:一斗酒。《文選・古詩十九首・青青陵上柏》:「斗酒相娛樂,聊厚
不為薄。」　　強:著重,增加,強調。　　然諾:即許諾,《廣雅》:「諾,

應也。」朱諫注：「許辭也。」曹植《白馬篇》：「一朝許人諾。」注：「諾，相然許之辭。」《老子》：「輕諾者必寡信。」《漢書‧張耳傳》：「此固趙國立義不侵，為然諾者也。」顏師古注：「謂一言許人，必信之也。」李白《贈從兄襄陽少府皓》：「吾兄青雲士，然諾聞諸公。」又《博平鄭太守自廬山千里相尋，入江夏北市門見訪，卻之武陵，立馬贈別》：「多君重然諾，意氣遙相託。」　　寸心：內心，心中，近「寸衷」，杜甫《偶題》：「文章千古事，得失寸心知」。

（7）張陳：秦時張耳、陳餘。《史記‧張耳陳餘列傳》：「張耳者，大梁人也……陳餘者，亦大梁人也……餘年少，父事張耳，兩人相與為刎頸交……張耳之國，陳餘愈益怒，曰：『張耳與餘功等也，今張耳王，餘獨侯，此項羽不平。』……漢二年，東擊楚，使使告趙，欲與俱。陳餘曰：『漢殺張耳乃從。』於是漢王求人類張耳者斬之，持其頭遺陳餘。陳餘乃遣兵助漢。漢之敗於彭城西，陳餘亦復覺張耳不死，即背漢。」　　蕭朱：漢時蕭育、朱博。《漢書‧蕭望之傳附蕭育傳》：「育字次君……少與陳咸、朱博為友，著聞當世。往者有王陽、貢公，故長安語曰：『蕭、朱結綬，王、貢彈冠』，言其相薦達也……育與博後有隙，不能終，故世以交為難。」　　火滅、星離：比喻事物消失殆盡，不留一點痕跡。傅玄《擬楚篇》：「光滅星離。」

（8）「眾鳥」二句：榮柯：茂盛的樹枝。朱諫注：「眾鳥，喻眾人，趨勢者也；榮柯，喻有權者；窮魚，喻貧賤之士；枯池，喻窮也。」左思《詠史八首》其八：「計策棄不收，塊若枯池魚。」曹攄《感舊詩》：「晨風集茂林，棲鳥去枯枝。」

（9）嗟嗟：表悲歎的語氣詞。《楚辭》屈原《九章‧悲回風》：「曾歔欷之嗟嗟兮，獨隱伏而思慮。」　　懽：即歡。失懽客：指失意之人。按：郭沫若《李白與杜甫》一書中，《李白與杜甫在詩歌上的交往》一節，認為指杜甫，杜甫《夢李白詩二首》之一又有句曰：「死別已吞聲，生別常惻惻」，不知知否為見到李白此篇之後有感而發。　　勤問：朱諫注：「勤於通問也。」　　規：朱諫注：「規即窺字，古字通用，律云規避亦此義也，窺者，言有所窺覘而要求也。」瞿、朱注：「規字恐不作規益解，何所規者何所營也，此猶陶潛《桃花源詩序》：『欣然規往』之規也。」按：朱諫與瞿蛻園、朱金成之解說雖然不同，但均指向殷勤窺察而有所要求之意。

集評

　　嚴羽曰：「斗酒」云云，友情至此，真可痛哭。又曰：張陳，張耳、陳餘也，蕭朱，蕭育、朱博也。　　古調近體，可冠初唐。(聞啟祥輯《李杜全集》卷之一)

　　蕭士贇曰：此詩譏市道交者，必當時有所為而作。太白罹難之餘，友朋之交道，其不能始終如一，而奔趨權門者，諒亦多矣。徒有一類失懽之客，勤勤問勞，亦何所規益乎！觀此詩者，亦可以知人心之不古已夫。(《分類補注李太白詩》卷二)

　　朱諫曰：(「惻惻」八句) 言楊朱之泣乎路歧，墨翟之悲乎素絲，物性可移如此，人生萬事之無定，又何異哉！故得失榮枯，變遷不一，如漢之田蚡、竇嬰，以王室之姻，竊朝廷之柄。各有賓客，互為盈虧，而勢相傾奪。竇嬰既陷死於罪，田蚡亦以疾而終。人非鬼責，展轉相尋。是世事之紛紛者，如歧路、素絲之更變，不亦可泣而可悲者乎？(「世途」六句) 此言友義之不終，而變易無常也。以田、竇之事觀之，則知世道之翻覆，而交情之嶮巇。雖以斗酒而相歡，終無真情之可信。外貌若親，而中心懷疑，非誠於處友者也。故以利交者，利盡則交絕；以勢交者，勢弱則相凌。如漢之張耳、陳餘，初如父子，終為仇敵，若火之滅，不復然矣。蕭育、朱博，既相結綏，又成嫌隙，如星之散，不復合也。此交道之所以難，而世途翻覆多可疑也。(「眾鳥」四句) 此則比也。言自古交遊重於勢力，故天下之人皆趨於權貴之門，猶眾鳥之集於榮柯，以榮柯之可以容吾身也。惟貧賤之士□□□□之地，猶窮魚之守於枯池，池水涸而身無所滋也。嗟夫失懽之人，言不聽而計不行，內無心膂之寄，外無藩屏之託。此等之人，喜不足以為福，怒不足以為威，雖與之絕交亦可也。仍通音問之勤，果有何所求乎？夫世情反覆，以勢力為炎涼，友道之不立也久矣。惟有識者能持一定之見，不為世俗所變移耳。(《李詩選注》卷一)

　　馮舒曰：此真《國風》。

　　《唐宋詩醇》曰：辭旨明白。(卷一)

　　奚祿詒曰：感交道也，其在夜郎歸後乎？(見《李詩通》卷六手批)

　　曾國藩曰：此首即翟公署門之意。老杜《貧交行》亦同此慨。(《讀書祿》卷七) 按：翟公署門又作翟公書門，《史記・汲鄭列傳》：「下封翟公為廷尉，賓客闐門。及廢，門外設雀羅。翟公復為廷尉，賓客欲往，翟公乃大書其門

曰：『一死一生乃知交情，一貧一富乃知交態，一貴一賤交情乃見。』」《貧交行》詩曰：「翻手為雲覆手雨，紛紛輕薄何須數。君不見管鮑貧時交，此道今人棄如土。」

　　笈甫主人曰：上首批文：此人雖極言指，詞意淒動，所由「志在刪述」而竊比於「獲麟」之絕筆也。此為五十九首之總結。至此淒涼哽咽，往復低徊，看似頭聲尾聲，其實滴滴歸入《大雅》不作」「吾衰誰陳」八字，收筆拓開煙波無際，與第一首起筆相稱，是為大結束。五十九首之脈絡真如蛛絲馬蹟，草線灰蛇，看似浩渺無涯，其實滴滴歸源，一絲不亂，非吾笈甫冥心探索，廣陵散不幾真絕響耶！句評：「哀哀悲素絲」：結哀字。「斗酒強然諾」：古今同慨。「嗟嗟失權客」：大結論，唯失權，故志在刪述也。（《瑤臺風露》）

　　郭沫若曰：……對於李白《古風》第五十九首——也是最後一首的最後四句，算找到了它的寄意所在：「眾鳥集榮柯，窮魚守枯池。嗟嗟失歡客，勤問何所規？」前兩句容易理解。大抵的人（「眾鳥」）都在趨炎附勢（「集榮柯」），少數窮途末路的人（「窮魚」）窮得沒有出路（「守枯池」）。這「眾鳥」與「窮魚」自然是方以類聚，各走各的路；在這裡也暗喻著交道的翻覆——這是詩的重點。後兩句譯成現代語，便是：呵呵，你同樣是窮途末路的流浪者呵，你勤勤問候我，到底要規戒我些甚麼？這裡所說的「失歡客」，不就是在暗指杜甫嗎？這首《古風》看來很明顯地是李白在接到杜甫寄詩之後做的，也很明顯地表明了李白的失望。他所期待著的知己，雖然同處在困境，但並不如十幾年前那樣的真正的知己了。此詩是李白在接到杜甫寄詩之後所作，失懽客暗指杜甫。（《李白與杜甫》）

　　詹鍈曰：玩詩意，有足悲者，豈太白流夜郎所作？（《李白全集校注彙釋集評》卷二）

　　郁賢皓曰：此詩列舉歷史上的許多事例，說明人生多變，交道險惡，當是詩人有感而作。李白一生喜歡交友，結果卻屢屢碰壁。尤其是在晚年因參加永王幕府而被捕入獄，出獄後又被流放夜郎，在此期間，以往的好友多唯恐避之不及，袖手旁觀，有的甚至還落井下石，只有個別的好友為之營救或慰問。故此當詩蕭宗至德、乾元年間根據自己的親身體驗所作。（《李太白全集校注》卷一）

按語

　　蕭說認為此篇當作於太白晚年罹難被捕下獄之後，乃感歎友情之交道不

能長久，此說影響至深，奚祿詒、曾國藩、詹鍈、郁賢皓等諸家皆認同此說，
然此說乃泛指，並未深析所指交道不長的友人為誰。惟郭沫若認為末句的失
懽客暗指杜甫。又，李白辭官後，天寶三載，與杜甫相識，經杜甫介紹結識
高適，三人於梁宋之地詩酒閒遊，尋仙問道，度過了一段恣意灑脫的美好時
光。後至晚年，經永王璘叛亂事件，李白和高適陣營相左，李白入獄而高適
升遷，白下獄後曾向高適寫書求救，高適不僅不救，反而燒毀二人來往信函，
以免禍及自身，李白之寒心當可想見。更何況此時杜甫與高適二人書信往來
不斷〔註13〕，厚情如舊。杜甫殷殷去信「規勸」李白，自然引得白之反感。
三人之經歷交往，是極符合此詩寫作背景的。無論如郭沫若所言實寫，還是
如諸家所說泛指，均有道理，由親歷實際交往情形上升為感慨交道不能長久，
似亦可通。

　　此篇作為《古風》之末，淒涼哽咽之氣滿溢，當作於晚年無疑，此為一；
至於是感慨淪落之際舊時交往不能長久如一，還是如郭氏所言悲哀於以前自
認為的知己如杜甫亦不能體察自己的真心，由此感到悲涼，俟有材料之時再
辨，此為二。

〔註13〕雖然目前所見資料有限，並沒有直接材料可證明李杜分別之後，相
　　　　互之間再有明顯而直接的交往，但是歷史上資料散佚嚴重，也並不
　　　　能說李杜分別之後就再無交流，郭沫若之觀點並非全無道理，李、
　　　　杜分別之後的交往亦有蛛絲馬蹟可尋，詳見《李白《古風》詩歌「真」
　　　　意解讀與盛唐詩壇的「真偽之辨」》一節。又，傅庚生《杜詩析疑》
　　　　（陝西人民出版社，1979年，第30頁）借《寄高三十五書記》《追
　　　　酬故高蜀州人日見寄》論杜甫、高適晚年書信來往，詩歌往寄，交
　　　　情甚密，可知當時詩人書信往來者亦常態。焉知李、杜分別後再
　　　　無書信往還？

結　語

　　《古風》在李白集中面目特殊，地位重要，以「古風」為詩歌命名起自李白，除目前所見「五十九首」外，李集中其他旨意表達相似但卻題作《感遇》《詠懷》類的詩歌仍有二十八首，而其中頗有重出者和整體篇章類似者，「古風型詩」的概念似乎更能涵蓋李白此類詩歌的全貌。

　　自朱熹始，對李白《古風》溯源的努力代不乏人，從時間線上呈現「倒追」的努力。在「近源」上，吸收了陳子昂、張九齡《感遇》詩的表象特徵，句子結構、用詞、意象、用典等多方面呈現高度的相似性。《古風》中「詠史詩」和「遊仙詩」沿著左思《詠史》和郭璞《遊仙》開創的傳統而有所創新。在政治關懷上又上接阮籍《詠懷》。但從根源上看，則直追上古，呈現出「《風》《雅》嗣音」「體合《詩》《騷》」的努力，但又分別有所側重：從《大雅》中繼承了強烈的家國責任意識和盛世宏圖願景；從《小雅》中借鑒了其章法內容和情感表達；從《風》詩中繼承了「諷」之一面，「傲古風人之體，得古風人之意」；而從屈原《騷》體中繼承的則是「明君—賢臣」的模式，「士不遇」的主題和「香草—美人」的意象。

　　傳播接受層面，《古風》產生之初並未得到太大的關注，經過約三百年緩慢而沈寂的過程，至宋代朱熹才開始真正揭櫫其面目，發現其價值，朱熹的評點從各個方面引導了後世的接受方向，可謂是《古

風》接受的第一人，具有奠基性意義。宋人對《古風》的傳播接受主要體現在編選、評點和仿作三個方面，引導了後人接受的大方向。明人沿著這幾個方面分別有所發覆，但總體成果稍有不及，其中最重要的就是朱諫《李詩選注》體現的「直追《風》詩，正本清源」的努力。清人在前人觀點累積的基礎之上，對《古風》進行全面接受，並呈現出「溢美式拔高」的典型特徵，平衡了宋代「揚杜抑李」風氣帶來的負面影響，發現了李白詩歌「現實」的一面和其對社會政治的關注，《古風》「雍容和緩」的整體風格也平衡了李白「瀟灑飄逸」的傳統形象。笠甫主人《瑤臺風露》的發現，是《古風》研究乃至李白研究中全新的材料，其深受明清小說評點影響的「整體觀」和「圓環式」評點結構是值得我們重視的。

　　對《古風》歷代選本的定量分析，是《古風》研究中的又一重要空白點。以清末為界，從選本數量的考察和單篇所佔比重的分析入手，考察清末以前和近現代重要的李詩選本和唐詩古詩選本中《古風》詩的入選情況，以見出各代選編情況和單篇關注度的古今變化與差異。清末以前，由唐至宋，是《古風》編選的沈寂階段，自宋人開始，隨著對《古風》關注度的提升，選本的數量有所增加。朱熹之前，對單篇的關注沒有聚焦，朱熹之後，《大雅久不作》篇才成為重點。近現代《古風》選編情況以十年為段限進行考察，其入選標準與政治、教育、文化、戰爭等多種因素相關，各時段分別有所側重，且呈現出學術關注焦點和普適性教育關注焦點的分離化傾向。

　　《古風》文本的整體考論，涉及到歷代傳本演變情況和目前所見最早的重要版本兩宋本、咸淳本和楊蕭本的異文考察，見出《古風》早期文本的不確定性，以及接受者對《古風》文本由流動到穩定的訴求。以《古風》「六十一首」和「古風型詩」「九十首」為研究對象，考察《古風》創作之初的三種最大可能性，認為李白中晚年集中創作《古風》的可能性較小，《古風》「非一時一地之作」的可能性較大。其創作之初，原題作《感遇》《詠懷》等，所以較早的《河嶽英靈集》

選《莊周夢胡蝶》才會題作《詠懷》。李白五十歲前後，在知天命之年，以「我志在刪述」思想為引導，對這些原題作《詠懷》《感遇》類的詩歌作了整理揀選，其揀選標準大致為符合「清真」者，委婉諷諫者，剔除重複者等。在揀選整理的過程中，以《古風》為題，把《大雅久不作》放在首篇，表達其直追《風雅》的精神和「以詩垂名」的願望。故較早的《河嶽英靈集》收錄《莊周夢胡蝶》篇題作《詠懷》，而較晚的五代後蜀韋縠《才調集》收錄三篇，卻題作《古風三首》，而晚唐詩人張祜讀到的也是題作《古風》。揀選剩下的，就仍放置在原本的題名之下，所以《感遇》類詩歌才會與《古風》從內容題旨到語言表達皆呈現出各方面的相似性，甚至有重出者和「孿生底本」情況的存在，而《古風》中的部分異文，也很有可能是李白在重新揀選、編輯、定名的時候，自己略加改動所致。「五十九首」之數存在「六十」「八十」等不同說法，極大可能是唐時所編李白詩歌原本散佚和重新搜集的過程造成的。

重點篇章的闡釋，三個小節各自獨立，分別涉及到「文本錯亂」「意象內涵」和《古風》論詩篇中體現出的崇尚「清真」「天真」「貞真」的詩論觀點三個層面，乃有話可說，有題可論者，而非選本的定量分析中所得出的歷代以來重點關注的篇目。單篇的分析和闡釋自不僅限於此三者，但精力所限，目前不能一一深入考察，也為後續研究留有餘地。

下編主要是基礎材料的搜集和文獻的整理，在搜集材料的過程中，以「搜求無遺」「竭澤而漁」的方式進行，並以按語的形式對歷代觀點進行辨析。有據可證者，力求分辨清楚；無有新見者，也努力理清源流，提出疑問，以求明白。

另外，附錄中對《古風》歷代全本選本的統計表，和《古風》近現代研究論著目錄索引，是周遊全國各大圖書館，李白紀念館，並竭力搜求海外資源的成果，過程中多親見稀有版本，如明代梅鼎祚《李詩鈔評》，清代應時、丁谷雲《李詩緯》，笈甫主人《瑤臺風露》等，

是精力所在，心血所凝。

　　餘下有心無力者，如李白《古風》「雅正」詩學復古思想的再探討，李白個人形象與《古風》之悖逆性和雙向互證的特殊性等問題，只能以俟來日了。

附　錄

一、《古風》全本選本統計總表（共 213 個）

時代	性質	編者	書名	卷次	數目	篇目	備註
唐	選本	殷璠	《河嶽英靈集》	卷上	1（共13）	莊周夢胡蝶	
五代（後蜀）	選本	韋縠	《才調集》	卷六	3（共28）	泣與親友別、秋露如白玉、燕趙有秀色	
宋	全本	樂史、宋敏求、曾鞏	宋蜀本《李太白文集》	卷二	59	全選	昔我遊齊都、泣與親友別、在世復幾時為 3 篇，無咸陽三月、寶劍雙蛟龍
宋	全本	疑為樂史、宋敏求、未經曾鞏考訂本	咸淳本《李翰林集》	卷二	60	全選	昔我遊齊都、泣與親友別（包括在世復幾時）為 2 篇，有咸陽三月、寶劍雙蛟龍
宋	選本	姚鉉	《唐文粹》	卷十四	11／古風 共64首	大雅久不作、咸陽二三月、齊有倜儻生、胡關饒風沙、黃河走東溟、天津三月時、燕昭延郭隗、郢客吟白雪、燕趙有秀色、美人出南國	
宋	選本	真德秀	《文章正宗》	卷二十二下	32	大雅久不作、蟾蜍薄太清、秦帝掃六合、代馬不思越、莊周夢胡蝶、齊有倜儻生	

時代	版本	編校者	書名	卷次	數量	類別	篇目	備註
							松柏本孤直、君平既棄世、 胡關饒風沙、燕昭延郭隗、 天津三月時、郢客吟白雪、 秦水別隴首、世道日交喪、 摿收鼎金氣、羽檄如流星、 醜女來效顰、抱玉入楚國、 燕臣昔慟哭、孤蘭生幽園、 客高望四海、鳳飢不啄粟、 同應八荒吟、八荒馳驚飈、 桃花開東園、美人出南國、 宋國梧臺東、春容捨明燭、 齊瑟彈東吟、越客採明珠、 我行巫山渚、惻惻泣路歧	
宋	選本	祝穆	《事文類聚》	別集卷十文章部	1	大雅久不作		
元	全本	楊齊賢補注 蕭士贇刪補	《分類補注李太白詩》	卷二	59	全選		昔我遊齊都、泣與親友別，在世復幾時為1篇；昔我遊齊都、泣分為二，多1篇；有咸陽二月，寶劍雙蛟龍
元	全本	佚名（坊刻）	《唐翰林李太白詩集》	卷一	60	全選		「大雅久不作」篇從「自從建安來」分為二，多1篇；「昔我遊齊都」、「泣」分為二，多1篇；「秦水別隴首」和「秋露白如玉」合為一篇，少1篇；這

朝代	選／全本	編者	書名	卷	數	詩目	備註
元	選本	范梈	《李翰林詩》	卷一	15	大雅久不作、蟾蜍薄太清、鳳飛九千仞、太白何蒼蒼、客有鶴上仙、齊有倜儻生、松柏本孤直、寶劍雙蛟龍、胡關饒風沙、秋露白如玉、天津三月時、登高望四海、羽檄如流星、桃花開東園	樣的話，總數只有 60 首，而非 66 首之數
元	選本	劉履	《風雅翼》	卷十一	18	大雅久不作、蟾蜍薄太清、代馬不思越、羽檄如流星、秦皇按寶劍、段后亂齊紀、咸陽三三月、燕昭延郭隗、郢客吟白雪、越客採明珠、綠蘿紛葳蕤、世道日交喪、鳳飢不啄粟、燕臣昔慟哭、青春流驚湍、羽族稟萬化、莊周夢胡蝶、君平既棄世	
明	全本	李文敏・彭佑	《分類李太白詩》	卷一	59	全選	
明	全本	佚名	《唐翰林李白詩類編》	卷一（包括四言、五言古詩：古風、樂府）	59	全選	
明	全本	佚名	《唐李白詩》	卷一	59	全選	
明	全本	郭雲鵬	《分類補註李太白詩文》	卷二	59	全選	

朝代	版本	編者／評者	書名	卷	數量	備註
明	全本	李齊芳、潘隱詔	《李翰林分類詩》	卷一（包括《古風五十九首》、《樂府上》二十八首）	59	全選
明	合刊本	萬虞愷、邵勳	《李杜詩集》	卷一（包括古風五十九首和樂府二類）	59	全選
明	合刊本	劉世教	《李翰林全集》	卷四	61	全選
明	合刊本	嚴羽、劉辰翁評點；聞啟祥輯	《李杜全集》	卷一	59	與蕭本同
明	合刊本	胡震亨	《李詩通》	卷六	60	全選
明	選本	朱諫	《李詩選注》	卷一	59	全選
明	選本	張含輯、楊慎批點	《李詩選》	卷一	5	秦皇掃六合、咸陽三三月、莊周夢胡蝶、天津三月時、昔我遊齊都
明	選本	梅鼎祚評，屠隆集評	《李詩鈔評》	卷二	14	大雅久不作、蟾蜍薄太清、燕趙有秀色、莊周夢胡蝶、鄭客西入關、蓐收鼎金氣、登高望四海、綠蘿紛葳蕤、八荒馳驚飆、美人出南國、松柏本孤直、君平既棄世、青春流驚湍、羽族稟萬化
明	選本	林兆珂	《李詩鈔述注》（五言古詩共 230 首）	卷五（25）卷六（20）	45	大雅久不作、蟾蜍薄太清、秦皇掃六合、鳳飛九千仞、太白何蒼蒼、代馬不思越、客有鶴上仙、咸陽三三月、

明	選本	高棅	《唐詩品彙》	卷四（五言古詩四）	
				古風 32。擬古 8 首、樂府 22 首／贈答 22 首，寄懷 16 首，留別 8 首，壽遇 7 首，遊覽 26 首，行役 7 首，懷古 4 首，雜興 24 首	大雅久不作、秦帝掃六合、太白何蒼蒼、莊周夢胡蝶、黃河走東溟、君平既棄世、燕昭延郭隗、天津三月時、秋露白如玉、三季分戰國、抱玉入楚國、 蟾蜍薄太清、鳳飛九千仞、客有鶴上仙、齊有倜儻生、松柏本孤直、胡關饒風沙、寶劍雙蛟龍、郢客吟白雪、世道日交喪、鄭客西入關、羽檄如流星、燕臣昔慟哭、

莊周夢胡蝶、齊有倜儻生、
松柏本孤直、君平既棄世、
胡關饒風沙、燕昭延郭隗、
寶劍雙蛟龍、天津三月時、
西嶽蓮花山、昔我遊齊都、
郢客吟白雪、秋露白如玉、
世道日交喪、碧荷生幽泉、
燕趙有秀色、三季分戰國、
鄭客西入關、摻女來求戰金氣、
羽檄如流星、燕臣昔慟哭、
抱玉入楚國、燕臣望四海、
孤蘭生幽園、登高望四海、
鳳飢不啄粟、朝弄紫泥海、
周穆八荒意、綠蘿紛葳蕤、
八荒馳驚飆、一百四十年、
桃花開東園、美人出南國、
青春流驚湍、倚劍登高臺、
越客採明珠、我到巫山渚

－663－

朝代	類型	編者	書名	卷	數量	篇目
						孤蘭生幽園、登高望四海、鳳飢不啄粟、周穆八荒意、八荒馳驚飆、桃花開東園、越客採明珠、我到巫山渚
明	選本	吳訥	《文章辨體》	卷十二（古詩三）	10	大雅久不作、郢客吟白雪、世道日交喪、燕臣昔慟哭、莊周夢胡蝶、代馬不思越、越客採明珠、鳳飢不啄粟、青春流驚湍、君平既棄世
明	選本	曹學佺	《石倉歷代詩選》	卷四十四上（盛詩十三上）	16	大雅久不作、代馬不思越、咸陽二三月、君平既棄世、寶劍雙蛟龍、泣與親友別、世道日澆喪、摻收鼎金氣、蟾蜍薄太清、客有鶴上仙、松柏本孤直、燕昭延郭隗、西嶽蓮花山、秦水別隴首、燕趙有秀色、抱玉入楚國
明	選本	鍾惺	《唐詩歸》	卷十五	1	鳳飛九千仞
明	選本	張維新	《華嶽全集》	卷七	1	西嶽蓮花山
明	選本	陸時雍	《唐詩鏡》	卷十七（盛唐第九）	27／約90首	大雅久不作、代馬不思越、莊周夢胡蝶、胡關饒風沙、天津三月時、西嶽蓮花山、大車揚飛塵、世道日交喪、燕趙有秀色、玄風變太古、蟾蜍薄太清、咸陽二三月、君平既棄世、秋露白如玉、秦水別隴首、碧荷生幽泉、容顏若飛電、鄭客西入關

朝代	類型	編者	書名	卷數	首數	詩題	備註
明	選本	唐汝詢	《唐詩解》	卷二 （五言古詩二）	16／35首	大雅久不作、蟾蜍薄太清、莊周夢胡蝶、齊有倜儻生、松柏本孤直、燕昭延郭隗、世道日交喪、抱玉入楚國、鳳飢不啄粟、我到巫山渚、羽檄如流星、燕臣昔慟哭、摩挲眸金氣、醜女來效顰、登高望四海、青春流驚湍、孤蘭生幽園、綠蘿紛葳蕤、倚劍登高臺、越客採明珠	卷三選了《擬古》三首，卷四另選了《古風》一首，「太白何蒼蒼」至「永與世人別」
明	選本	費經虞	《雅倫》	卷二十	8	蟾蜍薄太清、齊有倜儻生、昔我遊齊都、登高望四海、太白何蒼蒼、黃河走東溟、秋露白如玉、桃花開東園	
明	選本	謝天瑞	《詩法》	卷八	1	大雅久不作	
清	全本	繆曰芑	《李翰林集》	卷二	59	全選	依《宋蜀本》而來，略
清	全本	王琦	《李太白文輯註》	卷二	59	全選	此本有寶笏樓、聚錦堂、掃葉山房刻本
清	全本	李調元、鄧在珩	《李太白全集》	卷二	59	全選	刪削王琦本而來
清	全本	曹寅	《全唐詩》	卷一百六十一	59	全選	
清	全本	吳隱、劉世珩	《李翰林集》	卷二	60	全選	翻刻宋咸淳本

朝代	選本	書名	卷	數量	篇目
清	選本	應時、丁谷雲《李詩緯》	卷一（五言古詩 正風七首）卷二（五言古詩 變風五首）	12	（其一）大雅久不作、（其二）秦皇掃六合、（其九）莊周夢胡蝶、（其十）齊有倜儻生、（十一）黃河走東溟、（十二）松柏本孤直、（十八）天津三月時、（五）太白何蒼蒼、（十四）胡關饒風沙、（三十七）燕臣昔慟哭、（四十）鳳飢不啄粟、（四十五）八荒馳驚飆
清	選本	沈寅、朱崑《李詩直解》	卷一	10	大雅久不作、秦皇掃六合、鳳飛九千仞、客有鶴上仙、莊周夢胡蝶、黃河走東溟、天津三月時、昔我遊齊都、秋露白如玉、抱玉入楚關
日本	選本	近藤元粹《李太白詩醇》	卷一	34	大雅久不作、秦皇掃六合、太白何蒼蒼、代馬不思越、咸陽二三月、莊周夢胡蝶、齊有倜儻生、黃河走東溟、松柏本孤直、君平既棄世、胡關饒風沙、燕昭延郭隗、天津三月時、大車揚飛塵、秋露白如玉、世道日交喪、碧荷生幽泉、玄風變太古、燕趙有秀色、羽檄如流星、鄭客西入關、孤蘭生幽園、抱玉入楚國、鳳飢不啄粟、登高望四海、搖裔雙白鷗、周穆八荒意

朝代	類型	作者	書名	卷數	數量	篇目
						綠羅紛葳蕤、美人出南國、宋國括臺東、羽族粟萬化、側惻泣路岐
清	選本	孫承澤	《天府廣記》	卷四十二	1	燕昭延郭隗
清	選本	王夫之	《唐詩評選》	卷二	7	我到巫山渚、蟾蜍薄太清、鳳飢不啄粟、莊周夢胡蝶、世道日交喪、燕臣昔慟哭、鳳飛九千仞
清	選本	徐倬	《全唐詩錄》	卷二十	40	大雅久不作、蟾蜍薄太清、秦皇掃六合、鳳飛九千仞、太白何蒼蒼、代馬不思越、客有鶴上仙、咸陽二三月、莊周夢胡蝶、齊有倜儻生、黃河走東溟、松柏本孤直、君平既棄世、邊關饒鳳龍、燕昭延郭隗、寶劍雙蛟龍、天津三月時、泣與親友別、在世復幾時、邯客吟白雪、秦水別隴首、秋露白如玉、世道日交喪、碧荷生幽泉、燕趙有秀色、容顏若飛電、三季分戰國、玄風變太古、羽檄如流星、燕臣昔慟哭、孤蘭生幽園、登高望四海、鳳飢不啄粟、朝弄紫泥海、桃花開東國、美人出南國、青春流驚湍、倚劍登高臺、越客採明珠、側惻泣路岐

清	選本	王士禎	《古詩選》	卷十六	27	大雅久不作、蟾蜍薄太清、秦皇掃六合、太白何蒼蒼、咸陽二三月、莊周夢胡蝶、齊有倜儻生、君平既棄世、胡關饒風沙、金華牧羊兒、天津三月時、昔我遊齊都、秋露白如玉、碧荷生幽泉、容顏若飛電、鄭客西入關、羽檄如流星、綠蘿紛葳蕤、美人出南國、宋國梧臺東、殷后亂天紀、齊瑟彈東吟、戰國何紛紛、倚劍登高臺、齊瑟彈東吟、我行巫山渚、惻惻泣路歧	
清	選本	邢昉	《唐風定》	卷十上	5	秦皇掃六合、齊有倜儻生、君平既棄世、松柏本孤直、燕昭延郭隗	
清	選本	沈德潛	《唐詩別裁》	卷二	15	大雅久不作、蟾蜍薄太清、秦皇掃六合、莊周夢胡蝶、齊有倜儻生、君平既棄世、鄭客西入關、胡關饒風沙、松柏本孤直、天津三月時、羽檄如流星、客有望四海、八荒馳驚飆	卷二共選李白詩42首
清	選本	官修	《唐宋詩醇》	卷一（隴西李白詩一）	27	大雅久不作、秦皇掃六合、太白何蒼蒼、代馬不思越、咸陽二三月、五鶴西北來、莊周夢胡蝶、齊有倜儻生	

朝代	性質	編者	書名	卷	數量	篇目
						黃河走東溟、君平既棄世、燕昭延郭隗、昔我遊齊都、大車揚飛塵、鄭客西入關、孤蘭生幽園、周穆八荒意、美人出南國、惻惻泣路歧、松柏本孤直、胡關饒風沙、天津三月時、秋露白如玉、碧荷生幽泉、羽檄如流星、鳳飢不啄粟、綠蘿紛葳蕤、羽族稟萬化
清	選本	宋宗元	《網師園唐詩箋》	卷三（五言古詩之二）	9	大雅久不作、齊有倜儻生、君平既棄世、鄭客西入關、桃花開東園、松柏本孤直、天津三月時、登高望四海
清	選本	陳沆	《詩比興箋》	卷三	28	蟾蜍薄太清、秦王按寶劍、秦王掃六合、摭收喜忠越、代馬不思越、羽檄如流星、大車揚飛塵、孤蘭生幽園、碧荷生幽泉、鳳飢不啄粟、綠蘿紛葳蕤、青春流驚湍、登高望四海、八荒馳驚飆、三季分戰國、西嶽蓮花山、周穆八荒意、殷后亂天紀、戰國何紛紛、一百四十年、胡關饒風沙、燕昭延郭隗、碧荷生幽泉、羽族稟萬化、桃李開東園、荷劍登高臺、世道日交喪、玄風變太古、鄭客西入關

年		編者	書名	卷	數	選錄情況
1934年	選本	王闓運	《唐詩選》	卷一	27	大雅久不作、太白何蒼蒼、五鶴西北來、咸陽二三月、莊周夢胡蝶、君平既棄世、寶劍雙蛟龍、金華牧羊兒、昔我遊齊都、秋露白如玉、容顏若飛電、元風變太古、鄭客西入關、摩收鸕金氣、醜女來效顰、北溟有巨魚、孤蘭生幽園、搖裔雙白鷗、登高望四海、綠蘿紛葳蕤、桃花開東園、倚劍登高臺、秦皇按寶劍、齊瑟彈東吟、我到巫山渚
清	選本	曾國藩	《十八家詩鈔》	卷四（李太白古上）	59	全選
清	選本	李鍈	《詩法易簡錄》	卷一（五言古詩）	2	大雅久不作、莊周夢胡蝶
清	選本	餘慶元	《唐詩三百首續選》	五言古詩卷	1	桃花開東園
清	選本	笈甫主人	《瑤臺風露》		59	全選
美國		厄內斯特·費諾羅薩 Emest Francisco Fenollosa	的十九首		14	已佚
	全本	瞿蛻園·朱金城	《李白集校注》	卷二	59	全選
	全本	詹鍈	《李白詩文繫年》	編年本	59	全選
	全本	詹鍈	《李白全集校注彙釋集評》	卷二	59	全選

							備註
	全本	安旗等	《李白全集編年箋注》	編年本	59	全選	
	全本	郁賢皓	《李太白全集校注》	卷一	59	全選	
	全本	管士光	《李白詩集新注》	卷一	59	全選	
1989年	全本	張式銘標點	《李太白集·杜工部集》		58	全選	標目59首，實際上只有58首，缺燕昭延郭隗、寶劍雙蛟龍2篇，昔我遊齊齊都分為2篇
2000年	全本	張純美等注釋	《詩仙李白詩聖杜甫全集》		59	全選	
臺灣	全本	陳宗賢	《李太白詩述評》	卷一	59	全選	
日本	全本	平岡武夫	《李白的作品》	卷二	59	全選	上海古籍出版社，1989年11月，218頁。唐代研究指南第9輯
日本		久保天隨	《李太白詩集》	卷二	59	全選	
日本	全本	大野實之助	《李太白詩歌全解》	編年本，無序	59	全選	唐詩百家全集。1992年，海口出版社
	全本		《李白詩全集》		59	全選	
	全本		《李白杜甫詩全集》		59	全選	北京燕山出版社，1995年，全四卷

年	全本/選本	校點·譯者	書名	選稿說明	數量	入選情況	備註
	全本	鮑芳校點	《李白全集》		59	全選	
	全本	詹福瑞	《李白詩全譯》		59	全選	
	全本	欒睿	《李白詩全集詳注》		59	全選	
	全本	葛景春	《李太白全集詮釋與解讀》		59	全選	
1915年	選本	（美）愛滋拉·龐德 Ezra Pound	《神州集》Cathay	從厄內斯特·費諾羅薩 Ernest Francisco Fenollosa 的十九首選稿中選了 12 首李白的詩歌	3	天津三月時、胡關饒風沙、代馬不思越	
1919年	選本	（英）阿瑟·韋利 Arthur Waley	《一百七十首中國古詩選譯》170 Chinese Poems		?		未見
1919年	選本	（英）阿瑟·韋利 Arthur Waley	《詩人李白》The Poet Li Po A. D. 701~762		1	代馬不思越	
1921年	選本	胡雲翼選編·羅芳洲·唐紹吾注釋	《李白詩選》		11	大雅久不作、松柏本孤直、天津三月時、西上蓮花山、大車揚飛塵、郢客吟白雪、秦水別隴首、碧荷生幽泉、登高望四海、鳳飢不啄粟、朝弄紫泥海	
1922年	選本	艾米·洛厄爾 Amy Lowell ＋費洛倫斯·艾思庫斯（Florence Ayscough）	《松花箋》Fir Flower-Toblets		0		全書共 132 首，李白 94 首，古體詩 30 首，但沒選《古風》

1922 年	選本，翻譯本	（日）小畑薰良	《李白詩集》The Works of Li Po:the Chinese Poet			未見
1923 年	選本	（清）沈歸愚選　姚鼐絡容音注	《音注李太白詩》	15	大雅久不作、嶦蜍薄太清、莊周夢胡蝶、松柏本孤直、秦皇掃六合、齊有倜儻生、君平既棄世、天津三月時、鄭客西入關、羽檄如流星、胡關饒風沙、登高望四海、醜女來效顰、八荒馳驚飆、桃花開東園	
1928 年	選本	（清）曾國藩編，高鐵郎選校，毛盛炯新評	《李白詩選》	59		
1929 年	選本	傅東華	《李白詩》	4	天津三月時、西上蓮花山、大車揚飛塵、胡弄紫泥海	
1934 年	選本	余研因選注	《白話注解李白詩選》	0		
1954 年	選本	舒蕪	《李白詩選》	10	大雅久不作、黃河走東溟、燕昭延郭隗、天津三月時、吾我遊齊都、泣與親友別、大車揚飛塵、碧荷生幽泉、羽檄如流星、秦皇按寶劍	
1956 年	選本	林庚	《詩人李白》附錄《李白詩選》	12	大雅久不作、松柏本孤直、胡關饒風沙、燕昭延郭隗、西上蓮花山、大車揚飛塵、羽檄如流星、醜女來效顰、燕臣昔慟哭、一百四十年、秦皇按寶劍、殷后亂天紀	

年		編者	書名	數	所選篇目	備註
1957年	選本	蘇仲翔	《李杜詩選》	14	大雅久不作、秦皇掃六合、一百四十年、代馬不思越、齊有倜儻生、松柏本孤直、燕昭延郭隗、大車揚飛塵、胡關饒風沙、羽檄如流星、登高望四海、天津三月時、西上蓮花山、鄭客西入關	
1959年	選本	高步瀛	《唐宋詩舉要》	6	大雅久不作、莊周夢胡蝶、天津三月時、鄭客西入關、登高望四海、桃花開東園	
1960年	選本	馬茂元	《唐詩選》	6	齊有倜儻生、胡關饒風沙、天津三月時、西上蓮花山、大車揚飛塵、羽檄如流星	
1961年	選本	復旦大學中文系古典文學教研組	《李白詩選》	19	大雅久不作、秦王掃六合、咸陽二三月、齊有倜儻生、松柏本孤直、桃花開東園、醜女來效顰、美人出南國、荷劍等高臺、燕昭延郭隗、戰國何紛紛、大車揚飛塵、登高望四海、一百四十年、殷后亂天紀、胡關饒風沙、羽檄如流星、西上蓮花山	
1962年	選本	朱東潤	《中國歷代文學作品選》	3	齊有倜儻生、西嶽蓮花山、大車揚飛塵	
1962年	選本	邢汶若等	《唐代三大詩人詩選》	0		李·杜·白三家
1964年	選本	（日）目加田誠	《唐詩選》			未見

年		選本				未見
1975 年	選本	（美）柳無忌・羅郁正	《葵曄集》			未見
1976 年	選本	北京衛戍區 51121 部隊理論組	《李白詩歌選評》	2	秦王掃六合、西上蓮花山	
1976 年	選本	哈爾濱師範學院中文系 73 級工農兵學員李白詩選注組	《李白詩選注》	8	燕昭延郭隗、大車揚飛塵、一百四十年、桃花開東園、段后闖天紀、荷劍登高臺、秦王掃六合、西上蓮花山	
1976 年	選本	（美）休・斯廷森 Hugh M. Stimson	《唐詩五十五首講解》 Fifty-five Tang Poems	共 9 首。古風 2 首	大雅久不作、桃花開東園	
1977 年	選本	武漢大學中文系古典文學教研室	《唐詩選注》	2	秦王掃六合、西上蓮花山	
1978 年	選本	劉逸生	《唐詩小劄》	1	西上蓮花山	
1978 年	選本	中科院文學研究所	《唐詩選注》	3	大雅久不作、秦皇掃六合、西上蓮花山	
1978 年	選本	上海師範大學・上海市紡織工業局編選組	《李白詩選注》	8	醜女來效顰、燕昭延郭隗、桃花開東園、登高望四海、大車揚飛塵、秦王掃六合、羽檄如流星、西上蓮花山	
1979 年	選本	張燕瑾	《唐詩選析》	2	秦王掃六合、西上蓮花山	
1979 年	選本	歐陽德威	《唐代文學作品選：唐詩・唐五代詩（未定稿）》	6	大雅久不作、秦王掃六合、胡關饒風沙、西上蓮花山、大車揚飛塵、羽檄如流星	
1980 年	選本	武漢大學中文系古典文學教研室	《新選唐詩三百首》	1	西上蓮花山	

年		選本		卷	數	詩目	備註
1980年	選本	杜逸泊	《李太白詩歌欣賞》		6	大車揚飛塵、燕昭延郭隗、咸陽二三月、羽檄如流星、胡關饒風沙、西上蓮花山	
1980年	選本	高嵩	《李白杜甫詩選譯》		4	大雅久不作、秦王掃六合、西上蓮花山、大車揚飛塵	
1980年	選本	李暉	《李白詩選讀》		12	天津三月時、大車揚飛塵、一百四十年、胡關饒風沙、倚劍登高臺、羽檄如流星、燕昭延郭隗、登高望四海、桃花開東園、殷后亂天紀、秦王掃六合、西上蓮花山	
1981年	選本	吳壽彭	《唐詩傳》	卷二	5	大雅久不作、鄭客西入關、君平既棄世、羽檄如流星、秦王掃六合	
1982年	選本	江油李白紀念館	《李白留故里詩選注》		0		
1983年	選本	高偉、邵新	《李白詩選》		0		
1983年	選本	安旗	《李白詩新箋》		0		
1983年	選本	蕭滌非、程千帆、馬茂元、周汝昌、周振甫、霍松林等	《唐詩鑒賞辭典》		8	大雅久不作、燕昭延郭隗、大車揚飛塵、羽檄如流星、秦王掃六合、西上蓮花山、鄭客西入關、一百四十年	這是不用數字編號，而用首句句作題目的一個選本
1984年	選本	張碧波、鄒尊興	《新編唐詩三百首譯釋》		2	大車揚飛塵、西上蓮花山	
1984年	選本	安旗、薛天緯、閻琦	《李詩咀華：李白詩名篇賞析》		4	秦王掃六合、大雅久不作、羽檄如流星、西上蓮花山	

年	選本				
1984年	選本	馬里千	《李白詩選》	24	大雅久不作、秦王掃六合、咸陽三月、黃河走東溟、寶劍雙蛟龍、西上蓮花山、碧荷生幽泉、羽檄如流星、燕臣昔慟哭、秦皇按寶劍、青春流驚湍、我行巫山渚、蟾蜍薄太清、代馬不思越、齊有倜儻生、胡關饒風沙、天津三月時、大車揚飛塵、燕趙有秀色、抱玉入楚國、八荒馳驚飆、宋國梧臺東、倚劍登高臺、惻惻泣路歧
1985年	選本	閻簡弼	《唐詩選注》	4	齊有倜儻生、西嶽蓮花山、大車揚飛塵、醜女來效顰
1985年	選本	劉憶萱・王玉璋	《李白詩選講》	7	碧荷生幽泉、大車揚飛塵、美人出南國、西上蓮花山、齊有倜儻生、登高望四海、羽檄如流星
1986年	選本	毛水清	《李白歌賞析》	2	天津三月時、西上蓮花山
1988年	選本	徐榮街・朱宏恢	《唐宋詩選》	1	西上蓮花山
1988年	選本	裴斐	《李白詩歌析集》	4	松柏本孤直、一百四十年、段后闢天紀、大雅久不作
1989年	選本	霍松林・尚永亮	《李白詩歌鑑賞》	7	代馬不思越、胡關饒風沙、西上蓮花山、齊有倜儻生、燕昭延郭隗、大車揚飛塵、登高望四海

年份	類型	書名	編者	數量	篇目	備註
1989年	選本	《全唐詩精華分類鑑賞集成》	潘百齊	14	大雅、秦皇、咸陽、齊有、松柏、胡關、燕昭、西上、大車、鄭客、羽檄、醜女、殷后、一百	
1989年	選本	《李白詩百首》	何永炎、張才良	4	北溟有巨魚、齊有倜儻生、燕昭延郭隗、西上蓮花山	
1989年	全選	《李白的作品》	（日）平岡武夫	59	全部	
1989年	選本	《李白詩選注》	劉開揚、周維揚、陳子健	5	燕昭延郭隗、羽檄如流星、莊周夢胡蝶、西上蓮花山、大雅久不作	
1990年	選本	《李白集》/《李白選集》	郁賢皓	11	大車揚飛塵、天津三月時、燕昭延郭隗、殷后亂天紀、羽檄如流星、西上蓮花山、大雅久不作、秦皇掃六合、醜女來效顰、美人出南國、惻惻泣路岐	
1991年	選本	《李白詩選譯》	詹鍈等	4	大車揚飛塵、秦王掃六合、羽檄如流星、西上蓮花山	
1991年	選本	《李白歌詩索引》	（日）花房英樹	0		這是一本索引類的書目
1991年	選本	《李杜詩萃》	任朝第	4	西上蓮花山、秦王掃六合、燕昭延郭隗、大車揚飛塵	
1991年	選本	《李白在山東詩文集注》	鄭修平	2	齊有倜儻生、昔我遊齊都	
1992年	選本	《唐詩精華》	林家英	1	美人出南國	

年份	類型	編者	書名	數量	入選詩篇	備註
1992年	選本	祁鴻傑、曹文彪	《李白詩精華》	6	大車揚飛塵、登高望四海、松柏本孤直、羽檄如流星、秦王掃六合、西上蓮花山	
1992年	選本	宋緒連、初旭主編	《三李詩鑑賞辭典》	22	大雅久不作、咸陽二三月、松柏本孤直、燕昭延郭隗、鄲客吟白雪、鄭客西入關、醜女來效顰、周穆八荒意、一百四十年、秦皇按寶劍、戰國何紛紛、秦王掃六合、齊有倜儻生、胡關饒風沙、西上蓮花山、大車揚飛塵、羽檄如流星、登高望四海、綠蘿紛葳蕤、桃花開東園、美人出南國、荷劍登高臺	李白、李賀、李商隱
1992年	選本	蔡肇祺	《李太白全集中的李白之詩》			
1992年	選本	張才良	《李白安徽詩文校箋》	1	鳳飛九千仞	
1994年	選本	李航	《李白詩》	0		
1994年	全選	張才良	《李白詩四百首》	59	全部	
1995年	選本	霍松林、霍有明	《唐詩精品》	2	西上蓮花山、大車揚飛塵	
1995年	選本	陳伯海	《唐詩彙「評」》	20	大雅久不作、秦皇掃六合、齊有倜儻生、咸陽二三月、胡關饒風沙、松柏本孤直、燕昭延郭隗、天津三月時、西上蓮花山、秋露白如玉、大車揚飛塵、碧荷生幽泉	

年	版本	編選者	書名	備註	數量	篇目
1995 年	選本	王冶	《李白詩詞》			鄭客西入關、羽檄如流星、登高望四海、醜女來效顰、桃花開東園、美人出南國、殷后亂天紀、倚劍登高臺
1995 年	選本	鶴鳴	《李白經典作品選》		14	大雅久不作、秦皇掃六合、一百四十年、代馬不思越、齊有倜儻生、松柏本孤直、燕昭延郭隗、大車揚灰塵、胡關饒風沙、羽檄如流星、登高望四海、天津三月時、鄭客西入關、西上蓮花山
1995 年	？	甄芳琳	《李白詩詞》			
1995 年	選本	杜維沫・高光遠	《李白、杜甫詩精選 240 首》	李杜各選 120 首	2	大車揚飛塵、西上蓮花山
1996 年	選本	裴斐	《李白選集》		12	大雅久不作、一百四十年、殷后亂天紀、羽檄如流星、松柏本孤直、齊有倜儻生、醜女來效顰、西上蓮花山、碧荷生幽泉、朝弄紫泥海、桃花開東園
1996 年	選本	韓盼山	《李白詩歌精選》		27	大雅久不作、秦皇掃六合、齊有倜儻生、黃河走東溟、松柏本孤直、胡關饒風沙、燕昭延郭隗、天津三月時、西上蓮花山、鄭客西入關、大車揚飛塵、碧荷生幽泉

年	選本	作者	書名	數	詩目	備註
					燕趙有秀色、北漠有巨魚、羽檄如流星、醜女來效顰、孤蘭生幽園、登高望四海、一百四十年、桃花開東園、秦皇按寶劍、美人出南國、殷后亂天紀、戰國何紛紛、倚劍登高臺、越客採明珠、惻惻泣路歧	
1996年	選本	弘征	《李白詩精選精注》	10	大雅久不作、秦王掃六合、咸陽二三月、松柏本孤直、燕昭延郭隗、西上蓮花山、大車揚飛塵、羽檄如流星、登高望四海、一百四十年	
1996年	選本	魯越、王曉東	《中小學生精讀唐詩：李白》	59	全選。無注釋。只有正文。依《全唐詩》	
1997年	選本	吳明賢	《李白詩選》	6	咸陽二三月、大車揚飛塵、君平既棄世、一百四十年、羽檄如流星、我行巫山渚	
1997年	選本	（日）松浦友久	《李白詩選》	3	大雅久不作、莊周夢胡蝶、松柏本孤直	
1997年	選本	韓結根	《李白詩賞析》	0		
1998年	選本	合衣	《李白詩選》			臺北：天宮書局
1998年	選本	王運熙、李寶鈞、劉開揚、周維揚、陳子健	《李白及其作品選》	5	燕昭延郭隗、羽檄如流星、西上蓮花山、莊周夢胡蝶、大雅久不作	
1998年	選本	張健	《李白詩選：大唐詩仙》			此乃合編本。

年	選本	編者	書名	首數	篇目	備註
1999年	選本	郁賢皓	《唐詩經典》	3	大雅久不作、西上蓮花山、大車揚飛塵	
1999年	選本	戚浩	《李白馬鞍山詩文賞析》	1	惻惻泣路歧	
1999年	選本	中國人民出版社編：玲瓏詩話叢書	《李白詩選》（漢英對照繪圖本）			未見
1999年	選本	劉以林（主編）鄰水居（選編）	《李白詩選》	4	大雅久不作、太白何蒼蒼、莊周夢胡蝶、松柏本孤直	
1999年	選本	林東海	《李白詩選注》	32	北溟有巨魚、齊有倜儻生、大車揚飛塵、太白何蒼蒼、郢客吟白雪、美人出南國、桃花開東園、松柏本孤直、登高望四海、燕昭延郭隗、咸陽二三月、鄭客西入關、君平既棄世、莊周夢胡蝶、秋露白如玉、越客採明珠、殷后亂天紀、燕臣昔慟哭、秦王按寶劍、胡關饒風沙、羽檄如流星、代馬不思越、大雅久不作、醜女來效顰、燕趙有秀色、一百四十年、天津三月時、鳳飛九千仞、西上蓮花山、我行巫山渚	
1999年	選本	趙櫓	《李白詩讚》	7	大雅久不作、松柏本孤直、燕昭延郭隗、西上蓮花山、大車揚飛塵、羽檄如流星、一百四十年	

年		編者	書名		篇目
2000 年	選本	霍松林	《唐音閣譯詩集》	3	燕昭延郭隗、大車揚飛塵、桃花開東園
2000 年	選本	劉偉明	《李白詩選》	2	羽檄如流星、西上蓮花山
2000 年	選本	李力	《李白詩選注》	7	醜女來效顰、燕昭延郭隗、桃花開東園、西上蓮花山、大車揚飛塵、登高望四海、羽檄如流星
2000 年	選本	周沁影、遲乃鵬	《李白詩選》	4	北溟有巨魚、大車揚飛塵、秦王掃六合、羽檄如流星
2001 年	選本	李攀竜編、（日）前野直彬注解	《唐詩選》	0	
2001 年	選本	秦似	《唐詩新選》	1	咸陽二三月
2001 年	選本	安旗	《李白詩秘要》	20	北溟有巨魚、燕趙有秀色、孤蘭生幽園、大車揚飛塵、齊有倜儻生、美人出南國、齊瑟彈東吟、秦水別隴首、秦王掃六合、大雅久不作、醜女來效顰、羽檄如流星、一百四十年、咸陽二三月、殷后亂天紀、鄭客西入關、蟾蜍薄太清、西上蓮花山
2001 年	選本	鄭戩	《古詩名家誦讀本：李白》	4	大雅久不作、齊有倜儻生、碧荷生幽泉、登高望四海
2002 年	選本	趙昌平	《李白詩選評》	4	大車揚飛塵、齊有倜儻生、一百四十年、西上蓮花山
2003 年	選本	陳伯海	《歷代唐詩論評選》	2	大雅久不作、醜女來效顰

年	選本			選李白 63 首		
2003 年	選本	中國社會科學院文學研究所	《唐詩詩選》		7	大雅久不作、秦王掃六合、咸陽二三月、胡關饒風沙、西上蓮花山、大車揚飛塵、羽檄如流星
2003 年	選本	張仁青	《李白詩醇》			
2004 年	選本	劉曉紅・付豔霞注析	《李白詩選》		9	大車揚飛塵、天津三月時、登高望四海、秦王掃六合、醜女來效顰、羽檄如流星、西嶽蓮花山、桃花開東園
2004 年	選本	張瑞君	《李白集》		8	大雅久不作、齊有倜儻生、燕昭延郭隗、西上蓮花山、大車揚飛塵、醜女來效顰、登高望四海、桃花開東園
2005 年	選本	熊禮彙	《李白詩選》		3	大雅久不作、西上蓮花山、登高望四海
2005 年	選本	汪豔菊	《中國古典詩詞精品賞讀：李白》		0	
2005 年	選本	姬沈育	《大唐詩作》		4	大雅久不作、齊有倜儻生、西嶽蓮花山、大車揚飛塵
2005 年	選本	葛景春	《李白詩選》		18	碧荷生幽泉、一百四十年、北溟有巨魚、大車揚飛塵、蟾蜍薄太清、松柏本孤直、燕昭延郭隗、美人出南國、代馬不思越、胡關饒風沙、羽檄如流星、秦王掃六合

年	選本	作者	書名	選錄	數量	備註
2005年	選本	楊義・郭曉鴻	《當代著名學者詮釋古代經典名作：李白》			西上蓮花山、大雅久不作、莊周夢胡蝶、齊有倜儻生、醜女來效顰、黃河走東溟
2005年	選本	李德書	《李白蜀中詩選》			
2007年	選本	林莽	《李白詩詞選》			
2007年	選本	紀準	《李白詩賞讀》		4	燕昭延郭隗、西上蓮花山、碧荷生幽泉、登高望四海
2007年	選本	許淵沖	《大中華文庫：李白詩選》		2	大車揚飛塵、秦王掃六合
2007年	選本	李永祥	《李白詩詞》		2	西上蓮花山、大車揚飛塵
2007年	選本	孫紅英	《李白名篇名句賞讀》		57	1～57（數息將安歸）
2007年	選本	安陸李白紀念館	《李白在安陸詩文選注》		0	
2008年	選本	王強・左漢林	《唐詩選注彙評》	選李白25首	2	大雅久不作、西上蓮花山
2008年	選本	孫忠傑	《李白名篇名句賞讀》		0	
2008年	選本	張昕・王清	《李白在湖北詩文選注》		0	
2008年	選本	閔靜	《李白寓居安陸詩文選注》		0	
2009年	選本	郁賢皓	《唐詩經典》		3	大雅久不作、西上蓮花山、大車揚飛塵

年					
2009年	選本	安旗‧閻琦	《李白詩集導讀》	16	北溟有巨魚、碧荷生幽泉、燕昭延郭隗、孤蘭生幽園、大車揚飛塵、齊有倜儻生、黃河走東溟、綠蘿紛葳蕤、郢客吟白雪、松柏本孤直、大雅久不作、醜女來效顰、羽檄如流星、一百四十年、殷后亂天紀、西上蓮花山
2009年	選本	陶文鵬	《唐詩鑑賞》	3	齊有倜儻生、大雅久不作、大車揚飛塵
2010年	選本	綠裝經典編委會	《李白‧杜甫‧白居易詩》	5	秦王掃六合、燕昭延郭隗、西上蓮花山、醜女來效顰、登高望四海
2010年	選本	劉永升	《李白‧杜甫詩》		
2010年	選本	楊芳雲編譯	《李白‧杜甫‧白居易名詩經典大全集》	12	登高望四海、燕昭延郭隗、西上蓮花山、桃花開東園、秦王掃六合、醜女來效顰、大雅久不作、羽檄如流星、天津三月時、大車揚飛塵、一百四十年、鄭客西入關
2010年	選本	閻琦	《李白詩選評》	11	大雅久不作、咸陽二三月、齊有倜儻生、西上蓮花山、秋露白如玉、大車揚飛塵、碧荷生幽泉、醜女來效顰、桃花開東園、美人出南國

年						
2010年	選本	張國舉等	《唐詩精華注譯評》		3	大雅久不作、大車揚飛塵、西上蓮花山
2011年	選本	阮堂明・阮文娜	《李白詩文選》		6	大雅久不作、咸陽二三月、黃河走東溟、寶劍雙蛟龍、燕昭延郭隗、登高望四海
2011年	選本	趙昌平	《李白詩選評》		4	大車揚飛塵、齊有倜儻生、一百四十年、西上蓮花山
2012年	選本	簡恩定	《唐詩選讀》	選李白13首	3	莊周夢胡蝶、黃河走東溟、郢客吟白雪
2012年	選本	馬茂元、王運熙、霍松林等	《李白詩歌鑑賞辭典》		8	秦王掃六合、西上蓮花山、燕昭延郭隗、大車揚飛塵、羽檄如流星、一百四十年
2013年	選本	劉學鍇	《唐詩選注評鑑》		3	大雅久不作、羽檄如流星
2013年	選本	郁賢皓	《李白選集》		22	大車揚飛塵、天津三月時、一百四十年、登高望四海、燕昭延郭隗、胡關饒風沙、段段后鳳天紀、西上蓮花山、大雅久不作、齊有倜儻生、碧荷生幽泉、北溟有巨魚、醜女來效顰、秦皇按寶劍、美人出南國、戰國何紛紛、倚劍向路歧、惻惻泣路歧（内容同郁賢皓《李太白全集校注》）

李白《古風》五十九首研究

年	類型	編者	書名	卷	數量	篇目	備註
2013 年	選本	邵麗鸚	《中華古詩文·李白》				
2014 年	選本	周勛初等	《全唐五代詩》		59	全選	
2014 年	選本	魯地	《魯地書李白詩選》				此本為書法作品
2014 年	選本	沈文凡·孫千淇	《李白詩》		0		
2015 年	選本	常世儒	《唐詩選》				
2016 年	選本	陳伯海主編	《唐詩學文獻集粹》		2	大雅久不作、醜女來效顰	
2016 年	選本	錢志熙·劉青海	《李白詩選》		11	大雅久不作、蟾蜍薄太清、秦王掃六合、太白何蒼蒼、客有鶴上仙、齊有倜儻生、黃河走東溟、寶劍雙蛟龍、西上蓮花山、羽檄如流星、我行巡山渚	
2016 年	選本	沈燕文	《李白詩詞精選集》				
2016 年	全選	薛天緯	《李白詩解》	第九卷 古風之什	59	第九卷 古風之什 古風五十九首 效古二首 擬古十二首 感興三首 寓言三首 感興八首 感遇四首	
2017 年	選本	曉茅	《李白詩》		4	大雅久不作、天津三月時、西上蓮花山、大車揚飛塵	
2017 年	選本	馬瑋	《李白詩歌賞析》		2	大車揚飛塵、西上蓮花山	

二、兩宋本、咸淳本、楊蕭本異文校對

王本排序	兩宋本（59）	咸淳本（60）當簦本與此本同	楊蕭本《四部叢刊》（59）	異　文	數量統計	備　註
其一	大雅久不作，吾衰竟誰陳？戰國多荊榛。王風委蔓草，龍虎相啖食。兵戈逮狂秦。正聲何微茫！哀怨起騷人。揚馬激頹波，開流蕩無垠。廢興雖萬變，憲章亦已淪。自從（蹉跎）建安來，綺麗不足珍。聖代復元古，垂衣貴清真。群才屬休明，乘運共躍鱗。文質相炳煥，眾星羅秋旻。我志在刪述，重輝映千春。希聖如有立，絕筆於獲麟。	大雅久不作，吾衰竟誰陳？戰國多荊榛。王風委蔓草，龍虎相啖食。兵戈逮狂秦。正聲何微茫！哀怨起騷人。揚馬激頹波，開流蕩無垠。廢（一作古）興雖萬變，憲章亦已淪。自從建安來，綺麗不足珍。聖代復元古，垂衣貴清真。群才屬休明，乘運共躍鱗。文質相炳煥，眾星羅秋旻。我志在刪述，垂輝映千春。希聖如有立，絕筆於獲麟。	大雅久不作，吾衰竟誰陳？戰國多荊榛。王風委蔓草，龍虎相啖食。兵戈逮狂秦。正聲何微茫！哀怨起騷人。揚馬激頹波，開流蕩無垠。廢興雖萬變，憲章亦已淪。自從建安來，綺麗不足珍。聖代復元古，垂衣貴清真。群才屬休明，眾星羅秋旻。我志在刪述，垂輝映千春。希聖如有立，絕筆於獲麟。	1、芒 vs 茫 2、楊 vs 揚 3、廢 vs 古。咸本另有自 4、自從 vs 蹉跎。未本另旁有所自 5、重 vs 垂	5處	2、3 無從考據。另旁有一或多不同版本。待詳查。
其二	蟾蜍薄太清，蝕此瑤臺月。圓光虧中天，金魄遂淪沒。蟾蜍人紫微，大明夷朝暉。浮雲隔兩耀，萬象昏陰霏。蕭蕭長門宮，昔是今已非。桂蠹花不實，天霜下嚴威。沉嘆終永夕，感我涕沾衣。	蟾蜍薄太清，蝕此瑤臺月。圓光虧中天，金魄遂淪沒。蟾蜍人紫微，大明夷朝暉。浮雲隔兩耀，萬象昏陰霏。蕭蕭長門宮，昔是今已非。桂蠹花不實，天霜下嚴威。沉嘆終永夕，感我涕沾衣。	蟾蜍薄太清，蝕此瑤臺月。圓光虧中天，金魄遂淪沒。蝶蝀人紫微，大明夷朝暉。浮雲隔兩耀，萬象昏陰霏。蕭蕭長門宮，昔是今已非。桂蠹花不實，天霜下嚴威。沉嘆終永夕，感我涕沾衣。	1、蝶 vs 蝀	1處	
其三	秦皇掃六合，虎視何雄哉！揮劍決浮雲，諸侯盡西來。明斷自天啟，（一作雄圖發英斷）大略駕群才。	秦皇掃六合，虎視何雄哉！揮劍決浮雲，諸侯盡西來。明斷自天啟，大略駕群才。收兵鑄金人。	秦皇掃六合，虎視何雄哉！飛劍決浮雲，大明夷朝暉。明斷自天啟，收兵鑄金人。函谷正東開。	1、揮 vs 飛 2、心 vs 人 3、覷 vs 觀 4、氏 vs 市	4處＋1處異體字＋1句	2、5 無從考據。另有一或多不同版本。待詳查。

	收兵鑄金人，函谷正東開。 銘功會稽嶺，騁望琅邪臺。 刑徒七十萬，起土驪山隈。 尚採不死藥，茫然使心哀。 連弩射海魚，長鯨正崔嵬。 額鼻象五嶽，揚波噴雲雷。 鬐鬣蔽青天，何由覩蓬萊？ 徐巿載秦女，樓船幾時迴？ 但見三泉下，金棺葬寒灰。	銘功會稽嶺，騁望琅邪臺。 刑徒七十萬，起土驪山隈。 尚採不死藥，茫然使心哀。 連弩射海魚，長鯨正崔嵬。 額鼻象五嶽，揚波噴雲雷。 鬐鬣蔽青天，何由覩蓬萊？ 徐巿載秦女，樓船幾時迴？ 但見三泉下，金棺葬寒灰。	5、琅邪 vs 琅邪 6、明斷自天啟 vs 明斷自天啟 雄圖發英斷	
其四	鳳飛九千仞，五章備綵珍。 銜書且虛歸，空入周與秦。 橫絕歷四海，所居未得鄰。 吾營紫河車，千載落風塵。 藥物秘海嶽，採鉛青溪濱。 時登大樓山，舉首望仙真。 羽駕滅去影，飈車絕回輪。 尚恐丹液遲，志願不及申。 徒霜（一作霜）鏡中髮，羞彼鶴上人。 桃李何處開？此花非我春。 唯應清都境，長與韓眾親。	鳳飛九千仞，五章備綵珍。 銜書且虛歸，空入周與秦。 橫絕歷四海，所居未得鄰。 吾營紫河車，千載落風塵。 藥物秘海嶽，採鉛青溪濱。 時登大樓山，舉首望仙真。 羽駕滅去影，飈車絕回輪。 尚恐丹液遲，志願不及申。 徒霜鏡中髮，羞彼鶴上人。 桃李何處開？此花非我春。 唯應清都境，長與韓眾親。	1、首 vs 手 2、霜 vs 玆	2 處
其五	太白何蒼蒼！星辰上森列。 去天三百里，邈爾與世絕。 中有綠髮翁，披雲臥松雪。 不笑亦不語，冥棲在巖穴。 我來逢真人，長跪問寶訣。 粲然忽自哂（一作啟玉齒）， 授以煉藥說。	太白何蒼蒼！星辰上森列。 去天三百里，邈爾與世絕。 中有綠髮翁，披雲臥松雪。 不笑亦不語，冥棲在巖穴。 我來逢真人，長跪問寶訣。 粲然忽自哂，授以煉藥說。 銘骨傳其語，竦身已電滅。	1、披雲 vs 千春 2、粲然忽自哂 vs 粲然啟玉齒	1 處＋1 句 1 有問題

	版本一	版本二	校勘異文	處數	備註
（其五續）	授以鍊藥說。銘骨傳其語，竦身已電滅。仰望不可及，蒼然五情熱。吾將營丹砂，永與世人別。	銘骨傳其語，竦身已電滅。仰望不可及，蒼然五情熱。吾將營丹砂，永與世人別。			
其六	代（一作戀）馬不思越，越鳥不戀燕。情性有所習，土風固其然。昔別雁門關，今戍龍庭前。驚沙亂海日，飛雪迷胡天。蟣蝨生虎鶡，心魂逐旌旃。苦戰功不賞，忠誠難可宣。誰憐李飛將，白首沒三邊。	岱馬不思越，越鳥不戀燕。情性有所習，土風固其然。昔別雁門關，今戍龍庭前。驚沙亂海日，飛雪迷胡天。蟣蝨生虎鶡，心魂逐旌旃。苦戰功不賞，忠誠難可宣。誰憐李飛將，白首沒三邊。	1、代 vs 岱	1處	
其七	客有鶴上仙（一本云家有鶴上來），飛飛凌太清。揚言碧雲裏，自道安期名。兩兩白玉童，雙吹紫鸞笙。去影忽不見，迴風送天聲。舉首遠望之，飄然若流星。願餐金光草，壽與天齊傾。（一作五鶴西北來，飛飛凌太清。仙人綠雲上，自道安期名。兩兩白玉童，雙吹紫鸞笙。飄然下倒景，倏忽無留行。遺我金光草，服之四體輕。將隨赤松去，對博坐蓬瀛。）	客有鶴上仙，飛飛凌太清。揚言碧雲裏，自道安期名。兩兩白玉童，雙吹紫鸞笙。去影忽不見，迴風送天聲。舉首遠望之，飄然若流星。願餐金光草，壽與天齊傾。	此篇整首有异文。	整篇	「家有鶴上來」「五鶴西北來」乃另外兩個版本，待查。
其八	無「咸陽二三月」咸陽二三月，宮柳黃金枝。（一作咸陽黃金枝）玉劍誰	咸陽二三月，宮柳黃金枝。綠幘誰家子？賣珠輕薄兒。日暮醉酒歸，白馬驕且馳。	1、仰 vs 傾　2、詞 vs 辭　3、玉劍 Vs 綠幘	3處＋2句	

篇次	原詩（異文）	原詩	比對	處數	備註
（其八）	家子，西秦珠夾兒。（一作緣。）嗤誰家子？寶珠輕薄兒。日暮醉酒歸，白馬驕日馳。意氣人所仰，（一作傾。）遊冶楊楊詞。子雲不曉事，晚獻長楊辭。賦達身已老，草玄鬢若絲。投閣良可歎（一作句），但為此輩嗤。	家子，西秦珠夾兒。嗤誰家子？寶珠輕薄兒。日暮醉酒歸，白馬驕日馳。意氣人所仰，冶遊方及時。子雲不曉事，晚獻長楊辭。賦達身已老，草玄鬢若絲。投閣良可歎，但為此輩嗤。	4、冶遊 vs 遊冶 3、百鳥鳴花枝 vs 宮柳黃金枝 4、西秦珠夾兒 vs 寶珠輕薄兒	2處	皆有問題。
其九	莊周夢胡蝶，胡蝶為莊周。一體更變易，萬事良悠悠。乃（一作那）知蓬萊水，復作清淺流。青門種瓜人，舊日東陵侯。富貴故（一作苟）如此，營營何所求。	莊周夢胡蝶，胡蝶為莊周。一體更變易，萬事良悠悠。乃知蓬萊水，復作清淺流。青門種瓜人，舊日東陵侯。富貴故如此，營營何所求。	1、乃 vs 那 2、故 vs 苟	0處	
其十	齊有倜儻生，魯連特高妙。明月出海底，一朝開光曜。卻秦振英聲，後世仰末照。意輕千金贈，顧向平原笑。吾亦澹蕩人，拂衣可同調。	齊有倜儻生，魯連特高妙。明月出海底，一朝開光曜。卻秦振英聲，後世仰末照。意輕千金贈，顧向平原笑。吾亦澹蕩人，拂衣可同調。			
十一	黃河走東海，白日落西海。逝川與流光，飄忽不相待。春容捨我去，秋髮已衰改。人生非寒松，年貌（一作顏色）豈長在？吾當乘雲螭（一作誰能學天飛），吸景駐光彩（一作三秀與君採。）。	黃河走東海，白日落西海。逝川與流光，飄忽不相待。春容捨我去，秋髮已衰改。人生非寒松，年貌豈長在？吾當乘雲螭，吸景駐光彩。	1、年貌 vs 顏色 2、吾當乘雲螭 vs 誰能學天飛 3、吸景駐光彩 vs 三秀與君採	1處＋2句	皆有問題。
十二	松柏本孤直，難為桃李顏。昭昭嚴子陵，垂釣滄波間。	松柏本孤直，難為桃李顏。昭昭嚴子陵，垂釣滄波間。		0處	

十三	身將客星隱，心與浮雲閒。長揖萬乘君，還歸富春山。清風灑六合，邈然不可攀。使我長歎息，冥棲巖石間。君平既棄世，世亦棄君平。觀變窮太易（一作玄），探元（一作玄）化群生。寂寞綴道論（一作真道），空簾閉幽情。驕騖不虛（一作復）來，鸞驚有時鳴。安知天漢上，白日懸高名？海客去已久，誰人（一作能）測沉冥？	身將客星隱，心與浮雲閒。長揖萬乘君，還歸富春山。清風灑六合，邈然不可攀。使我長歎息，冥棲巖石間。君平既棄世，世亦棄君平。觀變窮太易，探元化群生。寂寞綴道論，空簾閉幽情。驕騖不虛來，鸞驚有時鳴。安知天漢上，白日懸高名？海客去已久，誰人測沉冥？	身將客星隱，心與浮雲閒。長揖萬乘君，還歸富春山。清風灑六合，邈然不可攀。使我長歎息，冥棲巖石間。君平既棄世，世亦棄君平。觀變窮太易，探元化群生。寂寞綴道論，空簾閉幽情。驕騖不虛來，鸞驚有時鳴。安知天漢上，白日懸高名？海客去已久，誰人測沉冥？	1、元 vs 玄 2、道論 vs 真道 3、情 vs 清 4、虛 vs 復 5、人 vs 能	5 處	皆有問題。
十四	胡關饒風沙，蕭索竟終古。歲落秋草黃，登高望戎虜。荒城空大漠，邊邑無遺堵。白骨橫千霜，嵯峨蔽榛莽。借問誰凌虐？天驕毒威武。赫怒我聖皇，勞師事鼙鼓。陽和變殺氣，發卒騷中土。三十六萬人，哀哀淚如雨。且悲就行役，安得營農圃？不見征戍兒，豈知關山苦？（一本此下添爭鋒徇死節，棄鈇皆膚豎。戰士塗高壘，將軍獲圭組不任（一作衛霍今不任）邊人飼豺虎。	胡關饒風沙，蕭索竟終古。木落秋草黃，登高望戎虜。荒城空大漠，邊邑無遺堵。白骨橫千霜，嵯峨蔽榛莽（一作虎）？天驕毒威武。赫怒我聖皇，勞師事鼙鼓。陽和變殺氣，發卒騷中土。三十六萬人，哀哀淚如雨。且悲就行役，安得營農圃？不見征戍兒，豈知關山苦？李牧今不在，邊人飼豺虎。	胡關饒風沙，蕭索竟終古。木落秋草黃，登高望戎虜。荒城空大漠，邊邑無遺堵。白骨橫千霜，嵯峨蔽榛莽。借問誰凌虐？天驕毒威武。赫怒我聖皇，勞師事鼙鼓。陽和變殺氣，發卒騷中土。三十六萬人，哀哀淚如雨。且悲就行役，安得營農圃？不見征戍兒，豈知關山苦？李牧今不在，邊人飼豺虎。	1、案 vs 颯 2、歲 vs 木 3、橫 vs 虐 4、李牧 vs 衛霍 5、爭鋒徇死節，棄鈇皆膚豎。戰士塗高壘，將軍獲圭組	4 處＋4 句	1、3、4、5 有問題

序號	古風原文（校注本）	古風原文	異文對照	處數	問題
十五	燕趙延郭隗，遂築黃金臺。劇辛方趙至（一作往），鄒衍復齊來！奈何青雲士，棄我如塵埃！珠玉買歌笑，糟糠養賢才。方知黃鶴舉，千里獨徘徊。	燕昭延郭隗，遂築黃金臺。劇辛方趙至，鄒衍復齊來！奈何青雲士，棄我如塵埃！珠玉買歌笑，糟糠養賢才。方知黃鶴舉，千里獨徘徊。	1、昭 vs 趙 2、至 vs 往	2 處	2 有問題
十六	無「寶劍雙蛟龍」 寶劍雙蛟龍，雪花照芙蓉。精光射天地，電騰不可衝。飛光失相從，一去別金匣。風胡殁已久（一作聖人殁已久），所以潛其鋒。吳水深萬丈，楚山邈千重。雌雄終不隔，神物會當逢。	寶劍雙蛟龍，雪花照芙蓉。精光射天地，雷騰不可衝。飛光失相從，一去別金匣。風胡滅已久，所以潛其鋒。吳水深萬丈，楚山邈千重。雌雄終不隔，神物會當逢。	1、電 vs 雷 2、殁 vs 滅 3、聖人殁已久 vs 風胡滅已久	2 處＋1 句	
十七	金華牧羊兒，乃是紫煙客。我願從之遊，未去髮已白。不知繁華（一作朱顏）子，擾擾何所迫？昆山採瓊蕊（一作蕤），可以鍊精魄。	金華牧羊兒，乃是紫煙客。我願從之遊，未去髮已白。不知繁華子，擾擾何所迫？昆山採瓊蕊，可以鍊精魄。	1、繁華 vs 朱顏 2、蕊 vs 蕤	2 處	皆有問題
十八	天津三月時，千門桃與李。朝為斷腸花，暮逐東流水。前水復（一作非）後水，古今相續流。新（一作今）人非舊人，年年橋上遊。雞鳴海色動，謁帝羅公侯。月落西上陽（一作上陽丙），餘輝半城樓。衣冠照雲日，朝下散皇州。鞍馬如飛龍，黃金絡馬頭。行人皆辟易，志氣橫嵩丘（一作莽）。入門上高堂，列鼎錯珍羞。	天津三月時，千門桃與李。朝為斷腸花，暮逐東流水。前水復後水，古今相續流。新人非舊人，年年橋上遊。雞鳴海色動，謁帝羅公侯。月落西上陽，餘輝半城樓。衣冠照雲日，朝下散皇州。鞍馬如飛龍，黃金絡馬頭。行人皆辟易，志氣橫嵩丘。入門上高堂，列鼎錯珍羞。	1、復 vs 非 2、新 vs 今 3、西上陽 vs 上陽丙（互乙） 4、梓 vs 莽	3 處＋1 句互乙（特殊）	皆有問題

			異文	備註
	行人皆辟易，志氣橫嵩丘。 入門上高堂，列鼎錯珍羞。 香風引趙舞，清管隨齊謳。 七十紫鴛鴦，雙雙戲庭幽。 行樂爭晝夜，自言度千秋。 功成身不退，自古多愆尤。 黃犬空歎息，綠珠成釁讎。 何如鴟夷子，散髮棹扁舟（一作弄）？	香風引趙舞，清管隨齊謳。 七十紫鴛鴦，雙雙戲庭幽。 行樂爭晝夜，自言度千秋。 功成身不退，自古多愆尤。 黃犬空歎息，綠珠成釁讎。 何如鴟夷子，散髮棹扁舟？		
十九	西上（一作嶽）蓮花山，迢 迢見明星。 素手把芙蓉，虛步躡太清。 霓裳曳廣帶，飄拂昇天行。 邀我登雲臺，高揖衛叔卿。 恍恍與之去，駕鴻凌紫冥。 俯視洛陽川，茫茫走胡兵。 流血塗野草，豺狼盡冠纓。	西嶽蓮花山，迢迢見明星。 素手把芙蓉，虛步躡太清。 霓裳曳廣帶，飄拂昇天行。 邀我登雲臺，高揖衛叔卿。 恍恍與之去，駕鴻凌紫冥。 俯視洛陽川，茫茫走胡兵。 流血塗野草，豺狼盡冠纓。	1、上 vs 嶽	1處＋1處互乙
二十	昔我遊齊都，登華不注峰。 茲山何峻秀？綠翠如芙蓉。 蕭颯古仙人，了知是赤松。 借子（一作與）一白鹿，自 挾兩青龍。 含笑凌倒景，欣然願相從。	昔我遊齊都，登華不注峰。 茲山何峻秀？綠翠如芙蓉。 蕭颯古仙人，了知是赤松。 借子一白鹿，自挾兩青龍。 含笑凌倒景，欣然願相從。 泣與親友別，勗君青松心。 努力保霜雪，世路多險艱。 分手各千里，去去何時還？ 在世復幾時，倏如飄風度。 空聞紫金經，白首愁相誤。 撫己忽自笑，沉吟為誰故？ 名利徒煎熬，安得閒余步？	1、子 vs 與 2、余 vs 途 3、萊 vs 山	3處 1處有問題

			終留赤玉舄，東上蓬來路。 蒼蒼但煙霧。		
	泣與親友別，欲語再三咽。 勖君青松心，努力保霜雪。 世路多險艱，白日欺紅顏。 分手各千里，去去何時還？ 在世復幾時？倏如飄風度。 空聞紫金經，白首愁相誤。 撫己忽自笑，沉吟為誰故？（一 作余）步？ 名利徒煎熬，安得閒余步？ 終留赤玉舄，東上蓬山路。 蒼蒼但煙霧。	空		
	在世復幾時？倏如飄風度。 空聞紫金經，白首愁相誤。 撫己忽自笑，沉吟為誰故？ 名利徒煎熬，安得閒余步？ 終留赤玉舄，東上蓬山路。 蒼蒼但煙霧。 （作余）路。	空		
二十一	郢客吟白雪，遺響飛青天。 徒勞歌此曲，舉世誰為傳？ 試為巴人唱，和者乃數千。 吞聲何足道？歎息空淒然。	郢客吟白雪，遺響飛青天。 徒勞歌此曲，舉世誰為傳？ 試為巴人唱，和者乃數千。 吞聲何足道？歎息空淒然。	1、倏 vs 淕	1處異體字
二十二	秦水別隴首，幽咽多悲聲。 胡馬顧朔雪，躞蹀長嘶鳴。 感物動我心，緬然含歸情。 昔視秋蛾飛，今見春蠶生。	秦水別隴首，幽咽多悲聲。 胡馬顧朔雪，躞蹀長嘶鳴。 感物動我心，緬然含歸情。 昔視秋蛾飛，今見春蠶生。	1、枯 vs 結 vs 秸 2、裊裊 vs 蜵蜵	1處+1處異體字

序號	甲本	乙本	校記	統計	問題
二十三	燧燧桑枯（一作結）葉，萋萋柳垂榮。念節謝流水，惆悵何時平？	嫋嫋柔枯葉，念節謝流水，萋萋柳垂榮。惆悵何時平？		0處	
二十四	秋露白如玉，團圞下庭綠。我行忽見之，寒早悲歲促。人生一作生豬？鳥過目（人生一作得），胡乃自結束。牛山涕相續。景公一何愚？物苦不知足。人心若波瀾。得隴又望蜀，世路有屈曲。三萬六千日，夜夜當秉燭。	秋露白如玉，團圞下庭綠。寒早悲歲促，胡乃自結束。人生一作生豬？牛山涕相續。景公一何愚？物苦不知足。人心若波瀾。得隴又望蜀，世路有屈曲。三萬六千日，夜夜當秉燭。	1、團圓 vs 團圞 2、人生 vs 生豬 3、登 vs 得 4、有 vs 多 5、《才調集》作 如白玉、人生、寒草	4處＋1處互乙（特殊）	1處有問題
二十五	世道日交喪，澆風散淳源。不採芳桂枝，反棲惡木根。所以桃李樹，吐花竟不言。大運有興沒，群動爭飛奔。歸來廣成子，去入無窮門。	世道日交喪，澆風散淳源。不採芳桂枝，反棲惡木根。所以桃李樹，吐花竟不言。大運有興沒，群動爭飛奔。歸來廣成子，去入無窮門。	1、桂枝 vs 枝桂	1處互乙	
二十六	碧荷生幽泉，朝日艷且鮮。秋花冒（一作罝）綠水，密葉羅青煙。秀色空絕世，馨香誰為傳？坐看飛霜滿，凋此紅芳年。結根未得所，願託華池邊（一作蓮）。	碧荷生幽泉，朝日艷且鮮。秋花冒綠水，密葉羅青煙。秀色空絕世，馨香誰為傳？坐看飛霜滿，凋此紅芳年。結根未得所，願託華池邊。	1、冒 vs 罝 2、邊 vs 蓮	2處	2處有問題

	詩文	詩文	異文對照	處數	有問題
二十七	燕趙有秀色，綺樓青雲端。 眉目艷皎月，一笑傾城歡。 常恐碧草晚，坐泣秋風寒。 纖手怨玉琴，清晨起長歎。 焉得偶君子（一作成）， 共乘雙飛鸞？	燕趙有秀色，綺樓（一作樹）青雲端。 眉目艷皎月，一笑傾城歡。 常恐碧草晚，坐泣秋風寒。 纖手怨玉琴，清晨起長歎。 焉得偶君子，共乘雙飛鸞？	1、樓 vs 樹 2、乘 vs 成	2處	1處有問題
二十八	容顏若飛電，時景如飄風。 草綠霜已白，日西月復東。 華鬢不耐秋，颯然成衰蓬。 古來賢聖人，一一誰成功？ 君子變猿鶴，小人為沙蟲。 不及廣成子（一作廣寒上）， 乘雲（一作馬）駕輕鴻。	容顏若飛電，時景如飄風。 草綠霜已白，日西月復東。 華鬢不耐秋，颯然成衰蓬。 古來賢聖人，一一誰成功？ 君子變猿鶴，小人為沙蟲。 不及廣成子，乘雲駕輕鴻。	1、廣成子 vs 廣寒上 2、雲 vs 馬	2處	2處有問題
二十九	三季分戰國，七雄成亂麻。 王風何怨怒？世道終紛拏。 至人洞元象，高舉凌紫霞。 仲尼亦（一作欲）浮海，吾 祖之流沙。 聖賢共淪沒，臨歧胡咄嗟？	三季分戰國，七雄成亂麻。 王風何怨怒？世道終紛拏。 至人洞玄象，高舉凌紫霞。 仲尼欲浮海，吾祖之流沙。 聖賢共淪沒，臨歧胡咄嗟？	1、元 vs 玄 2、亦 vs 欲	2處	
三十	玄風變太古，道喪無時還。 擾擾季葉（一作市井）人， 雞鳴趨四關。 誰（一作詎）知金馬門， 但識蓬萊山？知蓬萊山？白 首死羅綺，笑歌無休（一作 時）閒。 滾酒哂丹液，青蛾凋素顏（一 作姜于金青，風鹽凋素 顏）。大儒揮金槌，琢之（一	玄風變太古，道喪無時還。 擾擾季葉人，雞鳴趨四關。 詎知金馬門，誰知蓬萊山？ 白首死羅綺，笑歌無時閒。 綠酒哂丹液，青蛾凋素顏。 大儒揮金槌，琢之詩禮間。 蒼蒼三珠樹，冥目為能攀？	1、季葉 vs 市井 2、誰 vs 詎 3、休 vs 時 4、綠 vs 滾 5、液 vs 經 6、槌 vs 椎 7、琢之 vs 發塚 8、滾酒哂丹液、	7處＋2句	

	（作發塚）詩禮間。蒼蒼三珠樹，冥目焉能舉？		青娥渦素顏 vs 婁婁千金脊，婁婁渦素顏、塵渦素顏	3處有問題
三十一	鄭客西入關，行行未能已。 白馬華山君，相逢平原里。 壁遺鎬池公，明年祖龍死。 秦人相謂曰：吾屬可去矣， 一往桃花源，千春隔流水。	鄭客西入關，行行未能已。 白馬華山君，相逢平原里。 壁遺鎬池公，明年祖龍死。 秦人相謂曰：吾屬可去矣， 一往桃花源，千春隔流水。	1、公 vs 君	1處
三十二	摩收晶金氣，西陸弦海月。 秋蟬號階軒，感物憂不歇。 良辰竟何許？大運有淪忽。 天寒悲風生，夜久眾星沒。 惻惻不忍言，哀歌達（一作逮）明發。	摩收晶金氣，西陸弦海月。 秋蟬號階軒，感物憂不歇。 良辰竟何許？大運有淪忽。 天寒悲風生，夜久眾星沒。 惻惻不忍言，哀歌逮明發。	1、逮 vs 達	1處
三十三	北溟有巨魚，身長數千里。 仰噴三山雪，橫吞百川水。 憑陵隨海運，桕林因風起。 吾觀摩天飛，九萬方未已。	北溟有巨魚，身長數千里。 仰噴三山雪，橫吞百川水。 憑淩隨海運，桕林因風起。 吾觀摩天飛，九萬方未已。	1、淩 vs 陵 2、桕 vs 柿	1處＋1處異體字
三十四	羽檄如流星，虎符合專城。 喧呼救邊急，群鳥皆夜鳴。 白日曜紫微，三公運權衡。 天地皆得一，澹然四海清。 借問此何以為？答言楚徵兵（一作徵楚兵）。 渡瀘及五月，將赴雲南征。 怯卒非戰士，炎方難遠行（一作征）。 長號別嚴親，日月慘光晶。 泣盡繼以血，心摧兩無聲。 困獸當猛虎，窮魚餌奔鯨。	羽檄如流星，虎符合專城。 喧呼救邊急，群鳥皆夜鳴。 白日曜紫微，三公運權衡。 天地皆得一，澹然四海清。 借問此何為？答言楚徵兵。 渡瀘及五月，將赴雲南征。 怯卒非戰士，炎方難遠行。 長號別嚴親，日月慘光晶。 泣盡繼以血，心摧兩無聲。 困獸當猛虎，窮魚餌奔鯨。	1、楚徵兵 vs 徵楚兵 2、此何為 vs 何以為 3、征 vs 行 4、行 vs 征	3處＋1句互異（特殊）乙

編號	詩文	詩文	異文比較	處數	問題
	困獸當猛虎，窮魚餌奔鯨。千去不一回，投軀豈全生？如何舞干戚，一使有苗平。	困獸當猛虎，窮魚餌奔鯨。千去不一回，投軀豈全生？如何舞干戚，一使有苗平。			
三十五	醜女來效顰，還家驚四鄰。壽陵失本步，笑殺邯鄲人。一曲（一作東西）斐然子，雕蟲喪天真。棘刺造沐猴，三年費精神。功成無所用，楚楚且華（一作榮）身。大雅思文王，頌聲久（一作天）崩淪。安得郢中質（一作承風，一作斧斤），一揮成斧斤（一作承風一運斤）？	醜女來效顰，還家驚四鄰。壽陵失本步，笑殺邯鄲人。一曲斐然子，雕蟲喪天真。棘刺造沐猴，三年費精神。功成無所用，楚楚且華身。大雅思文王，頌聲久崩淪。安得郢中質，一揮成斧斤？	1、一曲 vs 東西 2、華 vs 榮 3、久 vs 天 4、一揮成斧斤 vs 承風一運斤	3處＋1句	皆有問題
三十六	抱玉入楚國，見疑古所聞。良寶終見棄，徒勞三獻君。直木忌先伐，芳蘭哀自焚。盈滿天所損，沉冥道為群。東海沉（一作流）碧水，西關乘紫雲。魯連及柱史，可以躡清芬。	抱玉入楚國，見疑古所聞。良寶終見棄，徒勞三獻君。直木忌先伐，芳蘭哀自焚。盈滿天所損，沉冥道為群。東海沉碧水，西關乘紫雲。魯連及柱史，可以躡清芬。	1、沉 vs 流	1處	皆有問題
三十七	燕臣昔慟哭，五月飛秋霜。庶女號蒼天，震風擊齊堂。精誠有所感，造化為悲傷。而我竟何辜？遠身金殿旁。浮雲蔽紫闥，白日難回光。群沙穢明珠，眾草凌孤芳。古來共歎息（一作今來），流涕空沾裳。	燕臣昔慟哭，五月飛秋霜。庶女號蒼天，震風擊齊堂。精誠有所感，造化為悲傷。而我竟何辜？遠身金殿旁。浮雲蔽紫闥，白日難回光。群沙穢明珠，眾草凌孤芳。古來共歎息，流涕空沾裳。	1、古來 vs 今來 2、而我竟何辜？遠身金殿旁。	1處＋2句	1處有問題

	原詩	異文	差異	處數	
三十八	孤蘭生幽園，眾草共蕪沒。雖照陽春暉，復悲高秋月。飛霜早淅瀝，綠艷恐休歇。若無清風吹，香氣為誰（一作君）發？	孤蘭生幽園，眾草共蕪沒。雖照陽春暉，復悲高秋月。飛霜早淅瀝，綠艷恐休歇。若無清風吹，香氣為誰發？	1、誰 vs 君	1 處	
三十九	登高望四海，天地何漫漫！霜被群物秋，風飄大荒寒。榮華東流水，萬事皆波瀾。白日掩徂暉，浮雲無定端。梧桐巢燕雀，枳棘棲鴛鸞。且復歸去來，劍歌行路難。（一本自第四句後云 殺氣落喬木，浮雲蔽層巒。孤鳳鳴天霓，遺人亦盤桓。舞心亦盤國。倚劍淲洄瀾。）	登高望四海，天地何漫漫！霜被群物秋，風飄大荒寒。榮華東流水，萬事皆波瀾。白日掩徂暉，浮雲無定端。梧桐巢燕雀，枳棘棲鴛鸞。且復歸望四海，天地何漫漫。霜被群物秋，風飄大荒寒。殺氣落喬木，孤鳳鳴天霓，遺人悲舊國。風飄、浮雲、遺聲、舞心、曲終淲洄瀾	1、鵷 vs 鶵 2、行 vs 悲 3、殺氣落喬木，浮雲蔽層巒。孤鳳鳴天霓，遺人悲何辛酸。舞心亦盤舊國。風飄、浮雲、遺聲、遊人亦盤桓。倚劍淲洄瀾。曲終淲洄瀾	2 處＋8 句	
四十	鳳飢不啄粟，所食唯瑯玕。焉能與群雞，蹙（一作剌）促爭一餐？朝鳴崑丘樹，夕飲砥柱端。歸飛海路遠，獨宿天霜寒。幸遇王子晉，結交青雲端。懷恩未得報，感別空長歎。	鳳飢不啄粟，所食唯瑯玕。焉能與群雞，蹙促爭一餐？朝鳴崑丘樹，夕飲砥柱端。歸飛海路遠，獨宿天霜寒。幸遇王子晉，結交青雲端。懷恩未得報，感別空長歎。	1、蹙促 vs 剌蹙	1 處	
四十一	朝弄紫泥海（一作朝朝駕鸞車）海，夕披丹霞裳。揮手折若木（一作弱）木，拂此西日光。雲臥（一作臥）遊八極，玉顏已千霜。（一作樂）遊八極，玉顏己千霜。稽首祈上皇	朝弄紫泥海，夕披丹霞裳。揮手折若木，拂此西日光。雲臥遊八極，玉顏已千霜。稽首祈上皇	1、若 vs 弱 2、臥 vs 舉 3、已千 vs 如清	3 處＋3 句	皆有問題

編號	版本一	版本二	差異處	處數	備註
四十二	飄飄入無倪。稽首祈上皇。玉杯賜瓊漿。呼我遊太素。一湌歷萬歲。何用還故鄉？永隨長風去。天外恣飄揚（一本無此二句）	飄飄入無倪，稽首祈上皇。玉杯賜瓊漿，呼我遊太素。一湌歷萬歲，何用還故鄉？永隨長風去，天外恣飄揚。	4、朝弄紫泥海 vs 朝弄碧瓊車、5、永隨長風去，天外恣飄揚	2處	皆有問題
四十三	搖裔雙白鷗。鳴飛滄江流。宜與海人狎。豈伊雲鶴儔？寄影宿沙月。沿芳飲春洲。吾亦洗心者。忘機從爾遊。	搖裔雙白鷗，鳴飛滄江流。宜（一作冥）與海人狎，豈伊雲鶴儔？寄影宿沙月，沿芳飲春洲。吾亦洗心者，忘機從爾遊。	1、宜 vs 冥 2、影 vs 形	0處	
四十四	周穆八荒意。漢皇萬乘尊。淫樂心不極。雄豪安足論？西海宴王母。北宮邀上元。瑤水聞遺歌。玉杯竟空言。靈跡成蔓草。徒悲千載魂。	周穆八荒意，漢皇萬乘尊。淫樂心不極，雄豪安足論？西海宴王母，北宮邀上元。瑤水聞遺歌，玉杯竟空言。靈跡成蔓草，徒悲千載魂。		0處	
	綠蘿紛葳蕤。繚繞松柏枝。草木有所託。歲寒尚不移。奈何夭桃色？坐嘆葑菲詩？玉顏艷紅彩。雲髮非素絲。君子恩已畢。賤妾將何為？	綠蘿紛葳蕤，繚繞松柏枝。草木有所託，歲寒尚不移。奈何夭桃色？坐嘆葑菲詩？玉顏艷紅彩，雲髮非素絲。君子恩已畢，賤妾將何為？			
四十五	八荒馳驚飆。萬物盡凋落。浮雲蔽頹陽。洪波振大壑。龍鳳脫罔罟？颻搖將安託？空山誄場藿（一作藋）	八荒馳（一作駐）驚飆，萬物盡凋落。浮雲蔽頹陽，洪波振大壑。龍鳳脫罔罟？颻搖將安託？去去乘白駒（一作長）藿	1、馳 vs 駐 2、場 vs 長	2處	皆有問題

四十六	一百四十年，國容問赫然！峨峨橫五鳳樓。隱隱象星月。王侯如雲煙。賓客盈臺邊。蹴踘金宮裏。闢雞象臺邊。（一本首六句云帝京信佳麗。國容問赫然。歌鐘沸雲閣。珠翠蓊臺仙。蓬萊象天構宮（一作城）裏。蹴踘搖臺邊。）舉動搖白日。指揮回青天。當塗何翕忽。失路長棄捐。獨有楊執戟。閉關草太玄。	一百四十年，國容問赫然！峨峨橫五鳳樓。隱隱象星月。王侯如雲煙。賓客盈臺邊。蹴踘金宮裏。闢雞象臺邊。舉動搖白日。指揮回青天。當塗何翕忽。失路長棄捐。獨有揚執戟。閉關草太玄。	1、宮 vs 城 2、楊 vs 揚 3、帝京信佳麗，國容問赫然！歌鐘沸九闌，珠翠蓊臺仙，蓬萊象天構，沸三川，珠翠蓊雲臺邊 4、蹴踘搖臺邊 vs 走馬臺蘭邊	2處+7句	3處有問題
四十七	桃花開東園。含笑誇白日。偶蒙春風榮。生此艷陽質。豈無佳人色？但恐花不實。宛轉龍火飛。詎知南山松。獨立自蕭飋？	桃花開東園。含笑誇白日。偶蒙春風榮。生（一作矜）此艷陽質。豈無佳人色？但恐花不實。宛轉龍火飛。零落早相失。詎知南山松。獨立自蕭飋？	1、生 vs 矜 2、春 vs 東	2處	皆有問題
四十八	秦皇按寶劍。赫怒振威神。逐日巡海右。驅石駕滄津。徵卒空九寓。作橋傷萬人。但求蓬島藥。豈思農扈春？力盡功不贍。千載為悲辛。	秦皇按寶劍。赫怒振威神。逐日巡海右。驅石駕滄津。徵卒空九寓。作橋傷萬人。但求蓬島藥。豈思農扈（一作農扈）春？力盡功不贍。千載為悲辛。	1、振 vs 震 2、駕 vs 駕 3、農扈 vs 農扈	3處	
四十九	美人出南國。灼灼芙蓉姿。皓齒終不發。芳心空自持。由來紫宮女。共妒青蛾眉。歸去瀟湘沚。沉吟何足悲？	美人出南國。灼灼芙蓉姿。皓齒終不發。芳心空自持。由來紫宮女。共妒青蛾眉。歸去瀟湘沚。沉吟何足悲？		0處	

五十	宋國梧臺東。野人得燕石。（一作宋人柱千金、去國買燕石）。詐作天下珍、卻啊趙王璧。燕石非貞真。豈知玉與珉。趙璧無緇磷。流俗多錯誤。	宋國梧臺東。野人得燕石。卻啊趙王璧。燕石非貞真。豈知玉與珉（一作與）？趙璧無緇磷。流俗多錯誤。	1、無 vs 與 2、宋國梧臺東，野人得燕石 vs 野人柱千金、去國買燕石	1處＋2句	1處有問題
五十一	殷后亂天紀、楚懷亦已昏。夷羊滿中野、綠葹盈高門。比干諫而死、屈平竄湘源。虎口何婉孌？女嬃空嬋娟。彭咸久淪沒、此意與誰論？	殷后亂天紀、楚懷亦已昏。夷羊滿中野、綠葹盈高門。比干諫而死、屈平竄湘源。虎口何婉孌？女嬃空嬋娟。彭咸久淪沒、此意與誰論？	1、綠 vs 菉 2、巳 vs 已 3、娟 vs 媛	3處	
五十二	青春流驚湍。朱明驟回薄。不忍看秋蓬、飄揚竟何托？光風滅蘭蕙。白露灑葵藿（一作委蘼蕪）。美人不我期。草木日零落。	青春流驚湍。朱明驟回薄。不忍看秋蓬、飄揚竟何托？光風滅蘭蕙。白露灑葵藿。草木日零落。	1、明 vs 火 2、灑葵藿 vs 委蘼蕪 3、托 vs 託	2處＋1處異體字	2處有問題
五十三	戰國何紛紛！兵戈亂浮雲。趙倚兩虎鬥、晉為六卿分。奸臣欲竊位、樹黨自相親。果然田成子、一日（一作自）弒齊君。	戰國何紛紛！兵戈亂浮雲。趙倚兩虎鬥、晉為六卿分。奸臣欲竊位、樹黨自相親。果然田成子、一日弒齊君。	1、日 vs 自 2、弒 vs 殺	2處	
五十四	倚劍登高臺。悠悠送春目。蒼榛蔽層丘。瓊草隱深谷。鳳皇鳴西海、欲集無珍木。鸒斯得所匹（一作所）（一作棲）居。高下盈萬族。晉風日已頹。窮途方慟哭。	倚劍登高臺。悠悠送春目。蒼榛蔽層丘。瓊草隱深谷。鳳皇鳴西海、欲集無珍木。鸒斯得所居。高下盈萬族。晉風日已頹。窮途方慟哭。	1、皇 vs 鳥 2、所 vs 匹 3、居 vs 棲 4、翻翻眾鳥飛，翱翔在珍木。群	3處＋6句	2處有問題

（一本首四句一下云關關眾鳥飛，翱翔在珍木。群花亦便娟，榮耀非一族。歸來倚途窮，日暮還慟哭。）

			花亦便娟，榮耀非一族。歸來倚途窮，日暮還慟哭		
五十五	齊瑟彈（一作揮）東吟，秦弦弄西音，使人成荒淫。慷慨動顏魄。彼女（一作女）佞邪子，婉孌來相尋。一笑雙白璧，再歌千黃金。珍色不貴道，詎惜飛光沉？安識紫霞客，瑤臺鳴玉（一作素）琴。	齊瑟彈東吟，秦弦弄西音，使人成荒淫。慷慨動顏魄。彼女佞邪子，婉孌來相尋。一笑雙白璧，再歌千黃金。珍色不貴道，詎惜飛光沉？安識紫霞客，瑤臺鳴素琴。	1、彈 vs 揮 2、女 vs 美 3、玉 vs 素	3 處	1 處有問題
五十六	越客採明珠，提攜出南隅。清輝照海月，美價傾鴻都。獻君君按劍，懷寶空長吁。魚目復相哂，寸心增煩紆。	越客採明珠，提攜出南隅。清輝照海月，美價傾鴻都。獻君君按劍，懷寶空長吁。魚目復相哂，寸心增煩紆。	1、攜 vs 携 2、鴻 vs 皇	2 處	1 處有問題
五十七	羽族稟萬（一作方）化，小大各有依。嗚嗚亦何辜！六翮掩不揮，一向黃河飛。顧銜眾禽翼，飛者莫我顧。歡息將安歸？	羽族稟萬化，小大各有依。嗚嗚（一本作同）亦何辜！六翮掩不揮，一向黃河飛。顧銜眾禽翼，飛者莫我顧。歡息將安歸？	1、萬 vs 方 2、嗚嗚 vs 周周	1 處＋1 處異體字	1 處有問題
五十八	我行巫山渚，尋古登陽臺。天空綵雲滅，地遠清風來。神女去已久，襄王安在哉？荒淫竟淪替，樵牧徒悲哀。	我到（一作行）巫山渚，尋古登陽臺。天空綵雲滅，地遠清風來。神女知（一作去）已久，襄王安在哉？荒淫竟淪替（一作沒），樵牧徒悲哀。	1、到 vs 行 2、知 vs 去 3、替 vs 沒	3 處	

五十九					3 處＋6 句＋1 處異體字	2 處有問題
	側側泣路歧，哀哀悲素絲。路歧有南北，素絲無（一作有）變移。（一本下添萬事固如此，人生無定期。田竇相傾奪。賓客互盈虧。世途多翻覆。斗酒以下同）谷風刺輕薄。圖酒強然諾。交道方嶮巇。蕭朱亦星離。張陳竟火滅。眾鳥集榮柯。窮魚守權客。（一作枯）池。嗟嗟失權客，勤問何所規。（一作悲，又作勤問何所窺）。	側側泣路歧，哀哀悲素絲。路歧有南北，素絲易變移。萬事固如此，人生無定期。田竇相傾奪，賓客互盈虧。世途多翻覆，交道方嶮巇。斗酒強然諾，寸心終自疑。張陳竟火滅，蕭朱亦星離。窮魚守枯池，眾鳥集榮柯。嗟嗟失權客，勤問何所規。	側側泣路歧，哀哀悲素絲。路歧有南北，素絲易變移。萬事固如此，人生無定期。田竇相傾奪，賓客互盈虧。世途多翻覆，交道方嶮巇。斗酒強然諾，寸心終自疑。張陳竟火滅，蕭朱亦星離。窮魚守枯池，眾鳥集榮柯。嗟嗟失權客，勤問何所規。	1、無 vs 有 vs 易 2、空 vs 枯 3、規 vs 悲 vs 窺 4、斗 vs 圖 5、萬事固如此，人生無定期。田竇相傾奪，賓客互盈虧。世途多翻覆，交道方嶮巇	總結：共 170 處有異文。103 處有異文。7 處異體字。一首「客有鶴上仙」整篇有異文。15 首有異文。7 首無誤。	65 處有問題，需要考證。

—706—

三、詹鍈、安旗、郁賢皓三家編年情況一覽表

注：詹鍈本依據《李白全集校注彙釋集評》《李白詩文繫年》；安旗本
　　依據《李白全集編年箋注》；郁賢皓本依據《李太白全集校注》
　　天寶三載正月朔改「年」為「載」。

篇　序	詹　鍈	安　旗	郁賢皓
大雅久不作	作年不詳	天寶九載（750） 李白 50 歲	作年不詳
蟾蜍薄太清	開元十二年（724） 李白 24 歲	天寶十二載（753） 李白 53 歲	出蜀後作
秦王掃六合	天寶十載（751） 李白 51 歲	天寶六載（747） 李白 47 歲	作年不詳
鳳飛九千仞	天寶十三載（754） 李白 54 歲	天寶十三載（754）時 李白 54 歲	天寶十四載（755） 李白 55 歲
太白何蒼蒼	開元十八年（730） 李白 30 歲	天寶三載（744） 李白 44 歲	作年不詳
岱馬不思越	天寶八載（749） 李白 49 歲	天寶八載（749） 李白 49 歲	作年不詳
客有鶴上仙	作年不詳	天寶元年（742）時 李白 42 歲	作年不詳
咸陽二三月	天寶三載（744） 李白 44 歲	天寶十二載（753） 李白 53 歲	
莊周夢胡蝶	天寶十二載（753） 以前	天寶四載（745） 李白 45 歲	天寶十二載（753）之 前
齊有倜儻生	作年不詳	開元二十九年（741） 李白 41 歲	作年不詳
黃河走東溟	晚年之作	開元二十九年（741） 李白 41 歲	晚年之作
松柏本孤直	天寶六載（747） 李白 47 歲	天寶二年（743） 李白 43 歲	疑是天寶三載（744） 離長安時所作
君平既棄世	作年不詳	天寶十二載（753） 李白 53 歲	作年不詳

胡關饒風沙	天寶八載（749）李白 49 歲	天寶八載（749）李白 49 歲	天寶八載（749）以後
燕昭延郭隗	去朝以後所作	開元十八年（730）李白 30 歲	天寶三載（744）離長安後作
寶劍雙蛟龍	作年不詳	開元十九年（731）李白 31 歲	
金華牧羊兒	作年不詳	天寶六載（747）李白 47 歲	晚年之作
天津三月時	開元二十二年（734）李白 34 歲	天寶十二載（753）李白 53 歲	開元二十二年（734）春遊洛陽時所作
西上蓮花山	天寶十五載（至德元載）（756）春初在華山作	至德元年，即天寶十五載，七月改元（756）李白 56 歲	天寶十五載（756）初春
昔我遊齊都	作年不詳	天寶三載（744）李白 44 歲	作年不詳
郢客吟白雪	作年不詳	天寶二年（743）李白 43 歲	作年不詳
秦水別隴首	天寶三／四載（744／745）李白 44／45 歲	天寶三載（744）李白 44 歲	天寶三載（744）春在長安所作
秋露白如玉	作年不詳	天寶四載（745）李白 45 歲	作年不詳
大車揚飛塵	天寶三載（744）李白 44 歲	開元十八年（730）李白 30 歲	開元年間李白初次入長安時作
世道日交喪	作年不詳	天寶十二載（753）李白 53 歲	作年不詳
碧荷生幽泉	入翰林以前之作。開元二十三年（735）李白 35 歲	開元十六年（728）李白 28 歲	未遇時之作
燕趙有秀色	開元二十三年（735）李白 35 歲	開元十三年（725）李白 25 歲	作年不詳
容顏若飛電	作年不詳	天寶十二載（753）李白 53 歲	作年不詳

三季分戰國	作年不詳	天寶十二載（753） 李白 53 歲	此詩可能作於安史之 亂初期
玄風變大古	作年不詳	天寶十二載（753） 李白 53 歲	作年不詳
鄭客西入關	作年不詳	天寶十二載（753） 李白 53 歲	天寶十一載（752）
蓐收肅金氣	作年不詳	天寶十二載（753） 李白 53 歲	作年不詳
北溟有巨魚	天寶二年（743） 李白 43 歲	開元十三年（725） 李白 25 歲	此詩作年不詳，或謂 天寶初供奉翰林時所 作
羽檄如流星	天寶十載（751） 李白 51 歲	天寶十年（751） 李白 51 歲	天寶十載（751）
醜女來效顰	作年不詳	天寶九載（750） 李白 50 歲	作年不詳
抱玉入楚國	作年不詳	天寶十二載（753） 李白 53 歲	天寶年間被賜金還山 後所作
燕臣昔慟哭	天寶三載（744） 李白 44 歲	天寶六載（747） 李白 47 歲	天寶三載（744）被放 逐還山時所作
孤蘭生幽園	天寶三載（744） 李白 44 歲	開元十八年（730） 李白 30 歲	天寶三載（744）被放 逐還山時所作
登高望四海	天寶三載（744） 李白 44 歲	天寶二年（743） 李白 43 歲	天寶三載（744）被讒 去朝時作
鳳飢不啄粟	天寶三載（744） 李白 44 歲	天寶三載（744） 李白 44 歲	天寶三載（744）告別 長安友人時所作
朝弄紫泥海	作年不詳	天寶四載（745） 李白 45 歲	作年不詳
搖裔雙白鷗	作年不詳	天寶三載（744） 李白 44 歲	作年不詳
周穆八荒意	作年不詳	天寶三載（744） 李白 44 歲	作年不詳
綠蘿紛葳蕤	天寶三載（744） 李白 44 歲	天寶二年（743） 李白 43 歲	天寶三載（744） 李白 44 歲

八荒馳驚飆	至德二載（757）李白57歲	至德二載（757）李白57歲	至德二載（757）秋冬之際
一百四十年	天寶三載（744）李白44歲	天寶十二載（753）李白53歲	天寶二年／三載（七四三～七四四）李白供奉翰林時
桃花開東園	作年不詳	天寶二年（743）李白43歲	作年不詳
秦皇按寶劍	作年不詳	天寶六載（747）李白47歲	作年不詳
美人出南國	天寶三載（744）李白44歲	天寶二年（743）李白43歲	天寶三載（744）春被讒去朝以後所作
宋國梧臺東	作年不詳	天寶二年（743）李白43歲	作年不詳
殷后亂天紀	開元二十八載（740）李白40歲	天寶十二載（753）李白53歲	天寶六載（747）
青春流驚湍	開元二十三載（735）李白35歲	開元十六年（728）李白28歲	作年不詳
戰國何紛紛	至德元載（756）李白56歲	天寶十二載（753）李白53歲	作於天寶年間
倚劍登高臺	作年不詳	天寶十二載（753）李白53歲	天寶末期
齊瑟彈東吟	天寶七載（748）李白48歲	天寶三載（744）李白44歲	作年不詳
越客採明珠	天寶三載（744）李白44歲	天寶二年（743）李白43歲	作於開元年間初入長安無成而歸之時
羽族稟萬化	作年不詳	上元元年，即乾元三年，閏四月改元（760）李白60歲	作於初入長安歷抵卿相無成而歸時
我行巫山渚	乾元二年（759）李白59歲	乾元二年（759）李白59歲	乾元二年（759）春李白流放到達巫山時有感而作
惻惻泣路歧	乾元二年（759）李白59歲	至德二年（757）李白57歲	肅宗至德、乾元年間根據自己的親身體驗所作

四、《古風》全本選本稀見書影

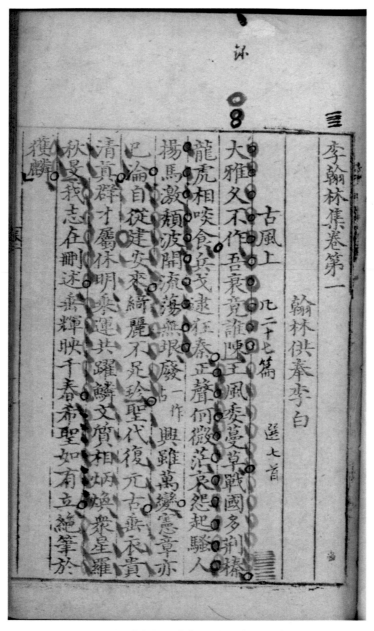

明　鮑松《李翰林集》正德八年刻本書影

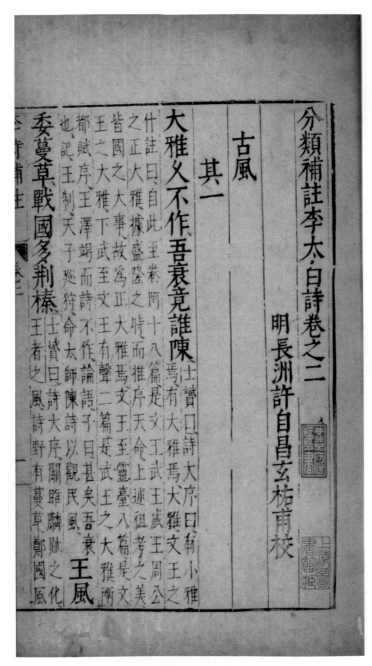

明　許自昌本《分類補注李太白詩》萬曆刻本

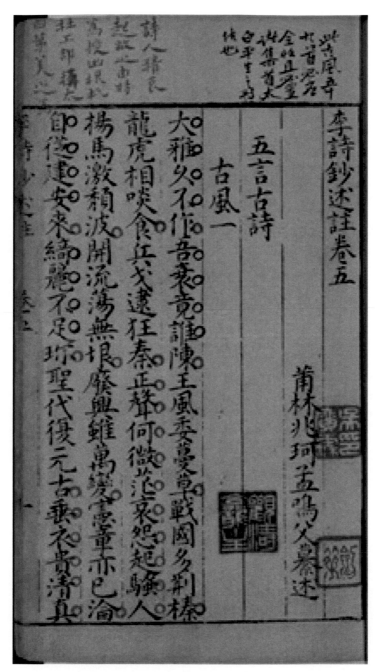

明　林兆珂《李詩鈔述注》萬曆年間刻本

五言古詩

李翰林全集卷之四

○古風六十一首

大雅久不作吾衰竟誰陳王風委蔓草戰國多

荊榛龍虎相啖食兵戈逮狂秦正聲何微茫哀

怨起騷人揚馬激頹波開流蕩無垠廢與雖萬

變憲章亦已淪自從建安來綺麗不足珍聖代

復元古垂衣貴清眞羣才屬休明乘運共躍鱗

文質相炳煥衆星羅秋旻我志在刪述垂輝映

明　劉世教本《李翰林全集》萬曆四十年刊本

—714—

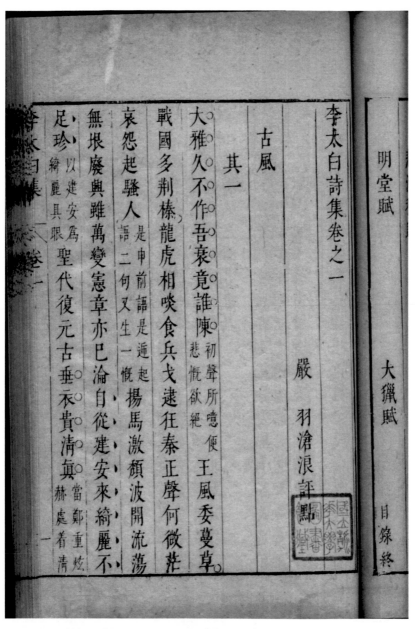

明　閔啟祥輯，嚴羽評點本《李太白詩集》崇禎二年刻本 1

李太白集　卷一

羣才屬休明　乘運共躍鱗　文質相炳煥　衆星羅

秋旻　認作有來歷非知詩者矣　我志在刪述垂輝

映千春　希聖如有立　絕筆於獲麟

唐詩人之稱首者歟

薄斯極沈休文又尚以聲律將復古道非我而誰觀此詩則太白之志可見矣斯其所以為有

士蒉日按本事詩話日李白才逸氣高與陳拾遺子昂齊名先後合德其論詩云齊梁以來艷

其二

齊賢日按唐書王皇后久無子而武妃有寵后不平詆之遂慶武妃進冊為惠妃

欲立為后讒諫止之太白詩意似屬平此

蟾蜍薄太清　蝕此瑤臺月　圓光虧中天　金魄遂淪沒

蟪蛄入紫微　大明夷朝暉　浮雲隔兩曜　萬象昏陰霏

蕭蕭長門宮　昔是今已非　桂蠹花不實　天霜下嚴威

明　聞啟祥輯，嚴羽評點本《李太白詩集》崇禎二年刻本 2

明　朱諫《李詩選注·古風小序》明隆慶六年朱守行刻本

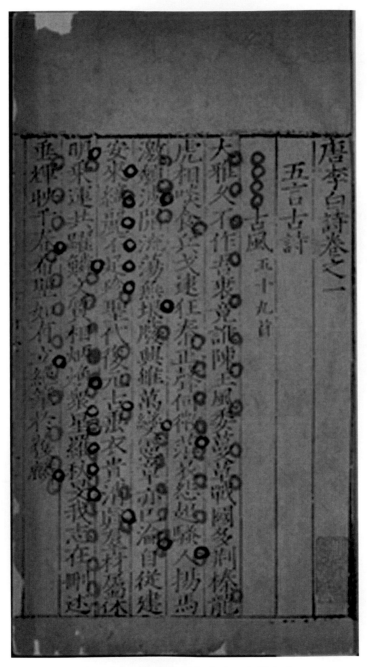

明　佚名《唐李白詩》嘉靖八年刻本 1

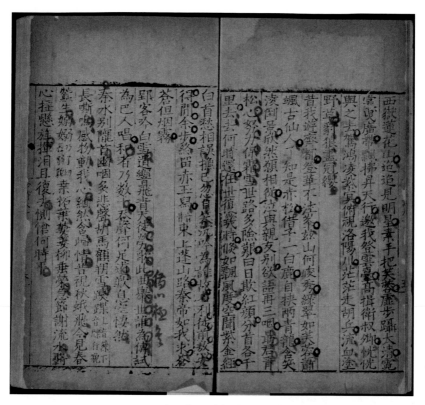

明　佚名《唐李白詩》嘉靖八年刻本 2

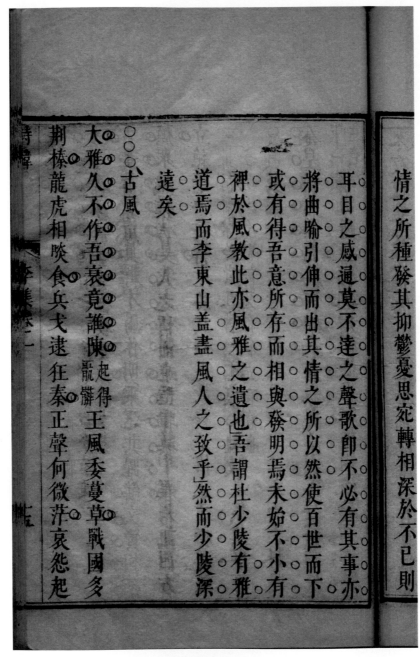

清　應時、丁谷雲《詩緯》清康熙十七年刻本1

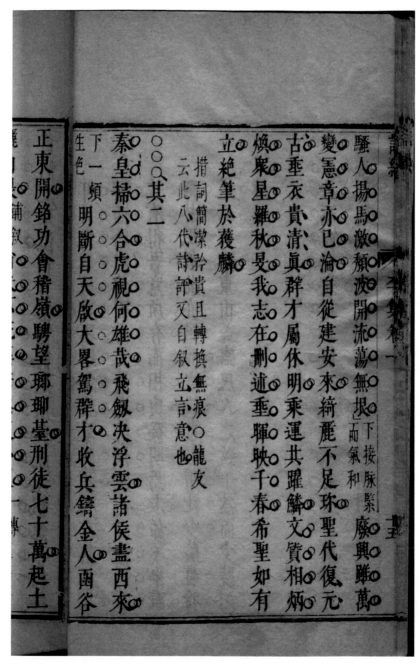

騷人揚馬激頹波開流蕩無垠[下接脈緊廢興雖萬]而氣和

變憲章亦已淪自從建安來綺麗不足珍聖代復元

古垂衣貴清真群才屬休明乘運共躍鱗文質相炳

煥眾星羅秋旻我志在刪述垂輝映千春希聖如有

立絕筆於獲麟

措詞簡潔矜貴且轉換無痕○龍友

云此八代詩評又自叙立言意也

○○○其二

秦皇掃六合虎視何雄哉飛劒決浮雲諸侯盡西來

下一頓○明斷自天啟大畧駕群才收兵鑄金人函谷

生色

正東開銘功會稽嶺騁望瑯琊臺刑徒七十萬起土

李太白文集卷第二

清　繆曰芑覆宋本《李太白文集》康熙刻本

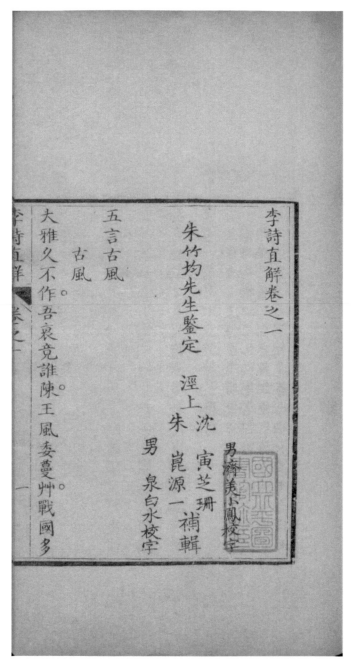

李詩直解卷之一

朱竹均先生鑒定

　　　　　　　涇上　沈　寅芝珊
　　　　　　　　　朱　崑源一補輯
　　　　　　　　　　　男　泉白水校字

五言古風

　　古風

大雅久不作吾衰竟誰陳。王風委蔓艸戰國多

清　沈寅、朱崑《李詩直解》鳳棲樓藏板副本

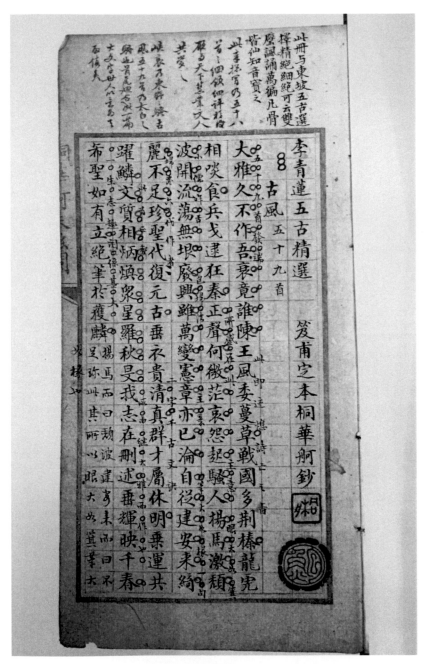

清　笈甫主人《瑤臺風露》同治七年桐華舸鈔本

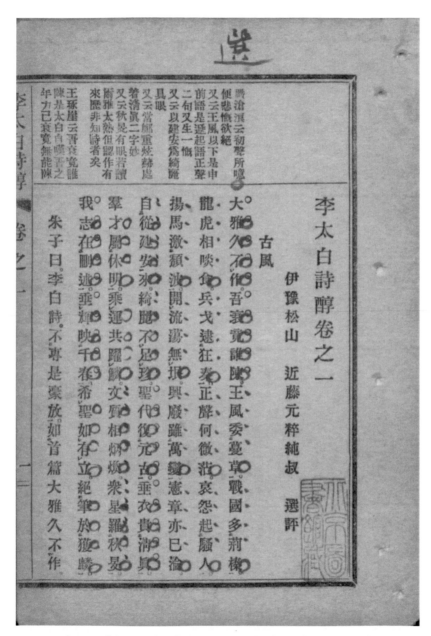

日　近藤元粹《李太白詩醇》明治四十一年（1908）青木松山堂鈴印本

五、《古風》單篇書法作品展示

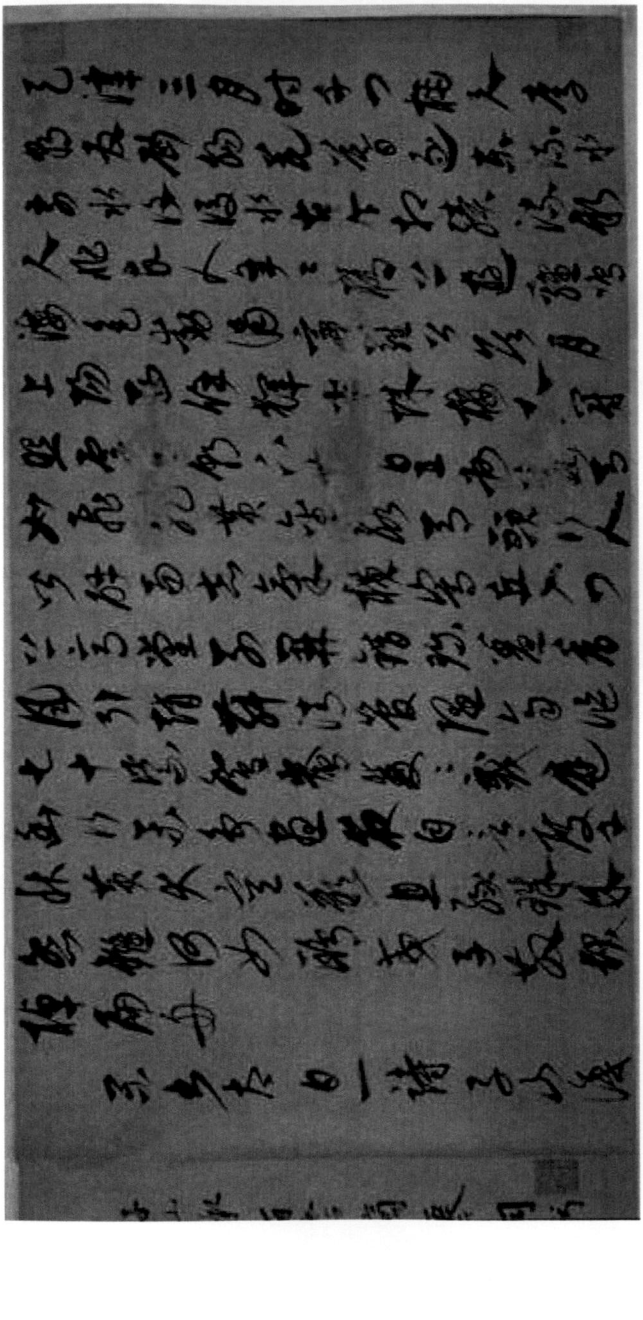

元　康里巎巎　草書《李白古風詩卷》

清　劉墉　古風二首《大雅久不作》《鳳飛九千仞》

唐昌虎書　古風數首

天津三月時千門桃与李朝為斷腸色

暮逐東流水前水復後水古今相續流

新人非舊人年、橋上遊

雞鳴海色動謁帝羅綺簇月落西上陽

餘輝半城樓衣裳晔雲朝下散

皇州鞍馬如飛龍黃金絡馬郎行人皆辟易志氣

橫蒿丘入門上高堂列鼎錯珍羞香風引趙舞

清管隨齊謳詭七十紫鴛鴦戲庭幽行樂爭晝夜

自言歷千秋功成身不退尤古為躭尤黃犬空歎息

綠珠成釁讎何如鴟夷子散髮棹扁舟 戊戌 寶麟

曹寶麟書　古風其十八《天津三月時》

參考文獻

注：參考文獻排序按經史子集，以類相從。古籍各小類按朝代出現先後為序，近現代研究成果以出版時間先後為次。

壹、古籍類

一、經部

1. 〔清〕阮元校刻《十三經注疏》，北京：中華書局，1980 年。
2. 李學勤主編《十三經注疏》（整理本），北京：北京大學出版社，2000 年。
3. 〔魏〕何晏集解，〔梁〕皇侃義疏《論語集解義疏》，清光緒癸巳十九年（1893）上海鴻寶齋石印本。
4. 〔漢〕毛亨傳，〔漢〕鄭玄箋，〔唐〕孔穎達疏，〔唐〕陸德明音釋，朱傑人、李慧玲整理《毛詩注疏》，上海：上海古籍出版社，2013 年。
5. 〔清〕孔廣森著，王豐先點校《大戴禮記補注》，北京：中華書局，2013 年。

二、史部

（一）正史

1. 〔漢〕司馬遷著《史記》，北京：中華書局，2014 年。
2. 〔唐〕魏徵著《隋書》，北京：中華書局，1979 年。

3. 〔後晉〕劉煦等著《舊唐書》，北京：中華書局，2000 年。

4. 〔宋〕歐陽修、宋祁著《新唐書》，北京：中華書局，1975 年。

5. 〔宋〕薛居正等著《舊五代史》，北京：中華書局，2000 年。

6. 〔宋〕歐陽修著，徐無黨注《新五代史》，北京：中華書局，2015 年。

7. 〔元〕脫脫等著《宋史》，北京：中華書局，1977 年。

8. 〔明〕宋濂等著《元史》（百衲本），北京：國家圖書館出版社，2014 年。

（二）編年

1. 〔宋〕司馬光著，〔元〕胡三省音注《資治通鑑》，北京：中華書局，1956 年。

（三）別史、雜史、傳記

1. 〔元〕辛文房著，傅璇琮主編《唐才子傳校箋》，北京：中華書局，1987 年。

2. 周祖譔主編《歷代文苑傳箋證》，南京：鳳凰出版社，2012 年。

（四）地理

1. 〔北魏〕酈道元著，陳橋驛校證《水經注校證》，北京：中華書局，2007 年。

2. 〔唐〕李吉甫著《元和郡縣圖志》，北京：中華書局，1983 年。

3. 〔宋〕樂史著，王文楚等點校《太平寰宇記》，北京：中華書局，2007 年。

（五）詔令、奏議、職官、政書

1. 〔唐〕李林甫等著，陳仲夫點校《唐六典》，北京：北京圖書館出版社，2006 年，影印本。

2. 〔唐〕杜佑著《通典》，北京：北京圖書館出版社，2006 年，影印本。

3. 〔宋〕宋敏求著《唐大詔令集》，北京：中華書局，2008 年。

（六）目錄

1. 〔宋〕晁公武著，孫猛校證《郡齋讀書志校證》，上海：上海古籍出版社，1990 年。

2. 〔宋〕陳振孫著《直齋書錄解題》，北京：中華書局，1985 年。

3. 〔清〕永瑢等著《四庫全書總目提要》，北京：中華書局，1965年。

（七）史評

1. 〔清〕章學誠著，葉瑛校注《文史通義校注》，北京：中華書局，2000 年。

三、子部

（一）儒釋道法

1. 〔宋〕朱熹著，朱傑人等主編，鄭明等校點《朱子全書》（修訂本），上海古籍出版社、安徽教育出版社，2010 年。

（二）類書

1. 〔唐〕歐陽詢編，汪紹楹校《藝文類聚》，上海：上海古籍出版社，2007 年。

2. 〔唐〕白居易著，〔宋〕孔傳續《白孔六帖》，上海：上海古籍出版社，1992 年。

3. 〔宋〕祝穆，〔元〕富大用、祝淵編《事文類聚》，〔清〕文淵閣《四庫全書》本，中國臺灣商務印書館影印。

4. 〔宋〕李昉等編《太平御覽》，北京：中華書局，1960 年。

5. 〔宋〕李昉等著，張國風會校《太平廣記會校》，北京：燕山出版社，2011 年。

6. 〔宋〕王欽若等編修，周勛初等校訂《冊府元龜》（校訂本），南京：鳳凰出版社，2006 年。

7. 〔宋〕王溥著，牛繼清校證《唐會要校證》，西安：三秦出版社，2012 年。

（三）藝術、書畫

1. 〔元〕康里巎巎《歷代名家書法經典》，中國書店，2013 年。

2. 〔清〕方濬頤輯《夢園書畫錄》，清光緒三年（1877），方氏刻本。

（四）小說家

1. 〔唐〕李肇著，常鵬箋《唐國史補校箋》，新北市：花木蘭文化

出版社，2015 年。

2. 〔唐〕劉肅著，許德楠、李鼎霞點校《大唐新語》，北京：中華書局，1984 年。

3. 〔唐〕鄭處誨著，田廷柱點校《明皇雜錄》，北京：中華書局，1997 年。

4. 〔唐〕裴庭裕著，田廷柱點校《東觀奏記》，北京：中華書局，1997 年。

5. 〔唐〕段成式著，許逸民校箋《酉陽雜俎校箋》，北京：中華書局，2015 年。

6. 〔唐〕封演著，趙貞信校注《封氏聞見記校注》，北京：中華書局，2005 年。

7. 〔唐〕蘇鶚著，吳企明點校《蘇氏演義》（外三種），北京：中華書局，2012 年。

8. 〔唐〕李匡文著，吳企明點校《資暇集》，北京：中華書局，2012 年。

9. 〔五代〕王仁裕著，曾貽芬點校《開元天寶遺事》，北京：中華書局，2006 年。

10. 〔五代〕王定保著《唐摭言》，北京：中華書局，1960 年。

11. 〔宋〕王讜著，周勳初校證《唐語林校證》，北京：中華書局，1987 年。

12. 〔宋〕孫光憲著《北夢瑣言》，上海：上海古籍出版社，1981 年。

13. 〔宋〕范祖禹著，白林鵬、陸三強校注《唐鑒》，西安：三秦出版社，2003 年。

14. 〔宋〕葛立方著《韻語陽秋》，上海：上海古籍出版社，1984 年，據上海圖書館藏宋刻本影印原書。

15. 〔宋〕羅大經著《鶴林玉露》，北京：中華書局，1983 年。

四、集部

（一）總集

1. 〔五代〕韋縠輯，〔清〕殷元勳注，宋邦綏補注《才調集補注》，據清乾隆五十八年宋思仁刻本影印原書。

2. 〔宋〕李昉等編《文苑英華》，北京：中華書局，1966 年。

3. 〔宋〕姚鉉編《唐文粹》，光緒庚寅秋九月杭州許氏榆園校刊本。

4. 〔明〕曹學佺編《石倉歷代詩選》，〔清〕文淵閣《四庫全書》本，中國臺灣商務印書館影印。

5. 〔清〕黃宗羲編《明文海》，北京：中華書局，1987 年。

6. 〔清〕王闓運編《唐詩選》，成都：尊經書局，清光緒丙子二年，1876 年。

7. 〔清〕彭定求等編《全唐詩》，北京：中華書局，1960 年。

8. 〔清〕董誥等編《全唐文》，北京：中華書局，1983 年。

9. 〔清〕嚴可均輯《全上古三代秦漢三國六朝文》，北京：中華書局，1958 年。

10. 〔清〕沈德潛選編《古詩源》，北京：中華書局，1963 年。

11. 〔清〕邢昉輯《唐風定》，貴陽：邢氏思適齋，1934 年。

（二）別集

（1）《古風》相關李詩傳本

1. 〔宋〕宋敏求搜集，曾鞏考訂，晏處善刻印，影宋蜀刻本《李太白文集》，別稱兩宋本、宋蜀本、宋甲本、宋乙本。

2. 〔宋〕明鮑松編，咸淳本，正德八年自刻本《李杜全集》八十三卷，內《李翰林集》三十卷。清末劉世珩玉海堂影刻宋咸淳本，乃影刻正德八年本。上海圖書館藏正德八年本。杭州大學藏本有清丁耀元跋，現藏浙江大學圖書館；四川藏本有清趙丕烈批。

3. 〔宋〕當塗本《李翰林集》，與咸淳本為同一系統。

4. 〔宋〕楊齊賢補注，〔元〕蕭士贇刪補《分類補注李太白詩》，四部叢刊本。

5. 〔宋〕楊齊賢補注，〔元〕蕭士贇刪補《分類補注李太白詩》），元建安余氏勤友堂刻明修本。

6. 〔元〕佚名《唐翰林李太白詩集》二十六卷，現中國臺灣「國家圖書館」藏一部四冊。

7. 〔元〕范梈批選，高密鄭鼏編次《李翰林詩》，元刻本，現藏中國臺灣「國家圖書館」。

8. 〔元末明初〕劉履撰，何景春刊刻《風雅翼》，卷十一選詩續編一，明弘治刊本。

9. 〔明〕佚名《唐李白詩》十二卷，嘉靖八年刻本。

10. 〔宋〕楊齊賢補注、〔元〕蕭士贇刪補《分類補注李太白詩文》三十卷，嘉靖二十二年，郭雲鵬寶善堂刻本。

11. 〔明〕李齊芳、潘應詔《李翰林分類詩》八卷，集一卷，6冊，萬曆二年甲戌，李齊芳、潘應詔刻本。

12. 〔明〕佚名《唐翰林李白詩類編》，正德十三年刻本。

13. 〔明〕萬虞愷、勂勳，合刊本《李杜詩集》，嘉靖二十一年壬寅，萬氏刻本。

14. 〔明〕劉世教《李翰林全集》四十二卷，萬曆四十年壬子，《合刻分體李杜全集》本。

15. 〔明〕聞啟祥輯，〔宋〕嚴羽、劉辰翁評點《李杜全集》四十二卷，其中《李太白集》二十二卷，崇禎二年刻本。

16. 〔明〕胡震亨《李詩通》二十一卷，《合刻李杜詩通》六十一卷，清順治七年（1650）朱茂時刻本，南京圖書館藏。

17. 〔明〕張含、楊慎批點《李詩選》，明嘉靖二十四年（1545），張氏家塾刻本。

18. 〔明〕朱諫《李詩選注》，中國國家圖書館藏，明隆慶六年，朱守行刻本。

19. 〔明〕林兆珂《李詩鈔述注》，萬曆年間刻本。

20. 〔明〕玉幾山人《分類補注李太白詩文》，嘉靖二十五年刻本。

21. 〔明〕霏玉齋《分類補注李太白詩》二十五卷，文集五卷。

22. 〔明〕楊齊賢、蕭士贇《李翰林集》，崇禎三年，毛氏汲古閣重修本。

23. 〔明〕佚名《唐李白詩》，嘉靖八年刻本。

24. 〔明〕李文敏、彭祐《分類李太白詩》，是書分類、編次與蕭本同，唯刪其注。

25. 〔明〕梅鼎祚、屠隆集評《李詩鈔評》，《唐二家詩鈔》本。

26. 〔明〕許自昌《分類補注李太白詩》二十五卷，年譜一卷，萬曆中長州許自昌刻本。

27. 〔清〕繆曰芑，孫星衍校《李翰林集》，六冊，康熙五十六年，雙草堂刻本。

28. 〔清〕王琦輯注《李太白文集輯注》，三十六卷，乾隆二十四年（1759），聚錦堂刻本。

29. 〔清〕王琦輯注《李太白文集》，上海掃葉山房本，1914 年。

30. 〔清〕應時、丁谷雲《李詩緯》，康熙四十一年刻本。

31. 〔清〕李調元、鄧在珩《李太白全集》，清乾隆二十九年（1764），清廉學舍刻本。

32. 〔清〕吳隱、劉世珩《李翰林集》，影宋咸淳本。

33. 〔清〕沈寅、朱崐《李詩直解》，鳳棲樓藏板。

34. 〔清〕《李白詩全集》，〔清〕文淵閣《四庫全書》本，中國臺灣商務印書館影印。

35. 〔清〕曹寅、彭定求等輯《全唐詩》，清光緒元年（1875），撫州饒玉成雙峰書屋刻本。

36. 〔清〕笈甫主人《瑤臺風露》，同治七年，桐華舸鈔本。

37. 〔清〕曾國藩編，高鐵郎選校，毛盛炯新評《李白詩選》，上海新華書局，1928 年。

38. 〔清〕沈歸愚選，姚祝蓉音注《音注李太白詩》，中華書局，1939年。

39. 〔日〕近藤元粹，《李太白詩醇》，明治四十一年（1908），青木松山堂鈐印本。

（2）他人別集

1. 〔楚〕屈原著，〔宋〕朱熹集注《楚辭集注》，上海：上海古籍出版社，1979 年。

2. 〔楚〕屈原著，〔宋〕洪興祖撰，白化文等點校《楚辭補注》，北京：中華書局，2015 年。

3. 〔三國魏〕阮籍著，陳伯君校注《阮籍集校注》，北京：中華書局，2012 年。

4. 〔三國魏〕阮籍著，黃節注《阮步兵詠懷詩注》，北京：人民文學出版社，1984 年。

5. 〔三國魏〕阮籍著，季芳集《阮籍〈詠懷詩〉集校、集注、集評》，武漢：武漢大學出版社，2018 年。

6. 〔晉〕左思著，〔民國〕丁福保編《左太沖集》，《漢魏六朝名家集：一百一十種》，上海：掃葉山房，民國四年（1915）。

7. 〔晉〕郭璞著，〔明〕張溥閱《郭弘農集》二卷，《漢魏六朝一百三家集》，金閶徐象橒梓行，明萬曆三十年至明末（1602～1644）。

8. 〔南朝〕謝靈運著，顧紹柏校注《謝靈運集校注》，（中國）臺北：里仁書局，2004 年。

9. 〔南朝〕謝靈運著，張兆勇箋釋《謝靈運集箋釋》，北京：中國社會科學出版社，2017 年。

10. 〔南朝〕謝朓著，曹融南校注集說《謝宣城集校注》，上海：上海古籍出版社，1991 年。

11. 〔唐〕陳子昂著，彭慶生校注《陳子昂集校注》，合肥：黃山書社，2015 年。

12. 〔唐〕王建著，尹占華校注《王建詩集校注》，成都：巴蜀書社，2006 年。

13. 〔唐〕孟郊著，韓泉欣校注《孟郊集校注》，杭州：浙江古籍出版社，2012 年。

14. 〔唐〕杜甫著，〔清〕仇兆鰲注《杜詩詳注》，北京：中華書局，2015 年。

15. 〔唐〕杜甫著，〔清〕楊倫箋注《杜詩鏡銓》，上海：上海古籍出版社，1998 年。

16. 〔唐〕韓愈著，錢仲聯集釋《韓昌黎詩繫年集釋》，上海：上海古籍出版社，1998 年。

17. 〔唐〕元稹著，周相錄校注《元稹集校注》，上海：上海古籍出版社，2011 年。

18. 〔唐〕劉駕著，〔清〕江標編《劉駕詩集》，湖南靈鶼閣刻本，清光緒二十一年（1895）。

19. 〔唐〕姚合著，吳河清校注《姚合詩集校注》，上海：上海古籍出版社，2012 年，

20. 〔唐〕齊己著，王秀林校著《齊己詩集校注》，北京：中國社會科學出版社，2011 年。

21. 〔唐〕鄭谷著，嚴壽澂、黃明、趙昌平箋注《鄭谷詩集箋注》，上海：上海古籍出版社，2009 年。

22. 〔唐〕皮日休著，蕭滌非，鄭慶篤整理《皮子文藪》，上海：上海古籍出版社，2017 年。

23. 〔唐〕聶夷中、杜荀鶴著《聶夷中詩　杜荀鶴詩》，北京：中華書局，1959 年。

24. 〔唐〕李咸用著，〔清〕江標編《唐李推官批沙集》六卷，《唐詩百名家全集》，洞庭席氏（席素威）琴川書屋，清康熙四十一年（1702）刻本，清光緒八年（1882）後印。

25. 〔唐〕貫休著，陸永峰校注《禪月集校注》，成都：巴蜀書社，2016 年。

26. 〔唐〕張祜著，尹占華校注《張祜詩集校注》，成都：巴蜀書社，2007 年。

27. 〔南唐〕李中著《碧雲集》，《唐詩百名家全集》，洞庭席氏（席素威）琴川書屋，清康熙四十一年（1702）刻本，清光緒八年（1882）後印。

28. 〔宋〕田錫著，羅國威校點《咸平集》，成都：巴蜀書社，2008 年。

29. 〔宋〕蘇軾著，〔清〕馮應榴輯注，黃任軻，朱懷春校點《蘇軾詩集合注》，上海：上海古籍出版社，2001 年。

30. 〔宋〕方回著《桐江集》，宛委別藏本，南京：江蘇古籍出版社，1988 年。

31. 〔宋〕釋契嵩著，林仲湘，邱小毛校注《鐔津文集校注》，成都：巴蜀書社，2014 年。

32. 〔宋〕王安石著《臨川先生文集》，北京：中華書局，1959 年。

33. 〔宋〕朱熹著，郭齊、尹波點校《朱熹集》，成都：四川教育出版社，1996 年。

34. 〔宋〕王令著《王令集》，上海：上海古籍出版社，1980 年。

35. 〔宋〕司馬光著，李之亮箋注《司馬溫公集編年箋注》，成都：巴蜀書社，2009 年。

36. 〔宋〕王銍著《雪溪集》，〔清〕文淵閣《四庫全書》本，中國臺灣商務印書館影印。

37. 〔宋〕劉克莊著《後村先生大全集》，成都：四川大學出版社，2008 年。

38. 〔宋〕劉敞著《公是集》，北京：中華書局，1985 年。

39. 〔宋〕史浩著《鄮峰真隱漫錄》，〔清〕文淵閣《四庫全書》本，中國臺灣商務印書館影印。

40. 〔宋〕蘇軾著，李之亮箋注《蘇軾文集編年箋注》（詩詞附），
成都：巴蜀書社，2011 年。

41. 〔宋〕陸游著，錢仲聯校注《陸游全集校注》，杭州：浙江教育
出版社，2011 年。

42. 〔元〕趙孟頫著，〔清〕曹培廉校《趙文敏公松雪齋全集》，光
緒八年（1882），湖南洞庭楊氏刻本。

43. 〔明〕屠隆著《屠緯真先生集》，明李氏友愛堂刻本。

44. 〔明〕尹臺著《洞麓堂集》，〔清〕文淵閣《四庫全書》本，中
國臺灣商務印書館影印。

45. 〔明〕劉繼善著《掩關集》，清道光十九年世德堂刻本。

46. 〔明〕孫永祚著《雪屋集》，明崇禎古嘯堂刻本。

47. 〔明〕王九思著《渼陂集》，明嘉靖十二年王獻等刻，二十四年
翁萬達續刻，崇禎十三年張宗孟修補本。

48. 〔明〕王世貞著《弇州山人四部續稿》，明萬曆間王氏世經堂刻
本。

49. 〔明〕楊榮著《文敏集》，〔清〕文淵閣《四庫全書》本，中國
臺灣商務印書館影印。

50. 〔明〕余有丁著《余文敏公文集》，明萬曆刻本。

51. 〔明〕謝肇淛著《小草齋集》，明萬曆刻本。

52. 〔明〕夏言著《桂洲詩集》，明嘉靖二十五年刻本。

53. 〔明〕夏尚樸著《東巖詩集》，明嘉靖四十五年斯正刻本。

54. 〔明〕徐有貞著《武功集》，〔清〕文淵閣《四庫全書》本，中
國臺灣商務印書館影印。

55. 〔明〕李夢陽著《空同集》，〔清〕文淵閣《四庫全書》本，中
國臺灣商務印書館影印。

56. 〔明〕顧清著《東江家藏集》，〔清〕文淵閣《四庫全書》本，
中國臺灣商務印書館影印。

57. 〔明〕邵寶著《容春堂集》，〔清〕文淵閣《四庫全書》本，中
國臺灣商務印書館影印。

58. 〔明末清初〕朱鶴齡著《愚庵小集·傳家質言》，〔清〕文淵閣
《四庫全書》本，中國臺灣商務印書館影印。

59. 〔明末清初〕錢謙益著，錢仲聯標校《牧齋有學集》，上海：上
海古籍出版社，1996 年。

60. 〔清〕陳恭尹著《獨漉堂文集》，清道光五年，陳量平刻本。

61. 〔清〕汪學金著《靜厓詩稾》，清乾隆刻，嘉慶增修本。

62. 〔清〕汪泉著《隨山館稿》，清光緒刻，隨山館全集本。

63. 〔清〕張之洞著，龐堅點校《張之洞詩文集》（增訂本）上海：上海古籍出版社，2015 年。

64. 〔清〕陳樽著《古衡山房詩集》，清刻本。

65. 〔清〕孫治著《孫宇臺集》，清康熙二十三年，孫孝楨刻本。

66. 〔清〕馮詢著《子良詩存》，清刻本。

67. 〔清〕顧光旭著《響泉集》，清宣統刻本。

68. 〔清〕顧景星著《白茅堂集》，清康熙刻本。

69. 〔清〕郭尚先著《增默庵詩遺集》，清光緒十六年刻，吉雨山房全集本。

70. 〔清〕謝啟坤著《樹經堂詩初集》，清嘉慶刻本。

（三）《古風》相關詩話、詩文評

1. 〔唐〕皎然著，李壯鷹校注《詩式校注》，北京：人民文學出版社，2003 年。

2. 〔唐〕孟棨著《本事詩》，上海：古典文學出版社，1957 年。

3. 〔宋〕姚鉉編《唐文粹》，光緒庚寅秋九月，杭州許氏榆園校刊本。

4. 〔宋〕真德秀編《文章正宗》，〔清〕楊仲興刊刻，清乾隆三十三年（1768）重刻本。

5. 〔宋〕劉克莊著《後村先生大全集》，上海涵芬樓景印舊鈔本，《四部叢刊》初編本。

6. 〔宋〕劉克莊著《後村詩話》，北京：中華書局，1983 年。

7. 〔宋〕計有功編，王仲鏞校箋《唐詩紀事校箋》，北京：中華書局，2007 年。

8. 〔宋〕吳沆著《環溪詩話》，北京：中華書局，1985 年。

9. 〔宋〕朱熹著《詩集傳》，上海：上海古籍出版社，1958 年。

10. 〔宋〕嚴羽著，郭紹虞校釋《滄浪詩話校釋》北京：人民文學出版社，1961 年。

11. 〔元〕劉履編《風雅翼》，何景春刊刻，明弘治刊本。

12. 〔明〕高棅編《唐詩品彙》，明汪宗尼校訂本，影刻本。

13. 〔明〕陸時雍《唐詩鏡》，〔清〕文淵閣《四庫全書》本，中國臺灣商務印書館影印。

14. 〔明〕陸時雍著，李子廣評注《詩鏡總論》，北京：中華書局，2014 年。

15. 〔明〕唐汝詢撰，吳昌祺刪訂《刪訂〈唐詩解〉》，清康熙四十年（1701）誦懿堂陳咸和刻本。

16. 〔明〕吳訥《文章辨體》，明嘉靖三十四年刊本。

17. 〔明〕鍾惺撰，譚元春選定《唐詩歸》，萬曆四十五年（1617）刻本。

18. 〔明〕胡震亨著《唐音癸籤》，上海：上海古籍出版社，1981 年。

19. 〔明〕胡應麟著《詩藪》，上海：上海古籍出版社，1979 年。

20. 〔清〕沈德潛《唐詩別裁集》，上海：掃葉山房，1912 年，石印本。

21. 〔清〕宋宗元《網師園唐詩箋》十八卷，清乾隆三十二年（1767），尚網堂刻本。

22. 〔清〕官世銘《讀雪山房唐詩序例》，清光緒十二年（1886），湖北官書處刻本。

23. 〔清〕潘德輿《養一齋李杜詩話》附《李杜詩話》，《清詩話續編》本。

24. 〔清〕愛新覺羅‧弘曆《御選唐宋詩醇》，清光緒七年（1881），浙江書局刻本。

25. 〔清〕曾國藩著，王啟原編輯《求闕齋讀書錄》，清光緒二年（1876），傳忠書局刻本。

26. 〔清〕趙翼著《甌北詩話》，北京：人民文學出版社，2013 年。

27. 〔清〕汪師韓著《詩學纂聞》，上湖遺集本（乾隆刻）。

28. 〔清〕袁枚著《隨園詩話》，北京：人民文學出版社，1960 年。

29. 〔清〕路德著《檉華館雜錄》，清光緒七年解梁刻本。

30. 〔清〕馮班著，〔清〕何焯評，李鵬點校《鈍吟雜錄》，北京：中華書局，2013 年。

31. 〔清〕楊繩武著《鍾山書院規約》，清昭代叢書本。

32. 〔清〕陳沆著《詩比興箋》，上海：上海古籍出版社，1981年。

33. 〔清〕沈德潛著《唐詩別裁集》，上海：上海古籍出版社，1979年。

34. 〔清〕陳廷焯著，屈興國校注《白雨齋詞話足本校注》，濟南：齊魯書社，1983年。

35. 〔清〕趙翼著，江守義、李成玉校注《甌北詩話校注》，北京：人民文學出版社，2013年。

36. 丁福保輯《清詩話》，上海：上海古籍出版社，1978年。

37. 郭紹虞編選，富壽蓀校點《清詩話續編》，上海：上海古籍出版社，2016年。

38. 何文煥輯《歷代詩話》，北京：中華書局，1981年。

39. 丁福保輯《歷代詩話續編》，北京：中華書局，1983年。

40. 〔日〕遍照金剛《文鏡秘府論校注》，北京：人民文學出版社，1975年。

貳、近今人資料匯編

一、李白資料彙編

1. 裴斐，劉善良編《李白資料彙編》（金元明清之部），北京：中華書局，1994年。

2. 金濤聲，朱文採編《李白資料彙編》（唐宋之部），北京：中華書局，2007年。

3. 朱玉麒、孟祥光編《李白研究論著目錄》，北京：國家圖書館出版社，2015年。

4. 李白研究學會《李白研究論叢》（1987年、1990年），成都：巴蜀書社。

5. 中國李白研究學會，馬鞍山李白研究所編《中國李白研究》（2005、2009、2012～2015、2016年集），合肥：黃山書社。

6. 中國李白研究會主辦《李白學刊》（第一輯），上海：三聯書店，1989年。

二、其他

1. 中國古籍善本書目編輯委員會《中國古籍善本書目》，上海：上海古籍出版社，1989 年。

2. 陳尚君輯校《全唐詩補編》，北京：中華書局，1992 年。

3. 曹道衡，沈玉成編撰《中國文學家大辭典》，北京：中華書局，1992 年。

4. 中國科學院圖書館整理《續修四庫全書總目提要》，北京：中華書局，1993 年。

5. 傅璇琮等主編《全宋詩》，北京：北京大學出版社，1998 年。

6. 陳伯海、查清華等《歷代唐詩論評選》，保定：河北大學出版社，2003 年。

7. 孫琴安《唐詩選本提要》，上海：上海書店出版社，2005 年。

8. 紀寶成《清代詩文集彙編》，上海：上海古籍出版社，2010 年。

9. 周勛初主編《唐人軼事彙編》，上海：上海古籍出版社，2015 年。

10. 陳伯海《唐詩彙評》（增訂本），上海：上海古籍出版社，2015 年。

11. 沈乃文主編《明別集叢刊》，合肥：黃山書社，第一輯，2013 年；第二至五輯，2016 年。

12. 張宏生，於景祥《中國歷代唐詩書目提要》，瀋陽：遼海出版社，2017 年。

參、近現代《古風》相關研究成果

一、專著類

1. 〔唐〕李白著，瞿蛻園、朱金城校注《李白集校注》，上海：上海古籍出版社，1980 年。

2. 〔唐〕李白著，詹鍈主編《李白全集校注彙釋集評》，天津：百花文藝出版社，1996 年。

3. 〔唐〕李白著，安旗主編《李白全集編年箋注》，北京：中華書局，2015 年。

4. 王紅霞《宋代李白接受史》，上海：上海古籍出版社，2010 年。

5. 王友盛《唐宋詩史論》，上海：上海古籍出版社，2006 年。

6. 詹鍈《李白詩文繫年》，李白《古風五十九首》集說，北京：人民文學出版社，1984 年。

7. 劉憶萱，管士光《李白新論》，太原：山西人民出版社，1987 年。第八章《李白的古風五十九首》。

8. 康懷遠《李白論探》，西安：陝西人民教育出版社，1993 年。第一編　第八　論李白《古風五十九首》。

9. 孟修祥《謫仙詩魂》，武漢：湖北人民出版社，1996 年。第十章　諷喻精神與良知的激情　一、「殷后亂天紀　楚懷亦已昏」：政治詩的鋒芒所向　二、「大雅久不作　吾衰竟誰陳」：政治諷喻的內驅力。

10. 楊文雄《李白詩歌接受史》，(中國)臺北：五南圖書出版公司，2000 年。第四章第二節　大雅久不作　吾衰竟誰陳——李白對《詩經》的接受。

11. 周勳初《李白評傳》，南京：南京大學出版社，2005 年。第五章　李白的創作　第四節　李白的古風組詩。

12. 郁賢皓《李白與唐代文史考論》，南京：南京師範大學出版社，2008 年。第二卷　李白論稿　第一章　論李白《古風》五十九首。

二、論文類

（一）期刊論文

1. 朱偰《李白古風之研究》，《圖書月刊》第 1 卷第 6 期，1941 年 9 月，見《李白研究論文集》，1941 年，第 57～66 頁。

2. 俞平伯《李白〈古風〉第一首解析》，《文學遺產(增刊)》第七輯，1959 年，第 95～103 頁。

3. 黃瑞雲《說李白的古風》，《湘潭大學學報(哲學社會科學版)》，1980 年，第 2 期，第 101～108 頁。

4. 陳力《從一首詩看唐代對南詔的用兵——讀李白〈古風〉(三十四)》，《大理學院學報》，1980 年，第 2 期，第 27～30 頁。

5. 房日晰《論李白的〈古風〉》，《西北大學學報(哲學社會科學版)》，1983 年，第 3 期，第 101～107 頁。

6. 王運熙《李白〈古風(其一)〉篇中的兩個問題》，該文原載《文

學遺產》（增刊）第 7 輯，《天府新論》，1988 年，第 1 期，第
83～88 頁，後收入論著《論詩詞曲雜著》，上海古籍出版社，
1983 年，第 83～88 頁。

7. 喬象鍾《李白〈古風〉考析》，《文學遺產》，1984 年，第 3 期，
第 13～27 頁。

8. 張明非《試論李白〈古風〉》，《廣西師範大學學報（哲學社會科
學版）》，1985 年，第 4 期，第 1～8 頁。

9. 雷應行《李白〈古風〉（其十九）淺析》，《蘇州教育學院學刊》，
1987 年，第 2 期，第 20～21 頁。

10. 梁德林《李白《古風》其八創作旨意辨》，《廣西師院學報》，1988
年，第 9 卷第 1 期，第 57～59 頁。

11. 郁賢皓《李白〈古風〉五十九首芻議》，《中國文學研究》，1989
年，第 4 期，第 3～11 頁。本文後收入《李白與唐代文史考論》
（第二卷），南京師範大學出版社，2008 年 1 月，第 381～398
頁，題作《論李白〈古風五十九首〉》。

12. 奉光洲《桃花的諷詩　蒼松的贊歌──簡析李白古風四十七
〈桃花開東園〉》《四川職業技術學院學報》，1989 年，第 2 期，
第 31～32 頁。

13. 鄭文《李白〈古風五十九首〉中的十二首創作時間之我見》，《社
科縱橫》，1991 年，第 4 期，第 36～42 頁。

14. 富康年《李白〈古風〉第一首箋議》，《甘肅教育學院學報》（社
會科學版）1993 年，第 3 期，第 20～24 頁。

15. 楊國安《李白〈古風〉五十九首的美學特徵與古代文學傳統》，
《解放軍外語學院學報》，1993 年，第 1 期，第 70～76 頁。

16. 陶新民《論李白〈古風五十九首〉的用典》，《大連大學學報》，
1994 年，第 2 期，第 219～224 頁。

17. 喬長阜《李白〈古風五十九首〉（其三十四）和〈別內赴徵三首〉
的本事及寫作時間新探》，《江蘇廣播電視大學學報》，1997 年，
第 3 期，第 29～32 頁。

18. 馬道衡、王建華《試論李白〈古風〉的批判意識》，《晉中師專
學報》，1998 年，第 2 期，第 7～9 頁。

19. 楊海健《〈古風五十九首〉的來源與集成》，《北京圖書館館刊》，
1999 年，第 1 期，第 90～94 頁，第 119 頁。

20. 李國文《大雅久不作》，《文學自由談》，2001 年，第 4 期，第

41～50 頁。

21. 王運熙《李白文學思想的復古色彩》,《瀋陽師範大學學報（社會科學版）》,2003 年,第 2 期,第 1～3 頁。

22. 袁行霈《李白〈古風〉（其一）再探討》,《文學評論》,2004 年,第 1 期,第 59～65 頁。

23. 張中城《爭奇鬥艷　各出機杼——李白〈古風〉（其三）和李賀〈秦王飲酒〉比較欣賞》,《名作欣賞》,2005 年,第 2 期,第 29～32 頁。

24. 林繼中《大雅正聲——「盛世文學」的支點》,《文藝理論研究》,2006 年,第 5 期,第 71～76 頁。

25. 劉紹瑾、劉少曼《李白「復元古」美學思想辯證》,《雲夢學刊》,2006 年,第 3 期,第 98～100 頁。

26. 李艷麗《淺論李白古風詩中的神話》,《淮南師範學院學報》,2006 年,第 5 期,第 36～38 頁。

27. 李華安《天才的個體　善哭之人——李白〈古風〉與叔本華人生哲學比較之一》,《赤峰學院學報》,2006 年,第 3 期,第 35～36 頁。

28. 李華安《自欺欺人式的希望　攀摘彩虹——李白〈古風〉與叔本華人生哲學比較之二》,《赤峰學院學報》,2006 年,第 4 期,第 12～13 頁。

29. 李華安《未來　過去　感受　認知　過人之處——李白〈古風〉與叔本華人生哲學比較之三》,《赤峰學院學報》,2006 年,第 5 期,第 24～25 頁,第 78 頁。

30. 萬德敬《從〈古風五十九首〉看李白的內心世界》,《運城學院學報》,2006 年,第 3 期,第 41～43 頁。

31. 赫維《李白〈古風〉對先秦文學美學思想的傳承》,《黑龍江科技信息》,2008 年,第 20 期,第 181、50 頁。

32. 丁潤選《淺析〈古風〉中李白的莊騷思想》,《語文教學與研究》,2008 年,第 9 期,第 70 頁。

33. 張小波《飄逸飛昇遊仙境　沉鬱關切憂苦難：李白〈古風（其十九）〉賞析》《閱讀與鑒賞（教研版）》,2008 年,第 7 期,第 49 頁。

34. 張雲鶴等《龐德對李白〈古風〉詩詞誤譯的另一種解讀》,《遼寧工業大學學報》,2009 年,第 2 期,第 71～74 頁。

35. 王金玉、王伶俐、李海峰《論李白思想的複雜性——基於〈古風〉五十九首為中心》,《語文學刊》,2009 年,第 10A 期,第 13～15 頁。

36. 錢志熙《論李白〈古風〉五十九首的整體性》,《文學遺產》,2010 年,第 1 期,第 24～32 頁。

37. 吉文斌《李白〈古風型詩〉的本體考究——從作品著錄及詩題命名情況入手》,《名作欣賞》,2010 年,第 9 期,第 27～29 頁。

38. 田文進《李白詩論研究——以〈古風〉為中心》,《青年文學家（上半月）》,2010 年,第 12 期,第 35 頁。

39. 孫傑《〈古風五十九首〉略探——成就李白詩名的扛鼎之作》,《理論界》,2011 年,第 7 期,第 124～125 頁。

40. 黎中元《千載風塵困鳳凰——從〈古風五十九首〉（其四）看李白的入世思想》,《高中生之友》,2011 年 10 月下半月刊,第 28～29 頁。

41. 劉寧《「質文相救」與李白〈古風〉其一的解讀》,《文學遺產》網絡版,2012 年,第 2 期,後收入《唐宋詩學與詩教》一書,中國社會科學出版社,2012 年,第 67～78 頁。

42. 薛天緯《聖代復元古　大雅振新聲——李白〈古風〉（其一）再解讀》,《江淮論壇》,2012 年,第 1 期,第 143～148 頁。

43. 林英德《李白〈古風〉五十九首探源——以〈文選〉為中心》,《重慶師範大學學報》,2012 年,第 2 期,第 72～78 頁。

44. 馬智鴻《李白莊騷兼具的思想：從〈古風〉（十九）試析》《快樂閱讀（下旬刊）》,2012 年,第 7 期,第 127 頁。

45. 廖文華《李白〈古風〉「遊仙詩」中的神仙形象及其刻畫藝術》,《欽州學院學報》,2013 年,第 12 期,第 32～35 頁。

46. 程紫丹《李白〈古風〉（其一）繫年新辨》,《綿陽師範學院學報》,2013 年,第 7 期,第 13～16 頁。

47. 李如雪《論李白〈古風〉五十九首揭露的社會現實》,《科學中國人》,2014 年,第 16 期,第 128 頁。

48. 胡遠遠《從〈古風〉看李白的現實主義精神》,《佳木斯教育學院學報》,2014 年,第 1 期,第 108～109 頁。

49. 繆曉靜《李白〈古風〉其一「我志在刪述」解》,《文史知識》,2014 年,第 10 期,第 46～51 頁。

50. 陳建森《從〈古風〉五十九首看李白詩歌的「穿越」之「思」》，《玉林師範學院學報》，2015 年，第 6 期，第 3～6 頁。

51. 谷莉莉《從〈古風〉（其十九）談李白莊、屈兼具的思想》，《語文天地》，2015 年，第 7 期，第 62～63 頁。

52. 陳尚君《李白詩歌文本多歧狀態之分析》，二「《古風五十九首》之討論」，《學術月刊》，2016 年，第 5 期，第 110～120 頁。

53. 劉曙初《詩仙之問——論李白〈古風五十九首〉中的問句》，《華中學術》，2016 年，第 13 輯，第 54～62 頁。

54. 周俊玲《李白〈古風〉詩敘事藝術研究》，《名作欣賞》，2017 年，第 11 期，第 122～124、137 頁。

55. 孫尚勇《論李白文學思想的一個側面——以〈古風·大雅久不作〉為中心》，《復旦學報》（社會科學版），2018 年，第 3 期，第 96～104 頁。

56. 張嘯《李白〈古風（西上蓮花山）〉中的天人關係論》，《文學教育》（上），2018 年，第 10 期，第 185～186 頁。

（二）會議論文，論文集

1. 韓崢嶸《略論李白的〈古風五十九首〉》，《吉林大學文學論文集》，1962 年，第 1～20 頁。

2. 田南池《試論李白〈古風〉五十九首的繼承與革新》，《唐代文學論叢》總第六輯，1985 年，第 56～69 頁。

3. 王運熙《李白的文學批評》，原載《李白學刊》，1989 年，第 1 輯，見《20 世紀李白研究論文精選集》，中國李白研究會，馬鞍山李白研究所合編，太白文藝出版社，2000 年，第 768～781 頁。

4. 詹福瑞《李白《古風》其四十六試解》，《李白學刊（第二輯）》，1989 年，第 168～174 頁。

5. 賈晉華《李白〈古風〉新論》，《中國李白研究》，1991 年，第 130～140 頁。

6. 〔香港〕韋金滿《淺談李白〈古風五十九首〉的形式美》，《唐代文學研究》，2004 年，第 239～247 頁。

7. 閻琦《李白〈古風〉其一「大雅久不作」漫議》，原刊於《中國李白研究》，2008 年，見閻琦《識小集》，三秦出版社，2011 年，第 142～147 頁。

8. 劉勉《李白〈古風〉的分期與風格》,《中國李白研究》,2008年集,黃山書社,2008年10月,第198～209頁。

9. 李偉《李白〈古風〉其一新解》,《中國詩歌研究》第六輯,中華書局,2010年,第197～208頁。

10. 薛天緯《李白的文學觀與歷史觀——關於〈古風〉其一的再討論》,《中國李白研究》,2012年集,第121～131頁。

11. 嚴寅春《本欲遊仙去,奈何世事牽——讀李白《古風》「西上蓮花山」》,《中國李白研究》,2012年集,第176～180頁。

12. 張紅星《〈古風五十九首〉韻律分析》,《中國李白研究》,2013年集。

13. 閻琦《關於李白〈草堂集〉的編輯及其「古風」命名的斷想》,《中國李白研究》,2013年集,黃山書社,2014年2月,第69～84頁。

14. 薛天緯《關於〈古風五十九首〉研究的三個問題》,《中國李白研究》,2013年集,黃山書社,2014年2月,第85～93頁。

15. 阮堂明《〈太白何蒼蒼〉繫年與李白相關行跡求是》,《中國李白研究》,2013年集,黃山書社,第135～148頁。

16. 繆曉靜《李白古風組詩題名、編纂情況考述》,《中國李白研究》,2014年集,黃山書社,2014年9月,第107～115頁。

17. 梁森《李白〈古風〉其一旨意解說述評》,《中國李白研究》,2014年集,黃山書社,2014年9月,第93～106頁。

18. 劉鎧齊《〈古風〉五十九首回合成一篇大文字——〈瑤臺風露〉評點對當代李白〈古風〉五十九首研究的新啟示》,《李白文華高端論壇論文資料集》,2018年10月,第241～251頁。

(三)學位論文

1. 〔韓〕申夏閏《李白〈古風〉五十九首研究》,北京大學(博士學位論文),1998年。

2. 〔(中國)臺灣〕鍾雪萍《李白〈古風五十九首〉之研究》,東吳大學(碩士學位論文),1984年。

3. 〔(中國)臺灣〕呂明修《李白〈古風〉五十九首研究》,輔仁大學(碩士學位論文),1991年。

4. 〔韓〕姜必任《李白〈古風〉59首研究》,北京大學(碩士學位論文),1995年。

5. 〔韓〕李鍾漢《李白、杜甫、韓愈的論詩史詩比較研究：以〈古風〉〈偶題〉〈薦士詩〉為中心》，北京大學（碩士學位論文），1998 年。

6. 楊海健《李白〈古風〉五十九首探索》，首都師範大學（碩士學位論文），1999 年。

7. 〔（中國）臺灣〕費泰然《李白〈古風五十九首〉修辭藝術研究》玄奘大學，2005 年。

8. 〔（中國）臺灣〕歐玉珍《李白〈古風〉五十九首研究》玄奘大學，2006 年。

9. 〔（中國）臺灣〕丁符源《李白〈古風五十九首〉思想研究》玄奘大學，2011 年。

10. 〔（中國）臺灣〕魏鈴珠《李白〈古風五十九首〉思想研究》玄奘大學，2011 年。

11. 〔（中國）臺灣〕李文宏《概念隱喻理論與詩文分析之運用——以李白古風五十九首為例》東海大學，2012 年。

12. 〔（中國）臺灣〕黃志光《李白〈古風五十九首〉篇章結構探析》東吳大學，2013 年。

（四）海外研究

1. 〔日〕豐田穰《李白與陳子昂》，《唐詩研究》養德社，1948 年。

2. 〔日〕大野實之助《李白的古風五十九首》，《中國文學研究》，1953 年。

3. 〔日〕鈴木修次《關於李白詩歌淵源的考察》，《漢文學會會報》，1963 年，第 22 期，（收入《唐代詩人論》一書）。

4. 〔日〕松浦友久《李白的思考形態（上）——以〈古風五十九首〉為中心》，《中國古典研究》，1970 年，第 17 期。

5. 〔日〕寺尾剛《關於李白〈古風五十九首〉中的諷喻表現——以比喻論為中心》，《中國李白研究》，1990 年，第 137～152 頁。

6. 〔韓〕徐盛等有《李白〈古風〉五十九首集解（2）》，《中國學論叢》，2013 年，第 42 期。

7. 〔韓〕趙成千等《李白〈古風〉五十九首集解（3）》，《中國學論叢》，2013 年，第 23 期。

8. 〔美〕厄內斯特・費諾羅薩（Emest Francisca Fenollosa）的 19 首遺稿中有 14 首《古風》。

9. 〔美〕愛滋拉・龐德（Ezra Pound）《神州集》（Cathay），1915 年。

10. 〔英〕阿瑟・韋利（Arthur Waley）《一百七十首中國古詩選譯》（170 Chinese Poems）1919 年。

11. 〔英〕阿瑟・韋利（Arthur Waley）《詩人李白》（The Poet Li Po A. D. 701～762），1919 年。

12. 〔英〕休・斯廷森（Hugh M. Stimson），《唐詩五十五首講解》（Fifty-five Tang Poems），紐黑文（New Haven）：耶魯大學出版社，1976 年。

13. 〔俄〕謝・托羅普采夫（Сергей АркаДьевич Торогщев），《李白古風五十九首》。

14. 〔俄〕А.Е.盧基揚諾夫（А. Е. Лукъянов），《李白的哲學詩歌宇宙》。

肆、李白其他相關研究

一、專著類

1. 李守章《李白研究》，上海：上海新宇宙書店，1930 年。

2. 戚惟翰編著《李白研究》，北京：中華書局，1948 年。

3. 孫殊青《李白詩論及其他》，武漢：長江文藝出版社，1957 年。

4. 詹鍈《李白詩論叢》，北京：作家出版社，1957 年。

5. 黃錫珪《李太白年譜》，北京：作家出版社，1958 年。

6. 王運熙《李白研究》，北京：作家出版社，1962 年。

7. 郭沫若《李白與杜甫》，北京：人民文學出版社，1972 年。

8. 王伯祥《增訂李太白年譜》，成都：四川人民出版社，1981 年。

9. 安旗，薛天緯《李白年譜》，濟南：齊魯書社，1982 年。

10. 郁賢皓《李白叢考》，西安：陝西人民出版社，1882 年。

11. 詹鍈《李白詩文繫年》，北京：人民文學出版社，1984 年。

12. 安旗《李白研究》，西安：西北大學出版社，1987 年。

13. 詹鍈《李白詩選譯》，成都：巴蜀書社，1991 年。

14. 郁賢皓（主編）《李白大辭典》，南寧：廣西教育出版社，1995年。

15. 〔日〕松浦友久著，劉維治、尚永亮、劉崇德譯《李白的客寓意識及其詩思──李白評傳》，北京：中華書局，2001年。

16. 葛景春《李白研究管窺》，保定：河北大學出版社，2002年。

17. 周勛初《李白研究》，武漢：湖北教育出版社，2003年。

18. 郁賢皓編選《李白集》，南京：鳳凰出版社，2006年。

19. 郁賢皓《李白與唐代文史考論》，南京：南京師範大學出版社，2008年。

20. 呂華明、程安庸、劉金平《李太白年譜補正》，北京：中華書局，2012年。

21. 王輝斌《李白研究新探》，合肥：黃山書社，2013年。

22. 郁賢皓《李太白全集校注》，南京：鳳凰出版社，2015年。

二、論文類

（一）期刊論文

1. 詹鍈《李白集板本敘錄》《浙江大學文學院集刊》，1943年，第3期（後收入《李白詩論叢》）。

2. 郁賢皓《李白研究中的幾個問題》，《南京師大學報》，1984年，第4期。

3. 韓維祿《李白「五世為庶」當為李建成玄孫解》，《山西師大學報》，1988年，第1期。

4. 詹鍈《宋蜀本〈李太白文集〉的特點及其優越性》，《文學遺產》，1988年，第2期。

5. 葛曉音《論李白樂府的復與變》，《文學評論》，1995年，第2期。

6. 王輝斌《建國以來李白研究述要》，《齊魯學刊》，1995年，第3期。

7. 〔日〕鈴木修次《李白詩歌的傳承及版本論考》，《天府新論》，1998年，第4期。

8. 戴偉華《李白待詔翰林及其影響考述》，《文學遺產》，2003年，第3期。

9. 梁森《李白「清真」詩風探源》,《中州學刊》,2005 年,第 5 期。

10. 劉紹瑾、劉少曼《李白「復元古」美學思想辯正》,《雲夢學刊》,2006 年,第 3 期。

11. 葛景春《論李杜五言古詩之嬗變》,《中州學刊》,2006 年,第 5 期。

12. 張海鷗,譽高槐《李白詩歌在唐五代時期的經典形成》,《中山大學學報》,2008 年,第 2 期。

13. 張瑞君《李白待詔翰林和出宮原因探微》,《清華大學學報》,2011 年,第 3 期。

14. 張淑華《李白詩歌在宋代的接受》,《江西社會科學》,2013 年,第 10 期。

15. 鄧小軍《李白從璘之前前後後》,《北京大學學報》,2015 年,第 5 期。

16. 譽高槐、廖宏昌《從〈風雅翼〉看宋元理學「新文統」影下的李白詩接受》,《廣東社會科學》,2016 年,第 2 期。

17. 郝潤華、莫瓊《明代李白詩選注評點本考錄》,《歷史文獻研究》,2017 年,第 2 期。

18. 韓文濤《李白詩文飛鳥意象探析》,《中國文學研究(輯刊)》,2017 年,第 2 期。

19. 詹福瑞《唐宋時期李白詩歌的經典化》,《文學遺產》,2017 年,第 5 期。

20. 馬麗娜《李白的論詩篇章與論詩詩的形成》,《文藝評論》,2017 年,第 6 期。

21. 楊凱《李白詩歌在英語世界的譯介與經典化歷程》,《南京師範大學文學院學報》,2017 年,第 3 期。

22. 羅時進《李白「薄聲律」本義與「將復古道」的詩學實踐》,《文學評論》,2017 年,第 2 期。

23. 董乃斌《李白與詩史》,《文史雜誌》,2018 年,第 3 期。

24. 錢志熙《論唐代格式、復古兩派詩論的形成及其淵源流變》,《中國高校社會科學》,2018 年,第 5 期。

25. 傅修海《對影成三人:郭沫若、李白與杜甫的互文寫作——重讀郭沫若〈李白與杜甫〉》,《文學評論》,2019 年,第 1 期。

（二）會議論文，論文集，集刊

1. 王運熙《李白的文學批評》，《李白學刊》，1989 年，第 1～12 頁。

2. 郁賢皓《建國以來李白研究概述》，《李白學刊》，1989 年，第 258～285 頁。

3. 濮禾章《述〈李詩緯〉》，《李白學刊》，1989 年，第 251～258 頁。

（三）學位論文

1. 舒仕斌《晚唐古風詩人群體研究》，廈門大學（碩士學位論文），2002 年 4 月。

2. 王紅霞《宋代李白接受史》，四川師範大學（博士學位論文），2010 年 5 月。

3. 宮立華《李白五古研究》，江西師範大學（碩士學位論文），2011 年 5 月。

4. 徐小潔《朱諫〈李詩選注辯疑〉研究》，河北大學（博士學位論文），2011 年 6 月。

伍、周邊其他研究論著

一、專著

1. 尚永亮（師）《莊騷傳播接受史綜論》，北京：文化藝術出版社，2000 年。

2. 尚永亮（師）《貶謫文化與貶謫文學：以中唐元和五大詩人之貶及其創作為中心》，蘭州：蘭州大學出版社，2004 年。

3. 尚永亮（師）《唐代詩歌的多元觀照》，武漢：湖北人民出版社，2005 年。

4. 王友勝《唐宋詩史論》，上海古籍出版社，2006 年。

5. 尚永亮（師）《唐五代逐臣與貶謫文學研究》，武漢：武漢大學出版社，2007 年。

6. 靳極蒼《阮籍詠懷詩詳解》，太原：三晉出版社，2011 年。

7. 尚永亮（師）《經典解讀與文史綜論》，北京：中國社會科學出版社，2012 年。

8. 葉嘉瑩《杜甫秋興八首集說》，北京：北京大學出版社，2014年。

9. 尚永亮（師）《中國古典文學的接受理論與實踐》，臺北：新文豐出版公司，2016年。

10. 尚永亮（師）《棄逐與回歸：上古棄逐文學的文化學考察》，上海：上海古籍出版社，2017年。

11. 陳永正《詩注要義》，上海：上海古籍出版社，2017年。

二、論文

1. 張明非《論初唐五言古詩的演變》，《廣西師範大學學報》，1991年，第2期。

2. 萬德凱《鍾嶸〈詩品・晉阮步兵詩〉條疏證》，《西南民族學院學報》，2003年，第3期。

3. 宋爾康《晚唐五言古詩對中唐新樂府運動的繼承和發展》，《河南師範大學學報》，2003年，第4期。

4. 吳大順《論漢魏五言古詩的生成與流傳》，《鄭州大學學報》，2005年，第3期。

5. 葛景春《論李杜五言古詩之嬗變》，《中州學刊》，2006年，第5期。

6. 葛曉音《論早期五言體的生成途徑及其對漢詩藝術的影響》，《文學遺產》，2006年，第6期。

7. 劉國祥《古體詩與近體詩之差異探究》，《華夏文化論壇》，2008年。

8. 葛曉音《論漢魏五言的「古意」》，《北京大學學報》，2009年，第2期。

9. 葛曉音《南朝五言詩體調的「古」「近」之變》，《中國社會科學》，2010年，第3期。

10. 廖美玉《大雅的失落與召喚──唐代詩人的盛世論述與王道想像》，《南開學報》，2011年，第5期。

11. 錢志熙《論初盛唐時期古體詩體制的發展》，《南開學報》，2011年，第5期。

12. 查洪德《近古詩學的「變」與「復」》，《文史哲》，2017年，第2期。

13. 胡玉蘭《王夫之與「唐無五言古詩」說》,《中山大學》,2017 年,第 4 期。

14. 張一南《唐代早期山東士族的古體詩》,《南京大學學報》,2018 年,第 1 期。

15. 錢志熙《論唐代格式、復古兩派詩論的形成及其淵源流變》,《中國高校社會科學》,2018 年,第 5 期。

後　記

　　自 2019 年 6 月博士畢業至今，匆匆已近一歲。離開了我四年中晨昏無憂，專心讀書的武大，當畢業時的欣喜和對未來的憧憬漸次沉澱下來，生活真實的大幕才在我面前徐徐拉開，疲於應對之時，再不復當時心境。

　　畢業時即從尚師處得知博士畢業論文有在臺出版的機會，當時為了讓我有充裕的時間修改，選擇了 2020 年 4 月交稿，擬於 10 月付梓。然畢業後，一則生活中諸事勞神，精力不濟，二則兼有博士後的新課題要著手，一切都在跌跌撞撞中重新開始，心力交瘁處，博士論文的修改工作一再往後延滯，至交稿之日，已無可能再做大的修訂，之前畢業時仍有遺憾而未見諸筆端的一些想法和思考，也只能暫時保留。而今出版的書稿，也只是在博士畢業論文的基礎上，聽取尚師意見和答辯時諸位先生的指導，稍作調整而已，其中一些觀點或有偏頗不成熟之處，無奈李白的許多問題至今撲朔迷離，難有定論，可確證的材料無蹤，只好保留博士論文寫作時候的一點心得，也算是我不捨武大讀書時光的一種印記和紀念吧。

　　書中仍留存的諸多問題，大概也是出版之際，我最惶然憂心的。關於李白《古風》五十九首，前人多有論及的思想內容，藝術手法等方面，當時寫作博士論文時，已考慮到自己無甚新見，故一概沒有涉及，只論還未受到關注的部分，如溯源、傳播接受、歷代選本，並考

論了整體文本創作情況，對某些單篇作了闡釋解讀，雖不甚完美，卻已是我當時能力所及之最大限度了。

畢業後這一年中，也陸續有章節拿出發表或待刊，既是對自己四年讀書辛苦的一份慰藉，也是對諄諄教導我數年之久的碩士導師舒紅霞女士和博士導師尚永亮先生的一點回報，雖然二位老師從來也不求回報，只希望我學術不輟，生活順遂。

清人谷琦《谷氏重塑李謫仙像碑記》云：「余祖宅之西，唐翰林李太白墓在此……唐范傳正撰先生《墓誌》有云以谷氏為鄰，此正略盡東鄰之誼云爾。」千載之下，吾家與太白既有「東鄰之誼」，也算是一段生世的緣分。不管以後學術興趣點會否轉移，李白的謎題和問題，大概終將伴隨我餘生的時光。

庚子暮春書於粵